한국 **추리 스릴러** 단편선 **3**

한국 추리 스릴러 단편선 3

박하익 • 박지혁 • 전건우 • 정명섭 • 최혁곤
문지혁 • 이대환 • 송시우 • 한상운 • 한 이

황금가지

| 차 례 |

무는 남자

박하익

1981년 출생. 충북대 국어교육과 졸업했다. 2008년 《계간 미스터리》 가을호에서 「화면저편의 인간」으로 신인상을 수상했다. 같은 해 아이작가 무협 판타지 중단편 공모전에서 「피리소리 고즈넉이」로 가작을 수상했다. 청주에서 아이들을 가르치며 틈틈이 소설을 쓰고 있다. 한국 미스터리 작가 모임에서 활동 중이다.

니가 군대에서 좆빵이 칠 때 난 어학연수 갈 거야.
니가 대학원갈 때 난 유학갈 거고.
너 회사 다닐 때, 난 회사를 하나 차려도 될 걸?
니가 집 장만하겠다고 적금 부을 때,
난 니 적금 만기액 만큼을 연봉으로 받을 수도 있어.
시간이 지날수록 차이는 더 커져.
결국엔 니 자식도 너랑 똑같은 출발선에 서야 하거든.

이게 니가 노력해서 되는 걸까?

— 지이선 작, 연극 「모범생들」 中

1

그와 맞닥뜨린 건 아파트 단지에 설치된 방음벽 근처에서였다. 등굣길. 막 코너를 돌았을 때 하얀색 플라스틱 안대를 한 남자가 말을 걸어왔다.

"고운눈 안과가 어디 있는지 아세요?"

방향을 알려주려고 몸을 돌린 순간이었다. 그가 채율의 입을 틀어막았다. 능소화 넝쿨 뒤로 끌려 들어갔다.

'무는 남자다!'

정신이 번쩍 들었다.

요즘 한창 출몰한다던 변태였다. 바바리 맨은 못 볼 곳을 보여주기만 할 뿐이지만 무는 남자는 소녀들의 팔목을 깨물었다. 변

장술이 뛰어나서 아직 누구도 진짜 얼굴을 보지 못했다.

송곳니가 오른쪽 팔목을 아프게 파고들어 왔다.

채율은 몸부림을 쳤다. 남자가 입은 알로하셔츠 깃을 휘어잡았다. 우두둑 버튼이 떨어졌다. 셔츠 깃 사이로 뱀처럼 뒤엉킨 검은색 곡선이 보였다.

'트라이벌 타투……'

여고생의 살결을 쪽쪽 빨며 탐닉한 후에야 변태는 떨어졌다. 막대 사탕을 꺼내 입에 물려주기까지 했다. 소문대로 체리맛이었다. 목캔디처럼 맵고 알싸했다. 폭력적인 단맛의 울타리를 넘어 남자는 사라졌다.

채율은 치한이 증발한 쪽을 향해 사탕을 집어 던졌다. 가로등을 맞고 튀어나온 사탕은 정확하게 반으로 쪼개져 땅에 떨어졌다.

단지 밖으로 빠져나와 택시를 잡았다. 차 안에서 대충 지혈을 하고 손수건으로 묶었다.

오늘은 서류상으로 전교생 95퍼센트가 희망한 하계 보충수업이 시작되는 날이었다. 학년을 가리지 않고 똑같은 교복을 입은 개미들이 줄줄이 경사진 진입로를 올라가고 있었다. 복장단속을 하던 선도부원이 있는 곳에서 택시를 세웠다. '선암여고'라 씌어진 명판이 보였다. 누군가에게는 다정스런 모교의 이름이겠지만 채율에게는 숨기고픈 전과에 불과했다. 국조 단군상과 교훈석을 사이를 가로질러 학교 안으로 들어왔다.

아직도 심장이 두방망이질 쳤다. 다리도 휘청휘청 힘이 들어가지 않는다.

누군가에게 전화를 해서 하소연을 하고 싶다. 하지만 통화가 되는 사람이 없었다. 아빠는 회사에 있고, 엄마와 오빠는 지난 달 잠깐 한국에 들어 왔다가 다시 출국해 버렸다. 중학교 때 친하게 지냈던 친구들은 학적부 관리를 위해 증권 캠프니, 전경련 캠프에 참석하느라고 연락이 되지 않았다. 그리고 고등학교에서 만난 아이들과는…….

드르륵. 교실 문소리에 급우 몇이 뒤를 돌아보았다. 눈이 마주쳤지만 그뿐, 데면데면 고개를 돌렸다.

고등학교에서 만난 아이들과는 1학기 내내 인사도 하지 않고 살아왔다. 스스로 선택한 바였다. 채율은 이제 곧 미국으로 유학을 떠날 계획이었다. 2류 학교 아이들과 친해질 필요도 이유도 없었다.

롱샴 책가방을 가방 고리에 걸고 영어 교재와 MP3를 꺼냈다. 입시 실패를 위로하며 아버지가 사주신 핑크색 소니 NWZ-S455 MP3는 채율이 어디를 가든 반드시 챙기는 애장품 1호였다. 주로 영어 듣기 파일을 재생시키거나 과외 선생님의 강의를 녹음하는 데 사용했다.

이어폰에서 MOT의 「서울은 흐림」이 흘러나왔다. 양수처럼 부드러운 선율에 맞춰 호흡을 진정시켰다.

1교시부터 영어였다. 영어 담당 박창순 선생님은 독해 문제집을 하나 선정해서 돌아가며 읽고 해석하게 한다. 중3때 이미 토플 250대를 넘겼던 채율은 영어 시간마다 고문을 당하는 기분이었다.

지루하기는 2교시 수학도 마찬가지였다. 수학 김승국 선생님은 1학기 복습을 한답시고 고난도 프린트 문제 풀이만 했다. 개념도 이해하지 못한 아이들 태반이 졸거나, 장난을 치는데도 못 본 체 설명만 계속하고 있다. 교실을 장악할 능력이 없는, 학원이었다면 학생과 학부모의 탄핵을 받아 진즉에 내쫓겼을 무능한 교사였다.

에어컨은 고장 났는지 자꾸만 미지근한 바람을 토해냈다. 외고 입시에 성공했었더라면 지금쯤 엘리트 친구들과 함께 캠프에 참석하고 있었을 터였다. 두 번 다시 돌아오질 않을 소중한 청춘을 영양가 없는 수업으로 탕진하고 있다는 게 비통했다. 상처는 계속 욱신거렸다.

'병원에 가보지 않아도 괜찮을까?'

손수건을 들춰보았다. 치흔 주변으로 검푸르게 멍이 올라와 있다.

"안채율! 너도 무는 남자한테 당했냐?"

뒷자리에 앉은 내신 9등급이 어깨를 쳤다. 형식만 의문문일 뿐 과도한 성량을 집적시킨 사실상 보도였다. 졸고 있던 교실이 부스스 몸을 일으켰다. 우리 반 애가? 진짜?

"무는 남자라니?"

김 선생님이 프린트 물을 교탁에 내려놓으며 아이들에게 물었다. 어떻게든 수업시간을 줄여보고자 너도나도 침을 튀겨가며 신종 변태에 대한 15분 분량 오디오 다큐멘터리를 완성했다. 피해자인 채율은 입도 벙긋할 필요가 없었다. 김 선생님 허락 하에 양호실에 갈 수 있게 된 게 그나마 다행이었다.

종례시간 직전, 담임선생님 목소리가 스피커를 타고 울렸다.

"1학년 7반 안채율, 2학년 1반 오유진, 3반 서민지, 4반 신보람, 은진경, 3학년 3반 도현정, 5반 마슬기, 11반 유하현 지금 호명된

학생들은 수업이 끝난 후 1학년 7반 교실로 오기 바랍니다. 다시 말합니다. 1학년 7반 안채율…….”

정식교사 발령을 받은 지 2년밖에 되지 않는 정동수 선생님은 서른이 된 올해 처음으로 담임을 맡은 초짜였다. 피곤할 정도로 반 아이들을 각별하게 대하는 면이 있다. 교무실로 돌아간 수학 선생님 이야기를 듣고 흥분한 모양이었다.

“내일 하면 안 돼요? 저 오늘 과외 가야 하는데…….”

“금방 끝낼 테니까. 걱정 마.”

팔에 든 멍을 보고 동수는 단호하게 말했다. 책상 위에는 인쇄된 A4용지가 책상 위에 놓여 있었다. 무는 남자에게 기습당한 상황을 육하원칙에 맞춰 쓸 수 있게 칸이 나뉜 용지였다. 진술서는 빠르고 성의 없이 작성되었다. 최대한 자세하게 쓰라는 당부가 무색했다.

‘하교시간이라 그런 걸까.’

집중력이 없는 얼굴들이었다. 운영위원회 회장 딸인 신보람 선배는 아예 영어단어를 외우고 있었다. 유명예고를 다니다가 폭력 사건을 일으키고 일반고로 편입한 마슬기 선배는 핸드폰으로 문자를 보내고 있다. 다들 동수를 불신하고 있었다.

선암여고는 선암중, 선암고와 함께 선암 재단에 소속된 사립학교였다. 개방 이사제가 도입된 이후 위세가 한풀 꺾였다 해도 이 사장의 오빠 하윤일이 3선 국회의원으로 건재했다. 시교육청과 시의회, 교과부에도 상당한 수의 사람을 심어두고 있다는 소문이었다.

학생이라고 다 같은 학생이 아니듯이 교사라고 다 같은 교사가 아니었다. 사립 선암여고에서는 설립자 하순아 이사장을 중심으로 인척관계에 있는 교원들이 권력을 나눠가지고 있다. 지배하는 자와 지배당하는 자가 물과 기름처럼 확실하게 양분되어 있는 야생의 세렝게티에서 신출내기 교사는 기간제 교사와 다름없이 각종 잡무에 차출되어 머슴처럼 부려졌다. 팔을 걷어붙이고 나서봤자 이사장의 며느리이자 교무부장 박해오 선생님이 공문 몇 개 떠넘겨 버리면 금방 흐지부지될 것이다. 사정을 번연히 알고 있는 선배들이니 답변할 의욕이 생길 리 없다. 동수는 혼자서 벽을 치는 듯한 연설을 계속했다.

'교장선생님께 말해 볼까?'

채율은 생각했다. 하씨 세력을 유일하게 견제할 수 있는 건 이여주 교장 선생님이었다.

채율은 교장 선생님이 좋았다. 선암학원 역사상 하씨 가문과 친인척 관계가 아니면서 처음으로 교장자리에 오른 사람이었다. 지난달 채율의 어머니가 학교에 오셨을 때는 존경하는 작가를 만난 문학소녀처럼 볼을 붉히며 사인을 받았다. 몸에서부터 뿜어져 나오는 겸손함과 인자함이 좋았다. 학생들이 무는 남자에게 피해를 입었다는 걸 아시면 방관하지는 않을 것이다. 정 선생님이 무는 남자를 잡을 수 있도록 비호해 주실 것이다.

채율은 하교하기 전 교장실에 들렀다.

안타깝게도 교장 선생님은 출장 중이셨다. 정부에서는 위탁 급식 체제를 직영으로 바꾸라고 압박을 주고 있었다. 그에 대응하기 위해 서울시 사립중고교 교장회 모임에 가셨다고 했다. 냉장고처럼 시원한 교장실을 빠져나와 교문을 향해 뛰었다. 일주일에 두 번 있는 백만 원짜리 수학 과외에 늦지 않기 위해 서둘러야 했다.

2

무는 남자에게 습격당한 1학년 최초의 피해자라는 타이틀은 은자처럼 호젓이 소일하던 채율의 라이프스타일을 변화시켰다. 이름도 얼굴도 알고 싶지 않은 아이들이 수시로 찾아와 성가시게 굴었다. 개중에는 정체가 모호한 불량서클도 있었다.

"3반에 무는 남자 잡으려고 작당한 애들이 있어. 걔네들이 네 뒷조사하고 다니더라? 하도 귀찮게 굴기에 너희 어머니가 쓰신 책이랑 오빠에 대해서 말해줬어. 나 잘못한 거 아니지? 그거 비밀도 아니잖아?"

반장 정희가 귀띔해 줬을 때 이미 불길했었다.

무는 남자 체포 수사대. 줄여 무수대로 불린다는 4인조 저능아들이었다. 도형의 방정식 연습문제를 몰입해서 풀고 있던 쉬는 시간, 그들은 찾아왔다.

"자네가 천재 안채율인가?"

무수대 리더 윤미도는 검은 테 셀룰로이드 안경을 쓰고 있었다. 열린 입사이로 덧니가 도드라져 보였다. 부챗살 펴지듯 미도의 양옆으로 3명의 얼간이들이 나타났다. 맨손으로 소도 때려잡을 듯 늠름한 팔뚝을 가진 여학생. 독방에서 10년 수련한 듯 시커먼 오라를 풍기는 폐인. 열일곱 동갑이라고는 믿어지지 않을 만큼 숙성한 분위기를 풍기는 미녀.

"천재라고?"

저렴한 발상을 비웃으며 채율이 비소했다.

그 단어는 자신을 향한 것이 아니었다. 2년 전부터 캘리포니아 대학에서 박사과정을 밟고 있는 채율의 이란성 쌍둥이 오빠 채준을 향한 말이다. 어머니가 쓴 베스트셀러『천재는 이렇게 만든다』라는 책에서도 천재는 오빠였다.

무지한 대중들은 채율이 오빠와 쌍둥이로 태어났다는 이유로, 어머니에게서 똑같은 교육을 받았다는 이유로 최소한 14K정도는 천재성이 도금되어 있을 거라고 여겼다. 채율이 오빠보다 잘 하는 건 다트 던지기밖에는 없는데.

"자네 우리 수사대에 들어오지 않겠어? 물론 공짜로 가입하라는 건 아니야."

미도는 책 한권을 내밀었다. 연습장처럼 스프링 제본된 책이었다. 반투명한 플라스틱 표지 밑으로 '레오디드 안드레예프'의 이름이 적혀 있었다. 희곡「뺨 맞는 남자」와 첫 단편 소설「가난과 부」가 수록되어 있었다. 직역한 듯 투박한 문장이 비전문가에 의한 번역임을 짐작하게 했다.

"채준이는 수학에 재능을 가지고 있지만 채율이는 러시아 언어와 문학에 관심이 많아요. 전부터 도스토예프스키나 막심 고리키에 푹 빠져 살더니, 얼마 전에는 레오니드 안드레예프의 「인간의 삶」을 감명 깊게 읽었다네요.

전문 번역가가 되어서 안드레예프의 작품을 번역하는 게 딸의 꿈이에요. 이번에 외고에 합격하면 좀 더 꿈에 가까워지겠죠."

1년 전 방송에 출현했던 어머니가 했던 말이 생생이 되살아났다.

　방송용 멘트를 믿고 책을 구해오다니. 아들에 비해 잘난 것 없
는 딸을 변호하기 위해 어머니가 지어낸 거짓말에 불과하다.

　입시에 실패한 것만으로도 충분히 어머니 명예에 먹칠을 했다.
여기서 가입을 거절하면 다시 한 번 어머니를 거짓말쟁이로 만드
는 것이 된다.

　모두가 채율의 입만 쳐다보고 있었다. 사면초가의 상황이었다.
고개를 끄덕이고 말았다.

　미도는 신입대원의 어깨를 두드렸다.

　"이거 말고도 읽고 싶은 작품이 있다면 말만 해. 얼마든지 훔
쳐다 줄 테니까."

　그리하여 채율은 선암여고 비공식 추리 동아리 무수대의 정식
대원이 되었다. 보충수업이 끝나면 무수대 대원들은 제갈공명을
모시듯 천재 소녀를 모시러 왔다.

　무수대 모임은 언제나 자견관(自見館), 선암여고 서편에 자리
잡은 다목적 강당에서 이루어졌다. 자견관 1층은 급식실, 2층은
체육관 겸 강당이었다. 3층은 학교 건물과 구름다리로 연결되어
음악실과 무용실, 전산실, 각종 동아리실, 등사실 등으로 활용되
었다. 3층 연극부실 옆 창고가 무수대의 아지트였다. 대원 연희가
연극부에도 가입되어 있어 열쇠를 가지고 있었다.

　"지금은 여고생들을 물고 돌아다닐 뿐이지만 나중에 무슨 짓
을 벌일 줄 알아? 강간범이나 연쇄살인범도 사소한 장난에서 시
작했던 거라고. 우리는 이 남자를 잡아 교화해야 할 의무가 있어.
미래에 생길지 모를 희생자들을 구하기 위해서 말이야."

곰팡이 냄새가 시큼시큼한 좁은 공간에서 무수대 아이들은 시 트콤 대사 같은 말들을 주고받았다.

이를테면 미도의 오른팔이자, 행동대장 격인 최성은은 무수대 가입하게 된 이유를 이렇게 설명했다.

"이번에 무는 남자를 잡아서 경찰 표창을 받았으면 좋겠어. 그 럼 내가 지망하는 K대 경호학과 갈 때 가산점을 받을 수 있거든. 졸업할 때 공로상도 받을 수 있고. 나중에 놈과 마주치게 되면 요 며칠 연습한 맛수히(무에타이에서 올려치기)를 날려줄 생각이야."

연예인 지망생 연희는 매스컴을 탈 기회를 잡으려고 무수대에 가입했다. 연약한 여고생들이 힘을 합쳐 변태를 잡는다면 지방 언 론사라도 취재를 올 테고, 그러면 성숙하고 섹시한 미소로 시청 자들을 홀릴 계획이었다.

김윤서는 놀아주는 친구가 없어 가입했다고 했다. 종이만 보이 면 이상한 도형을 강박적으로 그리는 아이였다.

수사대 아지트 선반에는 I급 비밀이라고 쓰여 있는 파일이 놓 여 있었다. 안에는 지금까지 무는 남자가 출현한 장소와 시간, 변 장 모습까지 각종 데이터가 깔끔하게 정리되어 있었다.

무는 남자는 1학기말고사가 끝난 7월 5일부터 보충 수업이 시 작된 8월 2일까지, 한 주에 두 번꼴로 출몰했다. 등하교 시간. 피 해자가 혼자 있을 때를 노렸다. 기말고사가 끝난 이후부터는 단 축 수업을 했고, 보충 수업 때도 오전만 공부를 했던 걸 감안하 면 무는 남자는 대학생이거나 확실한 직업이 없는 백수일 확률이 높았다.

특이한 점은 무는 남자가 선암여고 학생들만 노리고 있다는 사실이었다. 근방 세원여상, 형주고, 선암여중, 석용고 아이들 중에 피해자를 본 아이들은 한명도 없었다. 세원여상과는 도로 하나를 두고 연접해 있음에도 그러했다.

연희는 3차 무는 남자 프로파일링 보고서에서 무는 남자가 선암여고 학생들을 노리게 된 이유를 이렇게 파악했다.

우리 학교 여학생들이 제일 예쁘기 때문이다. 토요일마다 우리 학교를 기웃거리는 남학생들 수를 생각해보라. 아마 무는 남자는 학창시절 우리학교 여학생을 짝사랑했을 것이다. 그 때 마음을 전하지 못한 게 한이 되어……

보고서뿐만 아니라 직접 대화를 나눌 때도 소설에 가까운 이야기들이 장르를 불문하고 브레인 스토밍되었다. 근거도 증거도 없었던 여러 잡설 가운데 압권은 무중력 세계관을 가진 윤서의 입을 통해 나왔다.

"오유진 선배랑 맨티(mantee) 후배인 애가 우리반이거든. 걔 말이, 그때 유진 선배는 여드름 흉터 없애는 시술을 받은 직후라 물을 만질 수 없었대. 여름이니까 하루라도 씻지 않으면 냄새가 나잖아. 땀 냄새가 나는 불결한 몸을 물다니 이상하지 않아? 실제로 무는 남자는 유진 언니를 물 때 오만상을 찌푸렸었다는 거야. 내가 무는 남자였다면 악취를 맡자마자 바로 놔줬을 거야. 습격 받은 순서도 특이해. 서민지, 유하현, 은진경, 도연희, 오유진, 마슬기, 신보람, 안채율 순이야. 성(姓) 이니셜은 각각 S, U, E, D, O, M, S, A지. 이 글자들에 흐르는 사악한 기운이 느껴지지 않니?

글자들을 거꾸로 읽어보라고."

"아스모데우스(Asmodeus)?"

볼드모트의 이름을 들은 헤르미온느처럼 윤서는 목을 움츠렸다.

"외경 토비트 서에 나오는 정욕의 악마야. 인간 여자를 탐한 악마였지. 무는 남자는 흑마술사야. 아스모데우스를 소환하기 위해 순결한 여학생의 피가 필요했던 거지. 아이들이 피해를 입은 지역을 지도에 표시해 보면……."

윤서는 가방에서 다이어리를 꺼냈다. 손으로 직접 그린 화려한 만다라들이 표지에 다닥다닥 붙어 있었다. 다이어리에 붙은 지도 위에 엑스 자 표시를 했다. 사건 장소들이 명쾌하게 한붓그리기로 그려졌다. 뒤집혀진 오망성(伍芒星)이었다.

"앞으로 희생자는 두 명이 더 나올 거야. 오망성에는 총 열 개의 점이 있는데 아직 두 군데가 남았거든. 아마 장소는 이곳과 이곳이 되겠지."

자견관을 순식간에 호그와트 기숙사로 뒤바꾸는 말이었다. 25억을 들였는데도 줄줄 빗물이 새는 강당 천장이 그럴싸한 분위기를 연출해 주었다.

서글프게도 이 클럽 안에서는 채율도 하나의 캐릭터로 통용되었다. 한번 매트릭스가 조직되고 나니 등장할 수순이나 대사가 정해져버렸다. 의견을 나누다 말고 대원들은 채점을 기대하는 눈빛으로 채율 쪽을 흘끔거린다. 바보들을 깨우쳐 주기 위해 채율이 나설 때였다.

"유씨는 영어로 쓸 때 U가 아니라 Y로 시작해. 아니면, 아예

류(Ryu)라고 쓰고……. 성(姓)은 시간 순서대로 나열하면서, 장소는 무시로 이으면 어떻게 해? 고의로 원하는 도형이 나오도록 연결한 거나 마찬가지잖아. 봐, 이렇게 이으면 별이 아니라 그냥 나무 목(木)자가 나오지? 피해 장소들에 점을 찍을 때는 가능한 세밀한 지도를 써야지. 축척이 작은 지도를 쓰면 형태 왜곡이 쉽잖아."

가끔 채율이 소견 발표를 할 차례가 오기도 했다. 아이들이 요구하는 건 진실이 아니라 재미였으므로 기대에 부응하기는 쉬웠다.

"그 사람 병에 걸린 게 아닐까? 에이즈 같은 거 말이야. 작년 제천에서 에이즈 택시 기사 있었던 거 기억나지? 세상에 대한 원망에 사무쳐서 애꿎은 사람들에게 병을 옮기고 다녔잖아. 물론 에이즈는 물린다고 해서 걸리는 병은 아니야. 하지만 무는 남자의 목적이 처음부터 병을 옮기는 거였다면, 일부러 입 안에 상처를 내고 출혈이 있는 상태로 아이들을 물지 않았을까? 실제로 피해자들은 피가 날 만큼 세게 물렸어. 전염확률이 높아지지. 무는 정도라면 신고가 들어와도 경찰들은 대수롭지 않게 생각할 거야. 강간하는 것보다는 훨씬 안전하게 병을 전염시킬 수 있지. 에이즈는 잠복기간이 몇 년씩이나 되는 병이니까, 발병할 때쯤이면 아이들은 대학생이나 사회인이 되어 있을걸. 설마 성관계 경험도 없었던 고등학교 때 병을 얻었으리라고는 생각지 못할 테니, 범인이 감염경로 추적에 걸릴 가능성도 극히 적어. 여학생들만 노린 이유? 체력이 약해 제압하기 쉽잖아. 순결무구한 것일수록 더럽히는 쾌감도 크고. 원한에 사무친 인간이 저지를만한 범죄야."

다들 감명 받은 얼굴로 박수를 쳤다.

간단한 회의가 끝난 후에는 현장조사를 위해 사건 장소를 방문했다. 결론보다 답을 탐색하는 과정을 중요하게 생각하는 리더의 가치관에 따라 가는 도중에 떡볶이 가게가 있으면 들렀고, 헌혈의 집이 있으면 피를 뽑아 영화를 봤다. 때로는 목적을 망각한 채 맥도널드부터 향했다. 헤어질 때가 되면 미도는 일당을 주는 고용주처럼 거들먹거리며 안드레예프 작품을 한 장씩 찢어 내밀었다.

집에 돌아온 후에는 낭비한 시간을 만회하기 위해 악착같이 공부했다. 밤 10시가 되면 미국에서 전화가 걸려왔다. 하루를 어떻게 보냈는지 감시하는 어머니 전화였다.

"저녁 내내 수학 공부했어. 응. 그 문제집은 벌써 다 풀어 놨고. 과외 선생님한테는 왜 관두라고 그랬어? 그 선생님이 그렇게 족집게라며? 오빠한테는 몇 천만 원도 안 아깝고, 딸한테는 백만 원도 아깝지? 몰라! 아빠는 아직 안 들어 왔어. 요즘 계속 술만 먹고 다녀. 맞아. 바람났나 봐."

짜증. 짜증. 온통 짜증나는 일들뿐이다.

가끔 오빠가 전화할 때도 있었다. 성별부터 성격, 아이큐까지 전혀 다른 쌍둥이 오빠였지만, 상대는 복소함수 문제를 암산으로 풀어버리는 우수한 두뇌의 소유자다. 전화 한 통 만으로 단서를 얻을 수 있을지도 모른다. 무는 남자에 관한 이야기를 들은 채준이 진지하게 말했다.

"너희 학교 애들 조심해야겠다."

혹시 정말로 에이즈 환자라서? 소름이 끼쳤다.

"너, 지하철 타기 전에 물렸다며? 다른 피해자들도 학교보다 집이나 학원 쪽에서 가까운 곳에서 습격을 당했지. 여덟 명이나 물렸는데 목격자는 한 명도 없는 게 이상하지 않았어?"

천재는 부연했다. 무는 남자는 피해자들의 집이나 등굣길을 미리 알고 있었다. 목표물이 인적이 없는 곳을 지날 때를 노려 덮친 것이다.

오빠가 지적한 사실을 전하자 무수대 아이들은 학교의 운명이 자기들 어깨에 달린 것처럼 행동했다. 개학 후에도 탐정 놀이를 계속하며 무는 남자가 에이즈 환자라는 미신을 전도해 나갔다.

4

외고 입시에 실패한 이후 채율의 소원은 미국 명문 고교에 진학하는 것뿐이었다. 그 길만이 실패자라는 멍에를 벗을 수 있는 유일한 길이었다.

입시라는 말만 들어도 심장이 벌렁거렸다. 중3때 치렀던 난리를 고3때도 치를 자신이 없었다. 입시를 위한 공부가 아니라, 지성과 이성을 제대로 단련하는 살아 있는 학문을 하고 싶었다.

같은 자궁에서 쌍둥이로 9개월을 자랐다. 그러나 지금 오빠는 필즈상을 받은 보처즈 박사와 뜨겁게 토론하며 학문을 즐기고 있고 채율은 서른 명을 우겨넣은 교실에서 다섯 개 중 하나만 고르면 되는 기술을 연마하고 있다. 1번이 아니면 2번인, 2번이 아니면 3번이 정답인 단순한 세계. 재능이 부족하다는 걸 알지만, 재능이 부족하면 드넓게 사유할 수 있는 기회마저 박탈당해야 하는 걸까. 정신적 프롤레타리아가 되어 남들이 찾아낸 답만 외우는 인생은 거절하고 싶다. 자유롭게 사유할 수 있는 곳으로 가서 꿈을 펼치고 싶다.

어머니는 채율의 부탁을 보류했다. 베스트셀러까지 출판한 자칭 타칭 교육 전문가 입장에서 누가 봐도 도피 유학으로 여겨질 길로 딸을 인도하기는 힘들었다. 그리하여 나온 타협안이 '학교에서 전교 1등을 하거들랑'이라는 조건부였다.

전교 1등을 하는 순간 인간 사육장에서 탈출할 기회를 부여받게 된다.

2학기 개학 후 미도의 쪽대본을 과감히 외면하고 공부에 매진했다. 한동안 잠잠하던 녀석들은 느닷없이 문자를 보내 채율을 유혹했다.

「새로운 피해자가 생겼어. 무는 남자 맨얼굴을 봤대!」

호기심은 갈증처럼 유예 불가능한 것이었다. 이번이 진짜 마지막이라는 생각으로 자견관 창고로 향했다.

반갑게 인사하는 대원들 사이로 처음 보는 아이가 앉아 있었다. 9월이 되어 성은이네 반에 전학 온 학생이라고 했다. 이름은 윤정희. 오른쪽 팔목에 보라색 꽃이 피어 있었다.

"눈이 더 컸어. 쌍꺼풀도 이렇게 진하지 않았고. 입술은 조금 더 얇게."

"이런 느낌?"

슥슥. 윤서가 연필을 잡고 있었다. 지우개와 연필이 지나갈 때마다 스케치북 위에 사람의 얼굴이 드러났다. 아마추어라 진행이

느렸다.

하품을 하며 의자에 앉았다. 연희의 바느질감 사이에 놓인 연극대본이 눈에 띄었다. 눈에 익은 제본 방식이다. 「존경하는 엘레나 선생님」이란 제목 밑으로 '류드밀라 라쥬몹스까야'라는 러시아 작가 이름이 박혀 있었다.

연극부 학생들은 달마다 희곡을 읽고 토론했다. 처음 이 창고에 들어왔을 때 놓여 있던 8월 과제는 작품은 극작가 지이선이 쓴 「모범생들」이었다. 시간도 때울 겸 찬찬히 대본을 읽어나갔다.

마지막 줄을 다 읽었을 때쯤 몽타주도 완성되었다. 화공은 스케치북을 뒤집어 작품을 공개했다. 그림 속에 드러난 무는 남자는 깜짝 놀랄 만큼.

"……잘생겼다?"

마지막 피해자가 몽롱한 눈빛으로 말했다.

"응. 비스트 양요섭 닮았지?"

여자란 간사한 동물이다.

물렀을 때는 영혼의 팬티까지 더럽혀진 기분이 들더니만 수려한 이목구비를 보니 반감이 70퍼센트까지 급감했다. 외모가 전부는 아닐 테지만, 이 정도로 멋들어진 외모를 가졌다면 눈먼 여자들이 꽤 달라붙지 않았을까? 성인여성에게 접근할 능력이나 매력이 없어서 미성년을 추행했던 거라고 여겨왔는데 편견이 깨졌다.

미도가 엄숙하게 헛기침을 했다.

"제군. 이제 드디어 우리가 나설 때가 되었소."

대장은 등사실 습격을 명령했다. 목표는 윤전 등사기였다. 등사실에 잠입하고도 윤전기 사용법을 아는 대원이 없어서 삼십여 분을 흘려보내야 했다. 마침내 제판 버튼을 눌렀을 때 복도에서 발소리가 들려왔다. 축제 연습을 끝마치고 올라온 연극부들이었다. 담당 하연준 선생님도 끼어 있었다. 무수대 대원들은 문 밑에 붙어 숨을 죽였다. 등사실에는 창문이 뚫려 있어서 지나가는 사람들이 안을 들여다볼 수 있었다.

채율은 간절히 기도했다. 제발 선생님이 안을 들여다보기를, 그리하여 폭주하고 있는 어린양들을 발견하고 지명수배 전단지를 갈기갈기 찢어주기를, 이왕이면 원본까지 모두.

발소리는 허무하게 멀어졌다.

사흘 동안 일인당 100장씩, 저녁시간마다 학교 개구멍을 빠져나가 전단지를 배포했다. 미도의 핸드폰은 쉴 새 없이 울렸다. 57번의 장난 전화와 22번의 항의 전화(주로 아파트 경비 아저씨들이 걸어온 전화였다.), 18번의 음란전화와 12번의 보이스 피싱까지.

확실한 제보 전화가 걸려온 건 중간고사를 불과 2주일 남겨놓은 금요일이었다. 제보자는 학교에서 3킬로미터 남짓 떨어져 있는 GS25 편의점 아르바이트생이었다. 그녀는 채율만 알고 있는 인상착의, 즉 무는 남자 어깨에 있던 트라이벌 타투까지 정확하게 언급했다.

"내가 정보를 제공하면 너희는 뭘 줄 건데?"

아르바이트생은 도발적으로 물었다.

미도는 회심의 미소를 지으며 카키색 교복 카디건에서 뭔가를 꺼냈다. '무는 남자 체포 수사대 대장'이라는 직책이 인쇄된 명함이었다. 현기증이 밀려왔다. 저 민망한 명함을 만들기 위해 미도는 신중하게 시안을 고르고 문구를 고민했을 것이다. 200장을 주문할까 300장을 주문할까 갈등했을 것이며 택배 아저씨가 벨을 누르기 전까지 배송추적도 수차례 했을 것이다.

아르바이트생도 '어쩌라고?' 묻는 표정으로 명함을 보고 있었다. 대장은 명함 뒷면을 뒤집었다. 싸이월드 미니홈피 주소가 적혀 있었다.

"일촌 신청을 해주세요. 도토리를 300개를 보내드리겠습니다. 그 정도면 홈피를 단장하고 배경음악까지 살 수 있죠."

조개에서 시작된 화폐의 역사는 금속주화와 지폐의 시대를 지나 신용카드와 도토리에 이르렀다.

"웃기지 마. 그 정도로는 어림없어."

"……언니, 우리 학생이에요오. 가진 건 도토리밖에는 없어요. 문제집 값도 많이 드는데."

상대는 최저 임금보다 못한 돈으로 야간 아르바이트를 하며 만성피로에 시달리는 가여운 고학생이었다. 계속해서 떼를 쓰자 결국 타협이 이루어졌다. 거래된 도토리는 400개.

아르바이트생은 어서 사라지라는 의미로 원래는 자기 몫이었을 판매시간이 지난 삼각 김밥을 무수대 대원들에게 집어주었다.

미도는 잠복근무 명령을 내렸다. 무는 남자를 잡을 수 있다는 기대감 때문에 채율도 토를 달지 않았다.

잠복 장소는 편의점 근처에 주차된 5톤 트럭 뒤였다. 교문 감시가 가장 해이한 저녁 급식시간에 떨어진 출동 명령에 응하느라 저녁을 먹지 못했다. 참숯불고기 맛 삼각 김밥이 꿀보다 더 달콤했다.

길거리 식사를 마친 여고생 다섯 명은 길바닥 위에 앉아 수다를 떨었다. 아이돌 가수 이야기에 핏대를 세우고 선생님 흉을 보았다. 동급생 여자애의 험담을 하다가 뜬금없이 드라마 이야기로 넘어갔다. 차가 지나갈 때마다 헤드라이트가 비쳤다. 함께 이야기를 나누는 아이들 얼굴이 전시회관에 놓인 작품들처럼 새롭게 보였다.

참 평범한 소녀들이다.

무는 남자는 바보임에 틀림없었다. 이런 애들을 한 입이라도 물어보려고 치밀한 변태 짓을 하다니. 바보를 잡으려고 애쓰는 무수대 아이들은 더 바보였다. 아니 최고 바보는 따로 있었다.

이 아이들은 진심으로 무는 남자가 연쇄살인범이나, 강간범이 될 재목이라고 생각해서 시간을 투자하는 게 아니다. 그냥 이렇게 노는 게 재미있으니까, 일상의 탈출구로 무는 남자를 활용할 뿐이다. 노는 게 목적이니까, 노는 아이들.

하지만 나는? 어쩌다 휘말려서 지금에 이르렀다. 바보 중 최고 바보다. 채율은 한숨을 쉬었다.

8시쯤 되었을 때 아르바이트생이 문자를 보냈다.

「왔어. 지금 들어온 트레이닝 복 입은 남자야.」

편의점 쪽을 살폈다. 유리문 안쪽에서 푸른색 인영이 어른댔다.

일동은 남자가 편의점을 나오길 기다려 뒤를 밟았다. 포획이 목적이 아니라 거처를 알아내기 위한 미행이었다. 조심조심 옷깃을 세우고 뒤를 밟았다.

큰길가에는 온갖 학원들이 난립해 있었다. 어학원, 논술학원, 수학 전문 학원, 키즈 영어, 독서실, 음악학원, 특목고 전문 학원, 영재교육원, 미국입시 전문 학원……. 빌딩 층층을 채우고 색색

간판을 밝히고 있다. 들어오고 나가는 학원 승합차들이 빵빵 크랙션을 울려대었다.

인도 위에는 다종다양한 교복을 입은 학생들이 지친 얼굴로 걷고 있었다. 개중에는 채율이 낙방한 외고 교복을 입은 학생들도 있었다. 채율은 수많은 경쟁자들을 사이를 요리조리 피해 무는 남자를 따라갔다.

별안간 남자가 뒤를 돌아보았다. 인도 위를 걷는 수많은 여고생들 사이에 섞여 있는 채율을 발견했다. 레이저처럼 똑바른 시선이었다.

들켰나?

다음 순간 남자가 뛰기 시작했다. 미도가 외쳤다.

"잡아!"

그는 아침마다 2시간씩 헬스를 하는 사람처럼 날랬다. 하루 종일 앉은 자세로 수업을 듣다가 빵 사러 갈 때만 매점을 향해 질주하는 여고생들과는 차원이 다른 체력이었다. 골목을 꺾을 때마다 낙오자가 생겼다. 심장이 터질 것 같았다. 채율이 나가떨어지자 성은이 무서운 속도로 옆을 스쳐지나갔다. 그러나 이미 남자는 도로를 건넌 뒤였다.

안 돼.

여름 내내 곰팡내 가득한 창고 갇혀 회의를 했다. 수많은 시간을 낭비했고 전단지까지 붙였다. 이대로 저 놈을 놓쳤다가는 억울해서 잠이 올 것 같지 않았다.

깨진 포석 조각이 손에 잡혔다. 채율은 있는 힘을 다해 그것을 던졌다. 돌멩이는 산뜻한 직선으로 날아 남자의 머리를 강타했다.

"잡았어? 정말로 잡은 거야?"

환호는 잠깐이었다.

쓰러진 남자는 부들부들 경련을 일으켰다. 바지를 뒤져보니 포장도 뜯지 않은 에세 라이트 하나와 라이터, 천 원짜리 두 장과 오백 원 동전 하나가 나왔다. 가족에게 연락을 할 핸드폰도 없었다. 도망가자는 윤서의 제안을 무시하고 연희가 119에 신고했다.

"머리에 피 흘리는 아저씨가 쓰러져 있는데 어떻게 된 건지 모르겠어요. K동 교차로 근처 뚜레주르 제과점 맞은 편이예요. 네, 농협이요."

병원에 도착했을 때 간호사가 난감한 표정을 지었다.

"어른이 있어야 하는데⋯⋯."

한 사람밖에 떠오르지 않았다. 사건의 추이를 알고, 일을 수습해 줄 수 있는 사람. 선생의 혼이 죽지 않은 신출내기. 정동수 선생님은 정확히 30분 뒤, 병원 로비에 나타났다. 자다가 나왔는지 머리가 까치집이 되어 있었다.

"바로 저 놈이야? 확실해?"

가벼운 뇌진탕이라는 진단을 받았다. 다른 환자가 없는 다인실에 눕혀놓고 남자가 의식을 차리길 기다렸다. 병원에 온 지 한 시간쯤 지나 남자는 눈을 떴다.

"드디어 만났군요. 무는 남자씨."

카리스마 넘치는 분위기로 미도가 입을 열었다. 담임도 팔짱을 낀 채로 험악하게 인상을 썼다. 건방지게 나왔다가는 본때를 보여주겠다는 의지의 표현이었다.

"우리들은 무는 남자 수사대. 선암여고 일천 여학생들을 괴롭게 만든 당신을 체포하기 위해 결성되었습니다."

무는 남자는 안색이 서서히 바뀌었다. 혼란스럽던 초점이 또렷해지고 입가에는 미소까지 감돈다. 그는 담임에게 말했다.

"애들 내보내고 어른들끼리 이야기 합시다. 어른들끼리."

아이들은 안중에도 없다는 태도였다. 담임이 말했다.

"그냥 여기서 이야기해."

"애들이 놀랄지도 모르는데?"

무는 남자는 매트 위에 놓여 있던 담임의 핸드폰을 집었다. 허락도 구하지 않고 어딘가로 전화를 걸었다. 곁에 앉아 있던 담임만 번호를 봤다. 얼굴색이 변했다. 전화가 연결되기 직전, 담임은 무는 남자의 손에서 핸드폰을 낚아챘다. 그리고 부탁했다.

"애들아. 너희 잠깐만 나가 있을래?"

5

10월이 되자 단풍이 아이섀도처럼 은은히 교정을 물들었다. 교실 앞에 심겨진 모감주나무가 노랗게 물들어갔다. 하루하루 중간고사가 다가오고 있었다. 자습을 할 때면 설명하기 힘든 무정형의 감정이 자꾸만 안에서 부대꼈다.

해결되지 않은 그날 일 때문이었다.

아이들이 병실에 다시 들어갔을 때 무는 남자는 사라지고 없었다. 열린 창문에는 커튼이 펄럭였다. 정 선생님은 아이들을 외면한 채 말했다.

"미안하다."

몸싸움에 졌다는 게 변명이었다.

다음날 미도와 성은이 교무실로 직접 찾아갔지만 문전박대 당했다. 시험문제 출제기간이라 함부로 들어갈 수도 없었다. 담임은 국사 수업에도 들어오지 않았다. 이미 시험 범위까지 진도가 다 나가서 자율학습을 시켜도 상관없다는 전언이었다. 조회나 종례도 반장을 통해 이루어졌다.

천하의 무수대 아이들도 중간고사가 다가오자 움츠러들었다.

"일단 시험부터 끝내고 그 다음에……."

대장의 말을 곱씹으며 채율은 MP3를 어루만졌다.

비밀을 아는 건 채율뿐이다.

그 날. 병실을 나서면서 채율은 일부러 교복 카디건을 벗어 두고 나갔다. 카디건 주머니 안에는 보이스 레코딩 기능이 켜진 MP3가 돌아가고 있었다.

하루에도 몇 번씩 녹음된 파일을 들었다.

아이들이 나가고 난 뒤 정 선생님은 무는 남자가 눌러놓은 번호로 제 3자와 통화를 했다. '교장 선생님'이라고 대답하는 선생님의 목소리가 똑똑히 들렸다. 통화가 마친 선생님은 무는 남자에게 질문을 퍼부었다. 실망과 분노가 뒤섞인 격한 반응이었다.

무는 남자는 얄미울 정도로 침착했다.

"나는 인터넷으로 고용된 사람이라 아무것도 몰라요. 애들 물기만 하면 돈을 준다는데 거절할 사람이 어디 있나요. 요즘 같은 불경기에……. 변태 같지도 않아요. 변태라면 가슴이나 엉덩이를 물라고 했겠죠. 뭣보다 무는 순서는 바뀌어도 상관없지만, 요일은 반드시 지키라고 했어요. 예를 들자면, 방금 나간 애들 중에 있던 애. 걔는 월요일 아니면 목요일에 덮치게 되어 있던 아이였죠. 요일에 집착하는 변태 보셨어요? 정신병자라면 또 몰라. 처음 시작할 때는 착수금조로 30만 원 받았고요. 그 후로는 한명 당 20만 원씩……. 200만 원 조금 넘게 받은 셈이네요. 돈 보낼 때 퀵을 써서 얼굴도 몰라요. 애들 정보는 의뢰받을 때 한꺼번에 받았고요. ……저도 처음에는 무서웠거든요. 헌데 딱 한번 그쪽이랑 전화통화가 된 적이 있었어요. 걱정하지 말라고 안심을 시켜주더라고요. 걔네들 절대로 경찰에 신고할 수 없는 애들이니까 염려 말라고. 혹시라도 잡히면 아까 그 번호로 전화를 걸라고 했었어요. 그 사람이 모든 걸 해결해 줄 거라나? 저도 머리가 있는데 번호 받자마자 인터넷에 쳐봤죠. 단번에 뜨던데요? 선암여고 교장실……. 이게 무슨 뜻일까요?"

진짜 무는 남자는 따로 있다. 그는 추행과 같은 목적에서 아이들을 선별한 게 아니다.

절대로 경찰에 신고할 수 없는 아이들이라니. 피해자들에게 뭔가 켕기는 구석이 있다고밖에는 생각되지 않았다.

'내가 신고하지 않은 건 그냥 귀찮아서였어.'

그러나 그것은 채율 혼자만의 이유였다. 다른 선배들은 어째서 잠자코 있었을까.

참고서에 나오는 문제와는 차원이 다른 고난도 문제가 눈앞에 있었다.

혹시 내가 알지 못하는 사이에 범죄에 연루된 건 아닐까? 지구를 돌리는 힘이 악(惡)이든 부조리든 상관없지만 그로 인해 자아를 모독당하고 싶지는 않다. 어린 시절 오빠는 새로운 문제를 만나면 방문을 걸어 잠근 채 깊은 생각에 잠기곤 했다. 침식까지 망각하는 무서운 집중력이었다. 이번만큼은 채율도 문제에 집중했다.

'이건 내 문제다. 나만이 풀 수 있는 문제다.' 라는 확신이 들었다.

해답에 도달한 때는 중간고사 전날이었다. 진짜 무는 남자를 만나기 위해 자견관으로 향했다. 학교는 고요했다. 아이들은 고문당하듯 공부하고 있었다. 지식을 우겨넣느라 주위에서 벌어지는 일들을 돌아볼 여력이 없다.

무는 남자는 연극부실 녹색 철제 책상에 앉아 있었다. 아이들이 제출한 연구 과제를 훑어보고 있었다. 스탠드 조명에 비추인 콧날이 놀랄 만큼 이사장과 닮아 있다. 등 뒤에 있는 책장에는 수백 권의 대본들이 정리되어 있었다. 무수대 아이들은 공교롭게도 이곳에서 안드레예프를 도둑질했었다.

무는 남자는 갑자기 나타난 채율을 보고도 놀라지 않았다. 오히려 어서 자리에 앉으라는 손짓을 했다.

창문 너머로 보이는 학교 건물은 무덤 같았다. 10년 전에도 똑같은 모습이었을 학교. 10년 후에도 변함없을 학교. 아이들은 계속 바뀌지만 시간은 멈춰져 있다.

학생들은 3년이라고 하는 수형생활을 참으면 다른 곳으로 떠나지만, 사립 선암여고 교원들은 퇴직 때까지 같은 직장에서 일한다.

주어진 선택지는 두 가지. 승진을 향해 달리자면 타락을 감수해야 하고 승진을 포기하면 곰팡내 나는 안정을 견뎌야 한다.

의자에 앉아 있는 건 타락과 부패가 변증법적으로 굳어버린 괴물이었다. 한참 동안 두 사람은 시선을 교환하며 말이 없었다.

하연준은 품속에서 붉은색 박스를 꺼냈다. 담뱃갑 같은 상자 안에서 알사탕이 나왔다.

"감기 사탕이야. 요즘 금연 중이거든."

손을 들어 거절했다. 그는 느물느물 웃으며 사탕을 제 입에 넣는다. 체리향 단내가 풍겨 왔다.

"나한테 고맙지? 잘못했으면 너도 범죄자가 될 뻔했잖아."

채율은 고개를 떨어뜨렸다. 이곳까지 오면서도 빗나가길 바랐던 추측이었다.

가짜 무는 남자가 언급했던 월요일과 목요일은 채율이 수학 과외 수업을 받는 날이었다. 몽타주 작성을 도와준 1학년 전학생에게 물어보니 같은 선생님께 과외를 받고 있었다.

며칠 전 과외 수업 날 채율은 스팸문자가 과외 선생님 핸드폰에 전송되도록 예약해 놓았다. 아버지께는 선생님께 작은 선물을 드리도록 미리 부탁드려놓았다.

대리운전. 대출. 도박 바카라. 5분 차이로 도착하는 문자를 확인하기 위해서 과외 선생님은 수시로 핸드폰 비밀번호를 입력했다. 아버지는 과외 선생님을 잠깐 밖으로 불러 선물을 드렸다. 그 사이 아까 봐둔 비밀번호를 눌러 데이터를 확인했다. 과외 선생님의 핸드폰에는 그동안 무는 남자에게 피해를 입은 학생 전원의 이름과 번호, 이여주 교장 선생님의 연락처까지 저장되어 있었다.

"언제부터 아셨어요? 교장 선생님이 시험지를 유출해서 학부모들에게 넘기고 있다는 거."

"정년이 훌쩍 넘은 등사실 노인네를 해고하지도 않고 싸고돌 때. 학교서 오래 있다 보면 감이 와. 교장 바뀐 후로 운영위 회장 따님이 성적이 쭉 오르기도 했고."

등사실 기사가 준 시험지를 이 교장이 과외 선생에게 넘기고 과외 선생은 과외 프린트 형식으로 가공해서 학생들과 수업을 한다. 그 과정에서 학부모와 교장 사이에 목돈이 오고갔음은 물론이었다.

"등사실 노인네, 내가 증거까지 대는대도 놀라지도 않더라고. 자길 해고하면 폭로할 테니 알아서 하라나? 이사장 아들이라는 포지션을 가지고 있는 내가 경찰에 신고할 수 없다는 걸 아는 거지. 그렇다고 이 교장을 내쫓을 수도 없어. 쓸데없이 많이 알고 있어서 정년 때까지는 데리고 있어야 하거든. 짜증나게 스리."

"그래서 무는 남자를 만들어 내신 거예요? 학교 사람이 아닌, 외부인이 시험지 유출을 알고 있는 것처럼 위장하기 위해서?"

여학생들을 물고 사라지는 변태와 학교 선생님을 연결시킬 수 있는 이는 많지 않으리라. 일부러 교사답지 않은 응징방법을 선택했다.

연준은 웃음을 터트렸다. 마흔이 넘은 나이였지만 평생 어머니의 비호 아래 산 사람이라 늙은 거죽 밑으로 천진함이 꿈틀대고 있었다. 멋진 장난을 꾸며놓고 아무에게도 털어놓지 못해 안달했던 어린아이처럼 이 교장을 골탕 먹인 이야기를 신나게 털어놓았다.

과외가 있는 날마다 무는 남자를 시켜 학생들을 물게 했다. 변태가 계속해서 자신이 가르치는 학생들만 노리는 일이 벌어지니 과외 선생도 교장에게 보고해야 했다. 연준은 돈을 요구하는 협박메일도 보냈다. 평생 쌓아온 명예를 단번에 놓칠 걸 두려워한 교장은 2000만 원이 넘는 돈을 보내주었다. 가짜 무는 남자에게 지급한 210만 원을 제외하면 1790만 원의 이득을 챙긴 셈이었다. 교장은 학부모들에게 이야기해 무는 남자를 신고하지 못하게 했다. 시험지 유출은 당연히 중단되었다. 의심을 피하기 위해 과외는 계속 되었지만 가격은 떨어졌다.

연준은 쉴 새 없이 떠들어댔다. 채율의 담임 정동수가 임용되기 위해 누구와 누구에게 돈을 바쳤는지 액수까지 구체적으로 설명했다. 교장이 잘못을 저지른 걸 알면서도 학교를 관두지 못하는 불쌍한 인물이라고 했다. 현실은 17살이 감당하기에 버거울 정도로 포르노처럼 적나라했다.

어머니에 대한 배신감은 훨씬 더 컸다. 미국에 있으면서도 원격조종하듯 딸을 움직였던 어머니. 단 한 번도 딸이 가진 가능성을 믿지 않았던 어머니. 무는 남자가 습격하지 않았다면 아무런 의심 없이 어머니가 소개한 과외를 받고 전교 1등을 했을 것이다. 게다가 어머니는 중간에 과외 선생님을 바꾸려고 했었다. 무는 남자 소동으로 시험지 공급이 중단되었기 때문이었다. 시험지 유출에 대해 분명히 알고 있었다.

소름이 끼친다.

평생 어머니의 꼭두각시가 되는 삶. 어머니가 만들어준 무대 위에 살면서도 아무것도 모르는 삶.

"한 가지 묻고 싶은 게 있는데요. 왜 일부러 힌트를 주신 거죠? 저 대본들이 아니었다면 선생님이 무는 남자라는 걸 맞추지 못했을 거예요."

손가락으로 책상을 가리키며 채율이 물었다. 책상 오른편 바닥에는 제본된 대본이 산처럼 쌓여 있었다. 연구과제로 나눠주었던 대본들이다. 「존경하는 엘레나 선생님」은 시험 전날 수학 시험지를 달라고 학생들이 선생님을 찾아가 협박하는 내용이었다. 「모범생들」도 커닝을 시도하는 학생들에 관련된 내용이다. 1학기만 해도 연극부 연구과제는 「햄릿」, 「인형의 집」, 「샐러리맨의 죽음」과 같이 고등학생다운 고전이었다. 무는 남자가 출현한 이후 모조리 현대극으로 바뀌었다. 그것도 부정 시험을 다룬 작품들로만.

"난 항상 진정한 교사가 되고 싶었거든."

하연준이 조용히 미소 지었다. 물어뜯은 상처를 바라보는 것처럼 황홀한 눈빛이었다.

"진정한 교사요?"

"무는 남자를 잡겠다고 설치는 아이들이 생겼단 얘길 듣고 뿌듯했어. 이 학교에는 멍청이들만 다닌다고 생각했는데. 그래도 쓸만한 놈들이 있잖아? 나는 나와 내기를 했던 거야. 저 아이들 중 누구라도 진실에 도달한다면 교사된 입장에서 아주 멋진 상을 주기로."

연준은 책상 서랍을 열어 묵직한 크라프트 봉투 하나를 꺼냈다. 사탕을 권했던 것처럼 채율에게 봉투를 넘겨주었다.

정수리에서부터 척추까지 찌르르 전기가 흘렀다.

안에 들어 있는 것은 시험지였다. 당장 내일 치를 중간고사 시험지가 한과목도 빠짐없이 출력되어 있었다.

"이번뿐만 아니야. 네가 졸업하는 마지막 학년 마지막 시험까지 모든 시험지를 제공하지. 내신은 물론이고 모의고사 시험지까지. 등사실 노인네도 2년 후면 임기가 끝나는 교장보다야 나를 따르는 게 훨씬 이득이라는 걸 알고 있겠지."

"그럼 선생님도 교장 선생님하고 똑같아지는 거잖아요. 이럴 거면 뭐 하러 무는 남자를 만들어냈어요? 왜 선배들을 물었냐고요?"

"그 아이들하고 비교하지 마. 넌 자기가 살아있다는 걸 증명한 유일한 아이야. 변칙을 누릴 자격이 있다고."

한없이 다정한 손길로 연준은 채율의 교복 칼라를 정돈해 주었다. 투명하지만 염산처럼 유독한 시선. 최면 걸듯 나직한 목소리로 다시 속삭였다.

"인생의 해답을 하나 가르쳐줄까? 지금까지 네가 배운 건 다 가짜였어. 앞으로 배울 것도 모두다 쓰레기지. 순위나 석차는 네 가능성을 손상시키려고 고안된 정신적인 족쇄일 뿐이야. 선생으로서 한 명쯤 사람답게 키우고 싶었어. 전교 2등도 실패자 취급하는 이 이상한 시스템에서. 인간으로 살아. 패배자도, 공부하는 기계도 되지 마. 쓸데없는 죄책감도 갖지 말고. 네 머리로 생각하고, 그 생각 외에는 믿지 마. 아무것도. 그 누구도."

정신을 차려보니 연극부실 밖에 서 있었다. 깊은 밤 풀벌레 우는 소리가 들렸다.

채율의 가슴에는 혼자서 답을 찾아야만 하는 문제가 들려 있었다.

사지선다형 문제였다.

1번. 시험지를 가지고 경찰서에 가서 지금까지 있었던 모든 일들을 털어놓는다. 무는 남자에게서도 어머니에게서도 해방될 수 있는 방법이다. 기회는 지금밖에 없다. 내일 시험이 되면 이 증거물의 가치는 사라지고 만다. 하지만 1번을 택할 경우 어머니가 경찰 조사를 받아야 한다.

2번을 택할까? 하연준 선생님이 말대로 하면 3년 내내 편하게 살 수 있었다. 무시당할 일도 없고, 속상해할 일도 없다. 남는 시간에 원하는 책도 마음껏 보고, 영화나 예술작품도 마음껏 감상할 수 있다. 다른 아이들과 즐겁게 어울릴 수도 있겠지. 평범한 여고생처럼 떡볶이를 먹고, 콘서트도 보러가고, 장난치고 수다를 떨고.

그 순간 한 가지 깨달음이 심장을 울렸다. 한 명 한 명 무수대 아이들이 떠올랐다.

그래. 그 아이들과 어울리는 건 재미있었다. 귀찮기는 했지만 지루하지는 않았다.

3번도 존재했다. 이번만 연준이 준 시험지로 전교 1등을 하고 미련 없이 미국으로 떠나가는 것. 어머니는 교장 선생님이 시험지를 빼돌리지 못했다고 여길 테니, 채율이 자기 실력으로 1등을 했다 믿을 것이다. 한 번도 딸을 신뢰하지 않았던 어머니의 코를 납작하게 해줄 수 있다. 그러나 이것도 기만이다. 진짜 실력으로 이뤄낸 것이 아닌 이상.

4번. 시험지를 구석에 처박아 두고 아무 일도 없었던 것처럼 열심히 공부해서 시험을 치르는 것이다. 가장 현실적이고 정답 같아 보이는 방법이기는 하지만 이게 정말 정답일까?

구름다리를 건너 교실로 돌아가면서 채율은 고민에 빠졌다. 교실마다 휘황한 형광등이 창백한 안색으로 공부에 열중하는 아이들을 비추고 있었다.

대입 때까지만 고생하면 된다던 어른들 꾐은 유치하고 치졸한 거짓말에 불과하다. 대학에 가면 취업이라고 하는 전투가 기다리고, 취업을 하고 나면 결혼, 결혼을 하고나면 승진, 쫓겨나지 않기 위해 아등바등 몸부림치는 싸움이 뫼비우스의 띠처럼 끝없이 이어진다. 조금이라도 헛발을 디뎠다가는 구름다리에서 밑으로 추락하게 만드는 전투들.

추락한 인생이 어떤지 보여주는 경고판들은 학교 곳곳에서 살아 움직이고 있었다. 정식 선생님들과 똑같은 시간을 일하고도 월급을 달리 받는 임시직 교사들이나, 교장보다 많은 나이에도 청소나 폐지 줍기 같은 허드렛일을 하며 살아가는 노인들. 젊었을 때 시간을 허투루 보냈다가 어떤 결말을 맞게 되는지 경고해 주기 위해 일부러 고용한 존재들처럼 보였다.

오빠가 처음 미국에 갔을 때 지독한 향수병에 시달렸던 일도 기억이 났다. 오빠는 자신이 두고 온 친구들과, 행복한 학창시절을 끊임없이 그리워했다. 열두 살에 대입검정고시를 패스하던 날, 미국행 티켓을 손을 넣던 날, 유년기를 잃게 될 것임을 오빠는 알지 못했다. 엄마가 설명했다고 한들 이해할 수 있었을까. 인생은 수학 문제처럼 명료한 게 아니다.

'대체 뭐가 정답이지?'

중간고사 하루 전날, 중간고사 시험지를 들고 있었다.

잠만 자는 방

박지혁

1978년 출생. 서울대학교 국어교육과를 졸업하고 현재 경제 일간지에 재직 중이다. 한국 미스터리
작가 모임에서 활동하고 있다. 공동 단편집 『한국 추리 스릴러 단편선』을 출간하였다.

경비원 김씨 - 6개월 전, 행복아파트 213동 경비실

"형니임~ 형님, 어디 계세요?"

또 그 놈이다. 안 그래도 비실한 소변줄기가 뚝, 끊긴다. 니도 저 목소리 듣기 싫재? 우리 순찰 나간 척 조용히 숨어 있을까. 무슨 영화를 보겠다고 며칠째 계속 찾아와서 귀찮게 하는 거야?

"하하, 우리 형님 화장실 계시나보네! 빨리 끊고 나오세요오~ 제가 좋은 소식 들고 왔다니까요."

좋은 소식은 개뿔, 집 팔아먹으려고 그러겠지. 저놈은 프라이버시가 뭔지도 모르나? 지가 뭔데 조용한 나의 공간을 이렇게 쑥대밭으로 만드느냐 말이야.

"아, 자네가 어쩐 일인가? 이 시간에 가게는 어쩌고 여기까지 왔어?"

"형님 생각해서 가게 문 닫고 쏜살같이 왔죠! 이거 뭐야, 또 라면 드시게요? 아이고 형님, 연세도 있으신데 자꾸 이렇게 라면으로 때우고 그러시면 몸 상하세요! 저랑 가서 돼지갈비에 소주라도 한 잔 하면서 얘기하시죠."

"나 지금 근무 중이야. 어디 자리를 비우고 나가 술을 먹어? 여기 경비실에서 라면 먹으면 되네. 그리고, 라면이 뭐 어때서? 우리 어릴 때 이게 얼마나 고급음식이었는데!"

"아이고 어련하시겠어요. 212동 213동 주민들은 형님한테 감사패 드려야 한다니까! 이렇게 열심히 지켜주는 경비가 대한민국에 어디 있겠어요?"

"아 시끄러! 쉰소리 그만하고 얼른 가! 바쁜 사람 붙들고 뭐하자는 게야, 지금?"

"우리 형님 진짜 못됐다~ 자기 생각해서 이리 뛰고 저리 뛰는 내 마음을 이렇게 몰라주시고! 형님, 제가 복비 몇 푼 받자고 이러는 게 아니에요. 그깟 18평짜리 계약해 봐야 얼마 떨어지지도 않아요. 그런 푼돈에 연연할 제가 아닙니다. 이 집이 급매로 너무 싸게 잘 나와서, 꼭 형님한테 해드리고 싶어서 이러는 거라니까요, 진짜."

"그럴 돈이 어디 있어? 먹고 죽으려고 해도 나 그런 돈 없네!"

"아따, 이 형님 좀 보소. 누가 그 돈 뺏어갑니까. 이렇게 경비실에서 먹고 자고, 월급 꼬박꼬박 다 모아놓은 거 동네 사람들 다 알아요. 저 아래 신협 우수고객이시라면서요? 형님, 요즘은 있잖아요? 저축의 시대가 아니라 투자의 시대예요. 적금 붓고 정기예금 넣어놔 보세요, 잘 아시겠지만 이자가 쥐꼬리 아닙니까! 그렇다고 형님 연세에 쪽박 찰지도 모르는 주식을 할 수도 없고, 3년 5년 묵혀둘 펀드를 할 수도 없는 거 아닙니까. 답은 딱 하나, 부동산이란 거예요!"

"하이고, 내가 살다보니 부동산업자한테서 부동산 좋다는 얘기를 다 듣는구먼. 복덕방쟁이가 부동산을 권할 줄은 내 미처 몰랐네."

"하하하, 우리 형님, 베~ 베~ 꼬이셨다니까. 이런 형님이 뭐가 좋아서, 내가 이렇게 발 벗고 도우려고 안달하나 몰라. 오늘밤 곰곰이 생각해 보세요. 내일이면 임자가 나타날지도 몰라서 그래요. 제가 아까 신협 김 과장이랑 통화했는데요, 형님 조건이면 5%대 금리로 이천만 원까지 대출 가능하대요. 전세 끼고 대출 이천 받고 나머지 사천만 마련하시면 스위트홈이 생기는 겁니다. 언제까지 이 난방도 시원찮은 경비실 구석에서 새우잠 주무실 거예요? 형님도 이제 잠만 자는 방, 벗어나셔야죠!"

"사천이 누구 집 애 이름이야? 먹고 죽으려고 해도 난 그런 돈 없네. 게다가 빚이 이천? 요즘 사람들은 빚 무서운 줄 몰라 큰일이야. 이천만 원을 모으려면 몇 년을 뼈 빠지게 일해야 되는 줄 아는가? 내 월급 한 푼 안 쓰고 모아도 꼬박 2년이네!"

"형님이 그래서 답답하시다는 거예요. 집값은 그동안 가만히 있나요? 15년 채우고 리모델링 하거나 은근슬쩍 옆 동네 뉴타운 개발 들어가면 앉아서 수 천만 원 버시는 거예요. 어떻게들 알았는지, 돈 싸들고 와서 물건 없냐고 묻는 사람들이 수두룩하다고요. 이 집은 나오자마자 제가 딴 데 안 돌리고 형님한테 바로 갖고 온 거예요. 게다가 집주인 사정이 급해서 천만 원이나 싸게 내놓은 알짜배기라고요! 진짜 마누라한테도 주기 아까운 물건인데……"

"그렇게 좋으면 자네 마누라 주면 되겠네. 나 라면 끓여야 되니어서 가보시게!"

"형님, 언제까지 이렇게 사실 건데요? 형님도 남들처럼 번듯하게 한번 살아보셔야 할 거 아닙니까. 단지상가에 수릉갈비, 거기주방 아주머니 좋아하시죠? 홀로 되신 두 분이서 한 집에서 알콩달콩 재미나게 살면 좀 좋아요? 여기 내 명의로 아파트 있네, 하시면 아주머니도 혹 할 거 아니냐고요~"

"무, 무슨 망측한 소리를……. 누가 누굴 조, 좋아해?"

"우리 형님 얼굴 빨개지신 것 좀 봐~! 그러게 돼지갈비 먹으러 가자니까는. 제가 아주머니 앞에서 형님 명의로 아파트도 생긴다, 분위기 좍악 잡아드리려고 했더니……. 내 맘을 몰라줘도, 이렇게 몰라줘요! 이참에 아파트 장만하시고, 용기내서 대쉬해 보세요! 아 진짜, 하루하루가 아깝잖아요, 형님 연세에……."

"시끄러. 비싼 밥 먹고 이상한 소리만 잔뜩 하고 있어! 얼른 나가!"

"잘 생각해 보십쇼~ 내가 장밋빛 인생 설계 다 해 드렸구먼! 내일 오겠습니다아~ 모레는 늦어요, 진짜 내일까지만 기다릴 겁니다."

스튜어디스 박미정 - 석 달 전, 행복아파트 211동 1304호

"몰라! 콕 집어 말할 수는 없는데, 뭔가 미묘하게 달라져 있어~"

"뭐가 달라져 있는데? 없어진 거라도 있어?"

얼굴에 에센스 팩을 붙이느라 고개를 한껏 젖힌 채 김 선배가 묻는다.

"아니, 혹시나 해서 다 뒤져봤는데 없어진 건 없어. 근데 계속 찜찜해!"

"너 요새 무리해서 그래. 비행 내내 신경이 곤두서 있잖아! 피곤해서 그런 걸 거야."

"피곤한 게 어제오늘 일인가? 이 일 하루이틀 한 것도 아니고……. 분명히 나 없을 때 집에 누가 들락거리는 것 같아~"

"누구? 짐작 가는 사람이라도 있는 거야? 혹시, 옛날에 그 스토커?"

"아니, 그 자식은 이렇게 치밀하지 못해. 따로 짐작 가는 사람도 없고. 근데 집에 올 때마다 무서워서 죽겠어! 얼마 전엔 전기충격기도 사왔다니까?"

"너, 그래서 오늘 자고 가라고 그랬구나? 스토커한테 나까지 같이 당하라고? 으응?"

하얀 시트지를 얼굴에 붙인 그녀가 눈을 동그랗게 뜬다.

"미안미안, 그래도 나 혼자보단 낫잖아. 내가 다음에 맛있는 거 살게, 선배~"

"뭐 이렇게 수다도 떨고 좋긴 하다만, 매일 이러면 어떻게 사냐? 뭔가 방법을 찾아봐야 하는 거 아냐?"

"그러게. 확 이사라도 갔으면 좋겠는데, 집주인 바뀌면서 새로 전세계약 한 지 두 달밖에 안 됐어. 그 전 집주인이 전세금 빼줄 형편이 안 됐고, 새 집주인도 그냥 살아주면 좋겠다고 해서. 차라리 그때 이사를 갈 걸. 이럴 줄 알았나, 뭐?"

"이 정도 아파트 전세가 이 가격이면 나쁘진 않지. 일단 버텨보고, 도저히 안 되겠으면 복비 물고 중간에라도 나가. 계속 이렇게 불안하게 살 수는 없잖아, 안 그래?"

"응, 그래야 할까봐. 아, 내가 진짜 이것 때문에 늙는다, 늙어! 여기 주름 느는 것 좀 봐."

팩을 붙이고 나도 나란히 눕는다. 장거리 비행 후라 몸이 천근만근이다.

"일단 아쉬운 대로, 경비 아저씨한테 따로 부탁해 놓고. 정 안 되겠으면 CCTV 이런 거라도 달아봐. 진짜 스토커든, 니가 예민한 거든, 눈으로 확인하면 마음은 편하잖아."

"아이고, 그럴 돈 있으면 악착같이 모아서 좋은 집으로 이사 가겠네요~"

"어련하시겠어요, 짠순이 아가씨. 그럼 돈 안 드는 보디가드 겸 애인이라도 구해 보시든지요. 내가 매일 와서 같이 잘 수는 없잖아. 지난 번에 명함 주고 간 그 남자는 어때?"

"누구? 아, 그 남자? 대학 때 아이스하키 선수 했다고 하고 덩치도 좋긴 하더라, 크크. 근데, 남자를 매일 집으로 데려오란 거? 이 사람이 진짜!"

"히히, 뭐 겸사겸사, 진도도 빨리 나가고 좋은 거 아닌가? 너무

스트레스 받지 말라고 한 소리야. 덩치 좋은 남자랑 같이 다니면, 스토커 지도 겁먹을 거 아니니. 옛날에 스토킹 당하던 거 생각나서 더 불안한 거 같아, 너~"

"아이씨, 그런가? 그때도 어찌나 끔찍했던지……. 내 눈앞에서 그 사람만 없애준다면 뭐든 할 수 있을 것 같더라니까?"

"나도 생생하게 기억나, 니가 얼마나 진저리를 쳤는지. 근데, 그 사람은 어떻게 떼어낸 거야? 어느 순간 소리 소문 없이 사라지지 않았나?"

뭐, 뭐야, 이 언니, 별 걸 다 기억하고 있네? 그게 언제 적 일인데!

"응? 으응, 그렇게 됐어. 경찰에서 일하는 아는 분이 중간에서 잘 해결해 주셨지."

"그래? 진짜 다행이다. 이번에도 문제 있으면 그 분한테 부탁하면 되겠네! 아직도 연락돼? 어떻게 아는 분인데?"

"그냥 어찌어찌 하다가~. 진짜 이번에도 스토킹이면, 언니 말대로, 그 분에게 부탁해야겠어. 그렇게 되지 않기를 바랄 뿐이야, 에휴~."

"왜 한숨을 쉬어? 아니라면 좋겠지만 설령 그렇대도 해결방법이 있는걸! 마음 편하게 가져, 아가씨."

"그래그래, 알았어. 언니밖에 없다. 몸도 피곤한데, 맥주 한 캔씩 어때?"

"어우, 말을 많이 했더니 갈증난다 야. 후딱 가져와보셩~"

"히히, 알았어. 금세 대령하겠습니다."

고개를 젖힌 채 냉장고로 가는 발걸음이 무겁다. 저 언니, 괜히 데려왔네. 쓸데없는 생각만 나게 만들었어. 젠장, 기분이 영 별로다.

경비원 김씨 - 5개월 전, 행복아파트 213동 경비실

211동 1304호. 오늘도 불이 꺼져 있다. 사흘째다. 이번엔 먼 나라로 가는 비행기를 탔나보군. 이전에도 가끔씩 여행용 가방을 끌고 다니던 그녀를 본 적이 있다. 얼굴에는 곱게 화장을 하고, 숱많은 머리를 단정하게 빗어올린 모습이 참 예뻤다. 언젠가 유니폼을 입은 모습을 보고서야, 스튜디어스인가 스튜어디스인가 하는 비행기 승무원이라는 걸 알았다. 그래서 매일 여행용 가방을 가지고 다녔구먼. 키도 늘씬하고 환하게 웃는 모습이 참 예쁘다 했더니, 그래서였어.

내가 계약할 집이 211동 1304호라는 걸 알았을 때도, 그녀가 살고 있는 줄은 몰랐다. 집주인이 같은 아파트 경비원이라면 행여 무시할까봐, 일부러 얼굴 내밀지 않고 복덕방쟁이가 알아서 하게 두었기 때문이다. 놈이 하도 재촉하는 통에, 떠밀리다시피 산 집이지만, 사고 나니 행복했다. 2년 전세계약을 마쳤으니, 2년 동안 죽어라 대출을 갚으면, 저 집이 완전한 내 것이 된단 말이지. 그 사이 집값이라도 오르면, 한 몫 단단히 쥘 수도 있단 말이지.

야간이나 새벽에 순찰을 돌 때도, 밤에 잠이 안와서 뒤척이다가도, 211동 쪽을 바라보면 마음이 뿌듯했다. 내가 살지는 못해도 밤이면 환하니 따뜻한 불빛이 들어오면 좋으련만, 어찌된 일인지 불이 켜져 있는 날보다 꺼져 있는 날이 더 많았다. 관리사무소 김양에게 부탁해, 모든 입주민이 작성하게 되어 있는 신상카드를 들춰보니 비행기 승무원, 오다가다 몇 번 본 적이 있는 그녀였다.

그렇구먼, 이 나라 저 나라 날아다니느라 집을 자주 비웠구먼.

잘 되었네. 자네가 없는 동안 우리 집은 내가 잘 지키고 있으면 되니 말일세. 집은 걱정 말고 마음 편히 출장 다니시게. 불편한 거 있으면 언제든 말하고. 꾸벅 인사를 하는 그녀에게 마음속으로 중얼거리곤 했다. 내 나이 내일 모레 육십, 평생 처음 가져보는 내 집. 거기에 저렇게 예쁜 그녀가 산다니, 이건 하늘이 내려준 인연이 아닌가. 그 떠버리 복덕방쟁이가, 내 인생에 복덩어리를 가져다주었어. 대출은 끔찍이도 싫지만, 정기예금보다 몇 배는 더 뿌듯하고 든든하다. 이래서 사람들이 부동산, 부동산 하는 건가.

복덕방쟁이는 계약서와 함께 대여섯 개가 달린 열쇠꾸러미를 내밀었다. 뭐가 이렇게 많누, 했더니 현관문에 전자 도어락이 하나 더 있단다. 한 달에 한두 번쯤은, 비밀번호를 잘못 눌러서 그렇다던가, 온 단지가 떠나가라 경보음이 울리곤 하는데 그것인가 보다. 하긴 요즘은 그거 안 해 놓은 집이 없지. 암, 여자 혼자 사는데 그런 게 꼭 필요하지. 도둑이라도 들면 큰일 아닌가. 잘 했구면. 그나저나 나중에 내가 들어가 살 때는 비밀번호를 뭐로 해야 하나. 요즘 자꾸 깜박깜박하는데, 절대 잊지 않을 숫자가 뭐가 있을까. 행여 경보음 울리면 동네 창피해서 못 살 텐데……. 허허, 집을 사고 났더니 별걸 다 고민해야 하는구면, 허허.

힘든 농사일 못하겠다고 열일곱에 서울 올라와 닥치는 대로 돈을 벌었다. 아침에 눈 뜨면 아무거나 주워 먹고 나가서 일하고, 한밤중이 되어서야 들어와 방에선 잠만 자는 게 고작이었다. 일거리 따라 이리저리 떠돌면서 '잠만 자는 방'을 많이도 구하러 다녔다. 내 한 몸 누일 공간만 있다면 반지하든 옥탑이든 상관없었다.

스물두 살 젊은 혈기에 만난 밥집 여자와 살림을 차린 적도 있었다. 두부와 호박을 많이 썰어 넣은 된장찌개를 기막히게 끓여내는 여자였다. 내 생애 '잠만 자는 방'에서 벗어날 수 있었던 유일한 시간. 이제 어엿한 전셋집 장만해 자식도 낳고 남들처럼 살아보나 했더니, 여자는 다른 놈과 눈이 맞아 전세금을 들고 날라버렸다. 그런데 이상도 하지. 몇 년을 모은 전세금보다, 그녀가 끓여주는 된장찌개를 먹을 수 없다는 게 더 원통했다. 오랜 방 살이에 지쳐, 집 밥이 그리 사무치게 그리웠던 것인지……

그 여자 잡겠다고 몇 년 허송세월, 인생 될 대로 되라고 자포자기해 또 몇 년, 그렇게 36년을 살았다. 인생이 모진 거라, 밤낮으로 열심히 벌었건만 환갑을 바라보는 이 나이에도 경비실 구석에서 새우잠을 자는 처지이지만, 이젠 어엿한 내 집이 생겼다. 그 집에선 잠만 자지 않아도 된다. 따뜻한 밥을 지어 먹고, 물값 아깝겠지만 아침저녁으로 샤워를 할 수도 있다. 초라한 더부살이 단칸방이 아니라 어엿한 내 집에서, 마누라가 끓여주는 된장찌개를 먹고 TV를 보다 행복하게 잠드는 시간이, 나에게도 찾아올 것이다. 2년만, 딱 2년만 고생하면.

스튜어디스 박미정 – 두 달 전, 행복아파트 211동 1304호

젠장, 놈이 또 왔다갔다. 비가 새어 들어와 우툴두툴 일어나 있던 베란다 쪽 장판이 가지런해지고, 욕실에 깨진 타일 위치가 조금 바뀌었다. 안방 문도 열었다 닫은 흔적이 있고, 옷방 겸 서재로 쓰고 있는 작은 방에는 찌그러진 서랍 고리가 조금 펴져 있다. 일부러 가지런히 정리해 둔 속옷 서랍과 보이는 곳에 놓아둔 현금과 귀금속은 손 댄 흔적도 없다. 치밀한 놈, 대체 누구야? 내가 없는 집에서 무슨 짓을 하고 있는 거야? 문은 어떻게 열고 들어오는 거지? 안 되겠다, 보조키도 하나 더 달고, 현관문 비밀번호도 바꿔야겠어.

경비실에 가서 엘리베이터에 설치된 CCTV를 한참 뒤졌지만, 수상한 사람은 보이지 않았다. 출장가고 없는 동안, 수상한 사람 없는지 신경 써서 봐달라고 경비실에 따로 부탁까지 했는데, 소용이 없다. 그 경비 아저씨는 일을 하는 거야, 마는 거야? 진짜 방에 CCTV라도 달아야 하나. 그냥 복비 내고 이사를 가버릴까. 뭘 하든 수십만 원은 깨질 텐데, 아까워서 어떻게 하냐고. 게다가 이 돈으로 어디 가서 이런 전세를 구할 수 있겠어. 젠장, 망할 놈의 스토커!

죽어도 대학 못 보내준다는 아버지한테 두들겨 맞고, 스무 살에 뛰쳐나왔다. 한 평짜리 고시원 방에서, 닥치는 대로 알바하면서 겨우 대학을 마쳤다. 누군지도 모르는 아저씨들과 합판 하나를 사이에 두고 사는 일은 고역이었다. 여자라는 걸 알면 허술한 문을 부수고 들어와 해코지라도 할까봐, 기침 소리도 제대로 못 내고 살았다. 가장 끔찍한 건, 아침저녁으로 씻는 일이었다. 욕실까지 가다가 남자들과 마주치는 일도 무섭고, 씻고 있는데 술 취한 누군가가 나오라고 문을 두드리면 몸이 얼음처럼 굳는 것 같았다.

고시원을 탈출하는 것, 하다못해 5만 원 더 비싼 여성전용 고

시원으로 옮기는 것이 유일한 꿈이었다. 그 지긋지긋하던 고시원을 나와서 '잠만 자는 방'을 얻었을 때에는 뛸 듯이 기뻤다. 욕실을 공동으로 쓰는 건 똑같고 좁은 방에서 잠만 자는 것도 다를 바 없었지만.

스튜어디스로 합격하고 나서도, 피 같은 월세 조금 더 나가는 게 아까워 방 살이를 전전했다. 전세자금 마련될 때까지만 참자, 육중한 현관문과 나만의 욕실이 있는 전셋집을 얻을 수 있을 때까지만, 4년간 스스로를 다독였다. 남들 안 하는 힘든 근무 뛰면서 수당 받고, 악착같이 모았다. 그렇게 얻은 소중한 나의 집을, 스토커 때문에 떠날 수는 없다.

이사 오기 전, 몇 달을 괴롭혔던 스토커가 떠오른다. 모든 승객에게 으레 하는 서비스를 했을 뿐인데, 우리가 운명이라느니, 첫눈에 알아봤다느니, 너는 깨닫지 못하지만 나를 사랑하고 있다느니 하면서 치근덕댔다. 조금 그러다 말겠지 했는데 정도가 점점 심해지더니, 급기야 집까지 알아내 끈질기게 감시하는 거였다. 철물점에서 열쇠를 사다가 달기는 했지만, 집 안까지 들어와 방문을 두드릴 때에는 정말이지 죽고 싶었다.

그 놈에게서 어떻게 벗어났는데 또 스토커라니, 기가 막힌다. 그래, 내가 예쁜 게 죄지, 웃어넘기기엔 치러야 할 대가가 너무 크다. 이번엔 정체를 모르니 더 불안하다. 차라리 지난번처럼 좋아한다고 막무가내로 덤비는 게 낫지, 이건 흔적이 없으니 떼어낼 방법도 없질 않는가. 보조키를 달고 비밀번호를 바꿔도 소용이 없다면, 직접 잡는 수밖에 없다. 내가 여길 나가지 않으려면, 놈이 여기 오지 못하게 해야지. 전기 충격기를 어디다 뒀더라? 마음 단

단히 먹어야 한다. 그래, 지난번에도 잘 해내지 않았는가. 이번에
도 잘 할 수 있을 거다. 그럼, 그럴 거다!

경비원 김씨 – 4개월 전, 행복아파트 211동 1304호

1304호 현관문 비밀번호는 여섯 자리다. 다른 집들은 네 자
리도 많은데, 숫자 여섯 개를 빨리 누르려니 손가락에 경련이 인
다. 왼손에 들고 있는 택배상자를 꼭 끌어안았다. 혹시 사람들 눈
에 띌까봐 아무 상자나 들고 온 것이다. 303304, 303304, 아참,
303304 누르고 별표를 눌러야지. 마음속으로 몇 번을 외워보고
서야 번호를 누른다. 띠리링~ 소리가 나며 철컥, 문이 열렸다. 잽
싸게 안으로 들어간다. 경비 옷 대신에 다른 옷을 입을 걸 그랬
나. 아니지, 그럼 CCTV에 찍혀 오해를 받을 거다. 그래, 잘했어.
나는 찾아가지 않는 택배를 갖다 주러 올라온 거야.
 심장이 뛴다, 대강 땀을 훔쳐내고 심호흡을 했다. 살짝 구경만
하는 거다, 구경만. 누가 뭐래도 여긴, 내 집이 아닌가. 내 돈 주고
내가 산 집을 볼 권리도 없단 말인가. 뭘 훔쳐갈 것도 아니고, 누
구 해코지 할 것도 아닌데. 그냥 잠깐 구경만 하는 거다. 211동은
내 구역이 아니고, 지난번에 잠깐 들어와 본 게 전부라, 내부 구
조도 잘 모른다. 내부 구조를 알아야 나중에 어떻게 해놓고 살지
계획도 세우고 하지. 그래, 그것만 살짝 둘러보고 얼른 나가자.
 303304 그리고 별표. 이 번호를 몰랐다면 좋았을 것을. 일단
번호를 알고 나자, 들어가 보고 싶다는 생각이 머리에서 떠나질

않았다. 나쁜 짓이란 건 안다. 행여 발각되기라도 하는 날엔, 경비자리고 뭐고 다 날아갈 거라는 것도 안다. 하지만 이 집에서 그녀가 어떻게 해놓고 사는지 보고 싶었다. 어디에서 잠을 자는지, 세탁기는 어디에 두고 쓰는지, 가스레인지는 안전한지, 보고 싶었다. 방이 두 개나 된다는데, 크기는 얼마나 되는지, 창문은 어느 쪽에 붙었는지도 알고 싶었다. 그녀가 매일 집에 있는 것도 아니니, 혹시 문제는 없는지 들여다봐줘야 할 것 같았다.

사흘 전, 야간순찰을 돌고 있는데 누가 나를 불러 세웠다. 뒤돌아보니 그녀였다. 화장기도 별로 없이 감색 추리닝을 입고 있었는데도, 유니폼을 입었을 때처럼 너무 예뻤다. 무슨 일이냐고 물었더니, 세면대 개수구를 좀 봐 달라 했다. 평소 같았으면 그건 내 업무가 아니니 내일 관리사무소로 가보라고 냉정하게 거절했을 테지만, 다른 누구도 아닌 그녀의 부탁이 아닌가. 게다가 그 집의 주인은 나다. 당연히 가서 봐줘야지. 세입자 -하하, 내가 이런 말을 써보게 되다니- 가 요구하면 집주인은 들어줄 의무가 있다, 라고 복덕방쟁이가 그러질 않았는가.

현관문 비밀번호를 누르는 그녀 뒤에 무심히 서 있었을 뿐인데, 비밀번호가 외워지고 말았다. 평소 네 자리 숫자도 잘 기억하지 못하면서, 여섯 자리나 되는 번호를 단번에 외웠다. 303304. 막힌 개수구를 뚫고, 망가진 연결관을 낑낑거리며 다시 잇는 동안에도 번호가 잊히지 않았다. 그녀가 음료수를 가지러 간 사이 화장실을 둘러보았다. 내 집 화장실이 이렇게 생겼구나. 작지만 아담하다. 샤워기 옆에 저 커튼 같은 건 물 튀지 말라고 해놓은 건가? 새하얀 세면대도 있고 거울도 이렇게 큰 놈이 붙어 있구나.

방도 둘러보고 베란다며 부엌에도 들어가 보고 싶었지만 얼른 나왔다. 그녀가 너무 고맙다고 연신 인사를 했다. 나도 인사를 하고 돌아섰다. 그날부터 끈질긴 유혹이 시작되었다. 303304 그리고 별표. 현관문 열쇠는 관리사무소에 보관되어 있을 것이다. 잠깐 가지고 나오면 되지. 303304 그리고 별표. 그녀는 수시로 집을 비운다. 이역만리 타국 땅으로 가는 비행기를 타고 있는데, 잠깐 들어갔다 나오면 어떻게 알 것인가. 303304 그리고 별표. 잠깐만 들어가서 스윽 둘러보고 얼른 나오면 된다. 303304 그리고 별표.

조심조심 신발을 벗고, 거실로 들어간다. 대낮이라 햇볕이 가득 들어와 있다. 남향인가, 아무렴 집은 볕이 잘 들어야지. 좋구먼, 좋아! 저기 앉아서 볕을 받고 있으면 고향집 툇마루에 앉은 것처럼 노곤하니 잠도 잘 오겠다. 낡긴 했지만 세 사람은 앉을 법한 소파도 있다. 휴일이면 그녀가 저기 누워서 TV를 보겠군. 과일을 깎아 먹기도 하고 커피를 마시며 창 밖을 내다보기도 하겠군. 허허, 좋구먼, 좋아!

부엌으로 가려는데, 시큼한 냄새가 코를 찌른다. 음식물 쓰레기 냄새인가. 싱크대에 설거지 거리가 가득하다. 아침에 바쁘게 나가느라 못 치운 모양이지. 바쁜 사람이니 그럴 수도 있지. 아니, 그래도 그렇지. 이렇게 오래 두면 집에 냄새가 배고 싱크대도 망가질 게 아닌가. 이런, 자세히 훑어보니 집 안 곳곳이 난장판이다. 베란다 옆 벽지와 장판은 다 일어나고 군데군데 곰팡이가 피었고, 작은 방에 있는 붙박이 서랍은 고리가 성한 것이 없으며 안방 침대 밑 장판은 홈이 패다 못해 찢어지기 일보직전이다.

현관 근처에는 홈집이 수도 없이 나 있다. 매일 끌고 다니는 그

짐가방 때문인가. 그래도 그렇지, 어떻게 이렇게 망가질 수가 있
누. 아이고, 욕실도 가관이네. 지난번에는 긴장해서 몰랐는데, 바
닥 타일도 다 깨지고 변기도 들썩거리고 쿰쿰한 냄새까지 난다.
이런 괘씸한 여자를 봤나. 자기 집 아니라고 이렇게 험하게 쓰다
니. 육십 평생 처음 가져보는 내 집을, 이렇게 다 망가뜨려 놓다니.
제 몸뚱이는 그렇게 완벽하게 꾸미고 다니면서, 집은 이렇게 난장
판을 만들어놓다니, 에이 못된 것. 아무리 자기 집이 아니라지만,
이따위로 관리를 해, 이런 괘씸한……. 1년 11개월만 있으면 내가
들어와 살 집인데, 전부 망가뜨려 놓았어, 세상에 이런 나쁜 년!

스튜어디스 박미정 - 한 달 전, 행복아파트 211동 1304호

"네, 복비는 제가 부담할 테니까 다른 세입자 구해주세요. 주인
아저씨도 멀리 사시고, 제가 집을 자주 비우니까, 우리 계약했던
그 행복 부동산에 말해둘게요. 열쇠 부동산에 맡겨둘 테니, 집 보
러 오는 사람들 데리고 오시라고요. 가능한 한 빨리 나가고 싶거
든요."
분이 풀리지 않는다. 계약서 쓸 때 코빼기도 비치지 않더니, 꼴
에 집주인이랍시고 사흘에 한 번 꼴로 전화질하는 게 한 달째다.
뭐어? 집을 깨끗하게 쓰라고? 아니, 지가 내가 어떻게 하고 사는
지 보기라도 했어? 명의만 걸어 놓으면 자기 집이야? 전세 들어
사는 동안은 엄연히 내 집이야! 지가 뭐라고 나한테 깨끗하게 쓰
라 마라야? 웃기지도 않네, 진짜. 가뜩이나 스토커 때문에 기분

찜찜한데, 이참에 전세금 빼서 작은 원룸으로 가버려야겠어.

폼을 보아 하니 늘그막에 대출 땡겨서 18평 하나 장만하신 모양인데, 그렇게 소중하면 직접 들어와 사시면 되겠네. 그러니까 전세금 빼달라고. 내 돈 내놓고 당신이 주인행세하면서 어디 한 번 잘 살아봐! 계속 살아달라고 사정사정을 할 때는 언제고, 이제 와서 집주인 행세하려고 들어, 들기를!

현관문 비밀번호를 바꾸고 보조키를 하나 더 달았더니, 스토커는 잠잠한 듯싶다. 이상하다. 좀도둑도 아니고 스토커란 것들은 이렇게 쉽게 포기하지 않는다. 갈 데까지 가고, 끝장을 봤다 싶어도 어디선가 스멀스멀 기어나온다. 현관문을 열 수 없다면, 가스관 타고 유리창 깨서라도 들어오는 놈들이다. 이사 갈 때까지 절대 방심해선 안 돼. 언제 어떻게 다시 들어올지 모를 일이야. 어쩌면 이사 가는 집까지 따라올 지도 모른다. 어떤 놈인지 알아내서 다시는 얼씬 못하게 해야 해. 전기충격기와 가스총을 가만히 쓸어본다. 내 몸과 내 집은 내가 지켜야지. 누구도 지켜주지 않으니까.

"죽을 때까지 넌, 나를 못 벗어나! 다른 놈은 얼씬도 못할 거야. 난 죽을 때까지 네 곁에 있을 거니까! 우린 운명이야, 결혼해!"

놈은 그렇게 말했었다. 변변한 가구도 없이 비키니 옷장과 캐리어와 이불 따위가 있던 잠만 자는 방. 마트에 카트를 밀고 들어오는 손님처럼, 놈은 당당하게 수시로 쳐들어왔다. 공용으로 쓰는 현관문은 늘 열려 있었고, 문간방 자물쇠는 너무 헐거웠다. 달래보기도 하고 안 되는 협박도 하고, 눈물로 사정도 해봤지만 소용

없었다. 방금 죽을 때까지, 라고 했니? 내가 죽든가 네가 죽든가 하지 않으면 이 지옥에서 영영 벗어날 수 없다, 는 거지?

진짜 죽일 생각은 아니었다. 발광을 하던 그가 당장 대답하라며 시너와 라이터를 꺼낸 순간, 정신이 아득해졌던 것뿐. 이 방을 태우기라도 하면, 거리로 나앉게 된다는 생각에 아찔했던 것뿐. 모아놓은 돈이 없는 것도 아니고, 어디든 새로운 방 얻어서 나가면 될 것을 그때는 그런 생각을 하지 못했다. 어떻게든 막아야 한다는 생각에 라이터를 뺏으려고 달려들었지만 화가 난 놈에게 무참히 두들겨 맞았을 뿐이다.

그러니까, 그건 정당방위였다. 놈은 왼쪽 팔로 내 목을 조르면서, 오른손으로 치마를 벗기고 있었다. 숨이 막히고 가슴께가 아파왔다. 일전에 공항 안전요원에게 부탁해 구해놓은 전기 충격기 생각이 났다. 살아야 한다, 놈을 막아야 한다. 가방에 팔을 뻗어 전기 충격기를 꺼냈다. 있는 힘껏 놈을 밀쳐내고, 치르르르~ 바들바들 떨며 누워 있는 놈을 내려다보았던 기억이 난다.

"그런 건 현행법으로 처벌하기가 곤란해요. 뭐 무단침입, 접근 금지 이런 걸로 걸 수는 있겠지만, 남녀사이라는 게 참 거시기해서 판사가 판단하기에도 좀……. 들어간대도 금세 혐의 없음으로 풀려날 걸요?"

울면서 사정이야기를 했던 관할 파출소 경찰관은 이렇게 말했다. 그래, 그렇단 말이지. 지금 전화를 해서 이 새끼를 잡아 처넣어도 금세 돌아와서 다시, 죽을 때까지 너는 내 거야, 운운할 거란 말이지. 파출소 전화번호가 찍힌 핸드폰을 접었다. 놈은 아직도 움직이지 못하고 부릅뜬 눈으로 나를 바라보고 있다. 시간이 얼마 없네, 결단을 내려야 해. 다른 사람들 들어오기 전에 빨리 해치워버려야 해.

주인아줌마가 김장배추 넣어 묻을 거라고 사다놓은 비닐을 방 바닥에 깔기 시작했다. 바닥에 피가 묻으면 안 되잖아. 이 방은 내가 자야 하는 곳인데. 푹 자고 나야 비행에 지장 없이 웃으면서 서비스 할 수 있다고. 역시나 김장때 쓸 거라고 아줌마가 새로 사다놓은 부엌칼을 챙겨들었다. 칼을 본 놈의 눈이 휘둥그레진다. 한 번 더, 전기 충격기를 갖다 댄다. 육중한 몸이 펄떡거린다. 죽을 때까지, 라며? 죽을 때까지 내 곁에 있는다며? 그래서 네 소원대로 해주려고. 죽을 때까지 내 곁에 있도록. 그나저나, 덩치가 커서 대형 캐리어에 시체가 들어갈지 모르겠네.

사람을 한 명 더 죽이고도, 아무렇지 않게 살 수 있을까? 이 집에서도 내내 잠만 잤다는 생각이 문득 든다. 새벽에 나갔다 며칠씩 집을 비우고 한밤중에 기어들어와 피곤에 지쳐 쓰러져 자는 생활. 모처럼 휴일에도 TV를 보는 게 고작일 뿐 혼자 밥해먹기 귀찮아 라면이나 짜장면으로 때우고 피곤해서 또 자고 일하러 나가는 생활. 그러고 보니 여기도 잠만 자는 방이었군. 어려서부터 나는 진짜 스위트 홈을 가지고 싶었었는데. 방이 아니라 집이면, 대충 스위트 홈 같을 줄 알았는데. 근데 스위트 홈이란 대체 어떤 걸까? 내 이름으로 된 집이 있으면 스위트 홈인 걸까? 남편이 있고 아이가 있으면 스위트 홈이 되는 걸까? 나는 영영 가질 수 없는 걸까, 스위트 홈. 이 세상 어딘가에, 있기는 할까 스위트 홈.

경비원 김씨 - 사건 당일, 행복아파트 211동 1304호

"그 아가씨가 매일같이 전화해서 독촉한다니까요. 그 비싼 국제전화도 막 걸어요~. 형님한텐 전화 안 해요? 아 그러기에, 왜 집을 깨끗이 써라 마라 잔소리를 해서 이 사단을 나게 해요? 다른 세입자 들어와도 마찬가지예요. 내 집 아닌데 사람들이 막 쓰는게 당연하지, 그걸 가지고 뭐라 하면 어쩝니까? 요즘엔 다들 그렇게 살고, 주인이 입주할 땐 다시 인테리어 하고 고치고 해서 쓴다고요. 그건 엄연히 세입자의 권리인 거예요, 형님 때하고는 다르다 이겁니다. 이건 뭐, 땡빚을 내서라도 전세금 빼주던가 해야지, 내가 스트레스 받아서 못살겠어요!"

복덕방쟁이는 한참을 떠들었다. 일주일 간 제주로 휴가를 간다던가. 그 사이에 혹시 집 보러 오는 사람 있으면 보여 주라면서, 1304호 보조키와 바뀐 비밀번호를 알려주고 갔다. 211134 그리고 별표. 잊어버리지 않게 211동 1304호에서 딴 거라 했다. 세입자의 권리는 개뿔, 기운이 쪽 빠진다. 다른 사람이 들어와도 집을 그렇게 험하게 쓴단 말인가? 아이고, 육십 평생 처음 마련한 내집을 또다시 다른 사람이 망가뜨리게 놔둬야 하다니.

아무리 머리를 굴려도 답이 나오질 않는다. 은행대출 천오백에 전세금 육천, 합이 칠천오백. 이 돈이 있어야 저 집에서 살 수 있단 말인가. 칠천오백이면 대체 몇 년을 모아야 하는 돈인가. 아아, 내 집에서 다른 사람이 사는 꼴을 몇 년이나 지켜봐야 하다니. 저기는 내 집인데, 내가 살 수가 없다니. 집문서에 떡 하니 내 이름 석 자 박혀 있는 내 집인데, 들어갈 수조차 없다니!

순찰을 돌고 있다고 생각했는데, 어느새 1304호 앞이다. 보조 키는 주머니에 있고, 비밀번호는 211134 그리고 별표다. 아니, 아니지. 이러다 큰일 난다. 몇 발자국 돌아서다 다시 현관문 앞이다. 내 집아, 너 못 본 지 얼마냐. 보조키가 달리고 비밀번호가 바뀐 뒤로 한참을 들어가 보지 못했다. 볕이 환하던 거실이며, 거울이 큼지막하던 욕실이며, 베란다 들뜬 장판과 벽지, 헐거운 안방 문과, 작은 방 비뚤어진 서랍고리까지 눈에 밟힌다. 세면대랑 싱크대는 막히지 않고 잘 있으려나.

못 보니까 미칠 것 같았다. 그 년이 내 집을 때려 부수고 있는 악몽을 꾸었다. 안 돼, 그 집이 어떤 집인데, 네가 그렇게 망가뜨리도록 그냥 놔둘 것 같으냐? 고래고래 소리를 지르다 깨곤 했다. 그래서 깨끗하게 쓰라고 전화 몇 통 했기로서니, 집주인으로서 당연히 그럴 수도 있지, 그걸 못 참아서 나간다고 그 난리를 쳐? 아아, 돈만 있었어도 너 같은 것 당장 나가라고 내치고, 내가 들어가서 살겠구먼.

띠리링~ 철컥. 현관문이 열린다. 잘 있었니, 우리 집. 집 볼 사람이 올까봐 미리 치웠는지 한결 깨끗해졌다. 거실 소파에 앉아도 보고, 욕실과 부엌도 살펴본다. 안방 문고리는 여전히 헐겁구먼. 망가진 서랍 고리를 이참에 고쳐볼까, 작은 방 문을 연다. 여자 혼자 사는 집이라는데 웬 옷이 이렇게 많누. 이 방은 사람이 아니라, 옷이 살고 있는 방이구먼.

삑 삑 삑 삑 삑 삑. 헉! 현관문 누르는 소리가 들린다. 어쩌지? 누군가? 복덕방쟁이는 휴가 갔는데? 세입자 아가씨인가? 생각 없이 들어오는 바람에 그녀가 언제 나갔는지 미처 체크하지 못했다. 어쩌지? 아아, 경비 옷 입고 있는데, 발각되면 안 되는데! 이를 어쩌지? 어쩌면 좋지? 아, 신발! 현관문에 신발이 있을 텐데? 잡히면 어떻게 하지?

"어, 오빠. 얼른 들어와. 내가 이렇게 살아! 막상 보여주려니까 되게 민망하네."

그녀다. 차분한 목소리, 내 신발을 발견하지 못한 건가. 오, 오빠? 남자를 데려왔어? 그렇다면 더 큰일이 아닌가. 아아, 어떻게 하나. 어떻게 해야 몰래 도망갈 수 있을까.

"집 구경은 이따가 하고, 일단 들어가서 씻어요. 나는 과일이랑 차 좀 준비할게."

오호라, 남자는 욕실로 들어가고 그녀는 부엌으로 간단 말이지. 그 사이에 얼른 나가야겠다. 경비 옷이 눈에 띄면 안 되니까 아무 옷이나 위에 걸쳐 입고, 그래 저 목도리, 저걸로 얼굴을 가리고 나가면 되겠군. 문을 열고는 냅다 뛰는 거야. 경비 옷만 아니면 누군지 알 게 무언가. 모든 준비를 마치고 바깥 동태를 살핀다. 남자는 샤워를 하는지 물소리가 들리고, 그녀는 부엌에 있는지 기척이 없다. 그래, 일단 남자만 없어도 도망가기가 훨씬 수월할 게다. 여자와 일대일이라면 밖으로만 나가면, 승산이 있어.

조심스럽게 문을 연다. 아무도 없다. 다행히 작은 방은 현관문 바로 앞이다. 두 세 걸음이면 신발을 신을 수 있다. 신발을 신음과 동시에 도어락 열림 버튼을 누르면 띠리링, 5초 정도면 나갈 수 있을 것이다. 심호흡을 하고. 자, 뛰어나가는 거다. 하나, 둘, 셋!

부르르르, 몸이 떨리면서 고꾸라진다. 어, 왜 이러지? 이게 뭐지? 파지지직, 몸이 의지와 상관없이 들썩거린다. 달아나야지. 달아나야지. 발각되면 경비생활도 끝이다. 달아나야 해. 얼른 달아나자니까? 몸이, 말을 듣지 않는다.

"이 스토커 새끼, 드디어 잡았다. 어쭈! 내 옷까지 입고 도망가시려고? 어림없어! 너 이 새끼 대체 누구야?"

손에 무언가를 들고 씩씩거리며 서 있는 그녀가 보인다. 스, 스토커라니? 무슨 소리야? 그녀가 다가와 얼굴을 감싼 목도리를 풀려고 한다. 아아, 안 돼. 얼굴이 알려지면 끝장이다. 반항해 보려 하지만 몸이, 말을 듣지 않는다.

"뭐야, 당신이었어? 등잔 밑이 어둡다더니, 세상에. 우리 아파트 경비 아저씨가 스토커라니……. 어쩜 이럴 수가……. 그 나이에, 그 직업에, 당신이 나를 사랑한다는 거야?"

사, 사랑이라니? 무슨 소리를 하는 거야. 나는 스토커가 아니야. 나는 이 집 주인이야. 나에겐 집주인의 권리라는 게 있다고.

"그러고 보니 그때, 세면대 고치러 온 것도 당신 아니었어? 그것도 다 의도한 거였구나? 내가 어떻게 살고 있는지 보려고, 내 공간에 들어와 보고 싶어서 일부러 기다린 거였어, 그렇지? 아아, 끔찍해 정말. 이젠 이런 노인네 스토커까지 상대해야 하다니 내 인생은 정말 왜 이 모양 이 꼴이니……."

그, 그건 네 가 부탁한 거잖아. 집주인으로서 세입자를 위해서 고쳐준 거였다고.

"현관문 비밀번호 알아낸 것도 그때구나? 응? 바뀐 번호는 어떻게 알았어? 보조키는 또 어떻게 따고 들어온 거야? 어?"

내가 이 집 주인이라니까, 이 멍청하고 재수 없는 년아!

"아아, 일단 경비실에 연락해야겠어. 아저씨 동료들더러 경찰서 데려가라고 하자고."

그녀가 인터폰 쪽으로 돌아선다. 안 돼, 막아야 해. 움직이지 않는 손으로 여자의 다리를 움켜잡는다. 몇 번의 헛손질 끝에 그녀의 발이 걸렸다. 그녀가 꽈당, 넘어진다.

"이거 못 놔? 이 새끼, 누가 끈질긴 스토커 아니랄까봐⋯⋯. 놔! 당장 놓지 못해?"

발버둥치는 힘이 장난이 아니다. 놓치면 안 돼. 그럼 모든 게 끝장이다.

"이거 놓으라고, 영감탱이야. 난 죽어도 당신한테 안 가! 이거 놓으라니까!"

나도 니가 내 집에서 당장 나갔으면 좋겠다. 그럼 이런 일도 없을 게 아니냐.

점점 힘이 빠진다. 몸을 비틀며 빠져나간 그녀가 득달같이 부엌으로 달려간다. 손에 든 건 무언가? 칼? 이, 이 여자가 미쳤나? 죽이기라도 하겠단 거야? 평소 예쁘게 틀어 올렸던 머리가 산발이다. 눈동자가 불안하게 흔들린다. 한 손에는 칼을 들고 허둥지둥 주위를 두리번거린다. 에라이, 미친년. 그 꼴을 하고 대체 뭘 찾는 거냐? 미쳤어, 정상이 아니야. 일단 피해야 한다. 현관을 향해 온 몸으로 뒷걸음질을 친다.

허우적거리는 왼손에 무언가가 잡힌다. 이게 뭐지? 전기, 충격기? 그래, 이걸로 여자를 꼼짝 못하게 하면 빠져나갈 길이 보일 게다. 인터폰으로 경비실에 연락하기 전에, 어서! 두리번거리는 그녀를 향해 조심조심 기어간다. 한참 움직인 것 같은데도 거의 제자리다. 조금만 더, 조금만 더! 칼이 움직이기 전에 여자를 쓰러뜨

려야 한다. 아니 칼을 맞는 한이 있어도, 경비실에 연락하는 것만
은 막아야 한다.

"이 새끼가 어느 틈에!"

전기 충격기를 발견한 여자가 달려든다. 칼, 칼을 막아야 하는
데……. 마비는 언제쯤 풀리는가. 몸이 말을 듣지 않는다. 전기 충
격기, 이건 어떻게 쓰는 거지? 헉! 아랫배 깊숙이 칼이 들어온다.
세상에 겁도 없지, 무서운 년. 흐윽. 칼 쓰는 건 대체 어디서 배운
거냐, 흐윽. 사람 목숨이 얼마나 중한 건데, 함부로 칼을 들이대
망측한 년, 흐윽.

"헉, 헉, 아이씨, 내가 이번에는 진짜 경비실에 알리고 경찰서
넘기고, 정상적인 방법으로 해결하려고 했는데, 아이 씨발, 스토
커! 너 같은 인간들은 죽여야 끝이 나지!"

나 스토커 아니라는데, 아까부터 자꾸! 헉! 또 칼이 들어온다.
정말 죽일 셈이냐, 흐윽! 그냥 집 몇 번 둘러본 게 그리 큰 죄냐,
흐윽! 남의 집도 아닌 내 집인데! 흐윽! 피가 거실 바닥을 물들인
다. 저 년이 또 내 집을 엉망으로 만들었네. 이걸 다 어떻게 닦아
내지? 이렇게 볕 잘 드는 좋은 거실에 피칠갑을 해놓다니, 나쁜
년. 이제 어쩌는가. 복덕방쟁이 말대로, 이사 들어올 때 다 수리하
고 인테리어를 해야 하는 건가.

"아이씨, 거실에 피 좀 봐! 이번엔 경황이 없어서 비닐도 못 깔
았잖아, 씨. 젠장, 끝까지 안 죽이고 곱게 보내줄려고 했더니! 에이
쌍!"

이번엔, 이라니? 그 전에도 사람을 죽인 적이 있단 말이냐? 내
집에서 누구를 죽였단 말이냐? 이런 망할 년, 내 집을 엉망으로

만든 것도 모자라서, 살인까지 했단 말이냐!

"뒤처리 하려면 또 한참 걸리겠네! 젠장, 대형 캐리어가 어디 있더라? 작은 방에 있나?"

여자가 작은 방으로 들어갔다. 이 틈을 타 빠져 나가야지. 몸을 움직여보지만, 피만 더 솟구칠 뿐이다. 세입자 잘못 만나면 집주인이 고생이라더니, 복덕방쟁이 말이 딱 맞질 않는가.

"참, 집 내놨는데 누가 집 보러 오는 거 아니야? 젠장, 열쇠랑 비번이랑 다 줬는데. 아 진짜, 짜증나 죽겠네. 행복 부동산 번호가 몇 번이더라?"

행복 부동산 휴가 갔다 이년아. 한참 신호가 가도 받질 않으니, 또 다른 번호를 찾는다.

"네, 저 211동 1304호 아가씨에요. 안녕하셨어요? 사무실에 전화를 안 받으셔서요. 아, 휴가중이세요? 어머, 좋으시겠다아. 아니요, 집 내놓은 거 없던 일로 하려고요. 네? 집주인이요? 아 네, 그럴게요. 그게 낫겠네요. 제가 전화할게요. 휴가 잘 보내세요, 감사해요~"

칼로 사람을 찔러놓고 저 년 사근사근한 말투 좀 보소. 붙여시가 따로 없구먼. 그녀가 다시 전화를 건다. 안주머니에 있는 휴대폰이 울린다. 봐라, 내가 집주인이라니까! 벨소리에 깜짝 놀라는가 싶더니, 아무렇지 않은 듯 계속 전화를 건다.

"뭐? 지금은 전화를 받을 수가 없어? 하여간에 이 집주인 새끼는 도움이 되는 꼴을 못 봤어. 아이 씨, 빨리 처리하고 정리해야겠네. 오늘 진짜 되는 일 없다."

이러고 있는데 전화를 어떻게 받냐, 이 년아. 다시 칼을 집어든

년이 다가온다. 피가 흥건한 거실 바닥에 볕이 환하다. 저 볕을 받으며 마누라 무릎에 누워 졸면 참 좋겠다 생각했었다. 이 집에서라면, 새로운 인생이 시작될 거라 믿었다. 다시, 칼이, 내 몸에 와 박힌다.

이제 여기는, 잠만 자는 방. 18평, 내가 육십 평생 가져보았던 가장 큰 방. 그토록 많이 꿈꾸었으나, 단 한 번도 살 수 없었던 방. 그래도 오늘은 여기서 잠이 든다. 다시는 깨지 않을, 깊고 곤한 잠이다.

전철 수거왕

전건우

낮에는 성실한 회사원이지만 그 본모습은 매일 밤 온갖 불온한 상상력으로 새로운 세계를 창조하는 가난한 소설가이다. 『한국 공포 문학 단편선』, 『한국 추리 스릴러 단편선』, 『한국 스릴러 문학 단편선』 등에 다수의 작품을 발표했고 문화 웹진 《나비》에 「배수관은 알고 있다」가 네이버 '오늘의 문학'에는 「유령들」이, 그리고 문학 웹진 《글틴》에 「궤도」가 소개되었다. 현재 장편 소설을 집필 중이다.

강호의 의리는 땅에 떨어졌다……

박은 깊은 탄식을 뱉었다. 등줄기에서는 연신 땀이 흘러내려, 오천 원 주고 산 남방이 흠뻑 젖었다. 멀미를 만난 사람처럼 눈앞이 빙글빙글 돌았다. 가늘어진 목구멍 사이로 밭은 숨이 새어 나왔다. 전철을 빠져나와 승강장의 플라스틱 의자까지 가기가 천릿길이었다. 박을 내려놓은 전철이 눈 먼 토룡(土龍)처럼 한바탕 용트림을 한 후 어둠속으로 떠나갔다. 바람이 일었다가 이내 잠잠해졌다.

"어찌 이런 일이…… 어찌…….."

의자에 앉아 숨을 헐떡이면서도 박은 계속해서 중얼거렸다. 몇 분 전의 일이 생생했다. 생생하긴 했으나, 믿을 수는 없었다. 믿을 수는 없었으나, 엄연한 현실이었다. 삭풍 앞의 메마른 나뭇가지처럼 덜덜 떨리는 팔다리가 그걸 증명하고 있었다.

박은 눈을 감았다. 자신을 최라고 밝힌 그 건달의 얼굴이 떠올랐다. 아니다. 건달이 아니다. 건달 축에도 못 끼는 시정잡배였다. 기름을 발라서 넘긴 머리하며 앞주머니에 꽂아 넣은 색안경이 영락없었다.

"아따. 영감님도 참 딱하네. 버린 신문 줍는 처지에 도가 어디 있고, 예가 어디 있습니까?"

한 예순다섯이나 됐을까, 검버섯 하나 없는 반질반질한 얼굴은 일갑자(一甲子)하고도 십오 년을 더 산 박이 보기에는 핏덩이나 다름없었다. 그런 놈의 입에서 도(道)와 예(禮)가 걸레 쥐어짜듯 줄줄 흘러나오자 박은 눈앞이 아찔했다. 노기(怒氣)가 단전을 지나 전신을 휘돌았다. 설상가상 놈의 메밀눈은 슬머시 비웃음을 흘리는 게 아닌가.

박이 최의 소문을 들은 건 보름 정도 전이었다.

'최라는 만무방이 지하철을 헤집고 다니는데 아무도 건드리지를 못한다.'

처음에는 대충 그런 정도로만 말이 돌았다. 박은 신경 쓰지 않았다. 다른 노선에서 헤살을 부리는 놋보에게까지 관여할 정도로 박은 여유롭지 않았다. 옆 동네의 임이 찾아왔을 때도 그 마음에는 변함이 없었다.

"이보오, 박 영감. 좀 도와주시오. 최라는 놈 때문에 굶어죽을 판입니다. 몸집이 마치 동면 전 살 오른 불곰과 같고, 성정(性情)이 며칠 굶주린 이리 같으니 일개 노인들로서는 최를 당할 수가 없습니다."

"임 영감. 사정은 딱하나 나도 내 코가 석자요. 마누라는 병세가 깊어 구들더께로 지낸 지 어느덧 삼 년이고, 자식들 또한 변변치 않아 내 손으로 아등바등 벌어야만 겨우 하루를 넘긴다오. 예전에야 뭣 모르고 불 같이 나서기도 했지만 이제는 나도 조용히 지내고 싶소."

묵묵히 듣고 있던 임은 다음과 같은 말을 남기고 떠나갔다.

"어쩔 수 없지요. 하지만 이것 하나 만은 알아두시오. 최는 분명히 박 영감을 노릴 것이오. 이 일대에서 박 영감 자리가 제일 쏠쏠하다는 건 누구나 아는 사실이니까."

박의 뇌리에 그 말이 묘하게 남았다. 그러고 보니 요 며칠 간 뒤통수가 근질근질한 것이 꼭 누가 뒤를 밟는 것만 같았다. 지하철 역무원이 아닐까 싶어 몇 번이나 뒤를 돌아보기도 했다. 늙어서 신경이 예민해진 탓이라 여겼는데, 혹시 그것이 최의 미행(尾行)은 아니었을까…….

박은 그렇게 생각한 후 이내 고개를 절레절레 흔들었다. 가당치 않은 이야기였다. 박의 자리가 아무리 탐나기로서니 잠행(潛行)을 하면서까지 노릴 리는 없었다. 게다가 그 자리가 좋다는 걸 알았다면 박의 명성도 익히 들었을 터, 섣불리 덤비지는 않으리라는 자신감 또한 박에게는 있었다.

하지만 이야기는 요상하게 흘러갔다.

'박이 근본도 없는 최를 무서워해서 피한다!'

통사정을 하던 임이 힘없이 집으로 돌아간 후, 마른 풀에 불 붙듯이 그런 소문이 번지기 시작했다. 다음 날 오시(吾時)가 되기 전, 박의 패퇴(敗退)를 알리는 헛소문이 휴대전화(携帶電話) 전음 (傳音)을 통해 노인들 사이에서 퍼져나갔다. 이제 박의 시대는 저 물었다는 섣부른 예측을 내놓는 사람도 있었다.

"뭐야? 어떤 가납사니가 그래?"

아무것도 모른 채 집에서 쉬고 있던 박이 정의 전화를 받고 버럭 화를 낸 건 당연한 일이었다. 정은 본디 남의 말 전하기를 좋아하고, 흠을 바르집어 떠벌리는 치였지만 적어도 거짓말을 하지는 않았다. 과장이 섞였다 해도, 정의 말은 사실일 것이다.

박은 화가 머리끝까지 치솟았다.

"최든 뭐든, 나타나기만 하면 내 당장에 응징할 터이니 똑똑히 봐 두라고 사람들한테 전해."

박의 호언장담(好言壯談)이 호사가(好事家)들의 입을 통해 사방으로 퍼져나간 것 또한 당연한 일이었다.

최가 박의 이야기를 들었는지는 확인되지 않았다. 다만 더 이상 최의 이야기를 옮기는 사람은 없었다. 그가 옆 동네 노인정을 접수했다는 이야기가 얼핏 들려오기도 했지만 박은 애써 무시했다.

그렇게 며칠이 흘렀다. 그동안 아무런 일도 일어나지 않았다. 박은 친구인 김과 함께 도(道)에 어긋남 없이 여느 때처럼 신문 수거를 했다. 물론 전혀 다툼이 없었다면 거짓이리라. 양쪽 선반이 아닌 전철 바닥에 떨어진 신문의 소유권을 놓고 때로는 말씨름을 하기도 했지만, 그것은 허초(虛超)가 섞인 비무(比武)일 뿐이었다.

그런데 지난 이틀 동안 김이 보이지 않았다. 동네 노인들끼리 자주 모이는 '경석침대무료체험관(磬石寢臺無料體驗官)'에서도 마찬가지였다. 날씨가 갑자기 쌀쌀해져서 감기에라도 걸린 모양이겠거니 하고 그냥 넘어갔는데, 웬걸 오늘 보니 낯선 이가 김의 자리를 꿰차고 마구잡이로 신문을 걷고 있었다.

그이가 바로 무뢰배, 최였다.

'그래, 바로 네 놈이로구나.'

박은 최의 덩치에 놀라면서도 의연함을 잃지 않았다. 언젠가는 이런 날이 오리라, 무의식 깊은 곳에서는 예감하고 있었는지도 모른다. 박은 최를 말없이 톺아봤다. 과연, 위압감이 들 정도로 몸집은 컸지만 나이에 맞지 않게 꾸민 모습이 일견 솔봉이 같아 보이기도 했다.

박은 어린아이를 달래는 심정으로 조용히 말을 이었다. 원래 이 시간에는 김이라는 노인이 수거를 담당한다고, 며칠 안 나왔지만 그래도 자리는 지켜주어야 한다고, 그것이 상도(常道)고 예의(禮誼)라고.

하지만 최는 콧방귀도 뀌지 않았다. 그리고 대꾸한 말이 바로 그것이었다.

도와 예가 어디 있느냐는…….

"한낱 구걸에도 법도가 있고 위아래가 있거늘 신문 수거도 하나의 일인데 어찌 도가 없단 말이냐?"

박은 진기(眞氣)를 실어 준엄하게 꾸짖었다.

그렇다. 신문을 수거하는데도 나름의 도가 있었다. 승객들의 위치와 신문이 놓인 자리를 잘 파악해서 최대한 소리 없이 수거하니 이것을 지(智)라 했다. 경쟁자를 위해 전철의 한쪽 선반만 수

거하는 것이 의(義), 그리고 경쟁자가 몸이 아파 힘들어 한다면
한 칸 정도 슬쩍 양보를 하는 것은 바로 인(仁)이었다.

작년까지만 해도 중원(中原)은 무법천지였다. 몇 푼 안 되는 신
문 수거에 너도 나도 뛰어들어 혈투(血鬪)를 벌였고, 흡사 개싸움
과 같은 그 상황 속에서 도(道)와 예(禮)는 늙은 개의 불알만큼도
쓸모가 없었다. 무료신문수거인인증제(無料新聞收去人認證制)가
폐지된 이후에는 그 정도가 더 심해졌다. 한 전철에 네댓 명씩 몰
려들어 승냥이처럼 아귀다툼을 벌였다. 수거하는 노인들끼리 언
성을 높이는 건 물론이고 신문 한 장을 사이에 두고 피바람이 몰
아친 적도 부지기수였다. 시민들의 원성이 자자했고, 전철 내에서
암약(暗躍)하며 노인들을 잡아 내리는 공익(公益)의 탄압도 극에
달했다.

그 난세 속에서도 박은 정도(正道)를 벗어나지 않았다. 갑자기
나타나 분대질을 해대는 불한당에게는 따끔한 맛을 보여주었지
만, 오랫동안 함께 일했던 동료에게는 한없이 관대했다. 박이 일하
는 시간대에 어쭙잖게 끼어든 노인들은 박의 서슬 퍼런 달구침에
줄행랑을 놓기 일쑤였다. 그런 방법이 아니고라도 대부분의 야인
(野人)들은 일주일을 넘기지 못하고 나가떨어졌다. 신문 수거는 그
만큼 고된 일이었다. 폐지를 내다팔아야 연명할 수 있는 박 같은
사람이 아니고서는 견디기가 쉽지 않았다.

최는 박의 꾸짖음에도 아랑곳없이 선반 위의 신문을 걷어갔다.
이쪽저쪽 가리지 않았다. 몸도 날렵하고 걸음이 빨라 승객들 사
이를 잘도 지나갔다. 마치 경공(輕功)을 보는 듯했다. 박도 가만히

있을 수 없었다. 어금니를 질끈 깨물고 최의 뒤를 따랐다. 악한을 처단하고자 하는 의협심(義俠心)이 들불처럼 일어났고, 그보다 조금 늦게 생계에 대한 걱정이 격랑(激浪)이 되어 머릿속을 때렸다.

물이 불을 이기는 것이 세상의 이치. 수거를 할수록, 최가 이쪽 저쪽 선반의 신문을 죄다 쓸어 담으며 앞으로 내달릴수록 박의 마음속에는 '생계'라는 두 글자가 선명해졌다. 일 킬로그램 당 사십 원씩 하는 신문은 다리가 빠지게 모아야 만 원을 받을까 말까였다. 그마저도 없으면 자리 보존하고 누운 마누라와 하루 종일 굶을 판이었다.

박은 내공(內功)을 끌어올려 발걸음을 재촉했다. 소싯적에는 시장 통에서 힘깨나 썼던 박이었다. 상인들 푼돈을 뜯어먹는 양아치들이 죄다 박 아래 무릎을 꿇었다. 타고난 강골이기도 했지만 권투, 합기도, 소림 권법 등으로 다져진 박을 아무도 당해내지 못했다.

절대고수(絕對高手). 분명, 그렇게 불리던 시절이 있었다.

하지만 나이는 속이지 못했다. 세월은 금강불괴(金剛不壞)와 같던 박의 몸을 서서히 좀먹었다. 낙엽 고인 웅덩이처럼 관절이 썩어갔고, 오십 줄에 달라붙은 당뇨는 근육의 힘을 앗아갔다. 비슷한 연배라면 몰라도 얼추 십 년 이상 차이 나는 최를 따라잡기란 애당초 힘든 일이었다.

거리는 점점 벌어졌다. 더불어 손에 쥐는 신문 수도 줄어들었다. 자리에 앉은 사람들이 불쌍하다는 듯 건네주는 게 전부였다. 숨이 가쁘고 다리가 후들거렸다. 비틀거리다가 승객들에게 부딪치기 일쑤였다. 그때마다 짜증 섞인 표정이 화살처럼 날아들었다.

명치 부근이 뻐근했다. 무리하게 움직인 탓에 내상(內傷)을 입은 게 분명했다. 진기(眞氣)가 빠져나간 자리에 짙은 분노가 차올랐다. 박은 남은 힘을 쥐어짜내 최에게로 달려가 뒷덜미를 낚아챘다.

"네 이놈! 언제까지 헤살을 놓을 것이……."

전철의 지붕을 뚫을 듯 매서웠던 박의 사자후(獅子吼)는, 그러나 끝을 맺지 못하고 탁한 공기 속으로 흩어져 버렸다. 최가 박의 멱살을 잡은 것이다. 마침 전철이 정차했고, 최는 열린 문으로 박을 내던지듯 밀어내 버렸다.

"곱게 미칠 것이지. 에이, 재수 없어."라는 조롱과 함께.

박은 억장 무너지는 한 시진(時辰) 전의 사건을 곱씹으며 '경석침대무료체험관'으로 향했다. 최에게 치욕을 당한 후 가까스로 정신을 추슬러 신문 수거를 했지만 평소의 삼분지 일밖에 얻지 못했다. 승강장에 버려놓고 간 신문들만 모았으니 당연한 일이었다. 다음 전철에 올라 수거를 할 수는 없는 일이었다. 그곳엔 또 다른 수거 노인들이 있었고, 그걸 무시한다는 건 최라는 잡놈과 다를 바가 없다는 뜻이었다.

박은 '경석침대무료체험관'이라 적힌 문을 열고 안으로 들어갔다. 안마기 이용 순서를 기다리고 있던 정이 알은체를 했다.

체험관에는 이미 노인들이 가득했다. 아는 얼굴 몇몇이 박에게 눈인사를 건넸다. 시큼한 파스 냄새와 안마기 돌아가는 소리가 좁은 공간을 가득 메웠다. 박은 다른 이들의 인사를 받는 둥 마는 둥 의자에 털썩 주저앉았다. 따뜻한 실내에 들어서자 쌓이고 쌓였던 피로가 파도처럼 밀려왔다. 다리가 아프고 어깨에 힘도 빠졌다. 일분이라도 빨리 뜨끈한 안마기에 누워 최를 몰아낼 계획을 세우고 싶었다. 그때 정이 옆으로 다가왔다.

"소식 들었어?"

박은 묵묵부답(黙黙不答) 허공만 바라봤다. 또 어디서 소문을 물어온 모양이었다. 혹시 최와의 일을 벌써 알게 된 건 아닌지, 박은 속으로 뜨끔했다.

한동안 박의 얼굴만 바라보던 정이 답답하다는 듯 꽥 소리를 질렀다.

"김 영감이 죽었다는 소식 들었냐고?"

박의 짙은 눈썹이 순간 꿈틀, 했다.

"뭐라고? 누가 죽어?"

목소리가 잘 나오지 않았다.

"김 영감 말이야. 자네랑 신문 줍는. 여기 안 나온 지도 며칠 됐잖아? 그 양반이 살던 동네에서도 마찬가지였나 봐. 같은 연립에 사는 사람이 현관 앞에 신문이 수북이 쌓여 있는 걸 보고 경찰 불러서 문 따고 들어갔다네. 그랬는데, 보일러를 이빠이 틀어 놓은 방 안에 김 영감이 죽어가지고 반듯하게 누워 있더라는 거야. 바닥이 뜨거워서인지 며칠 안 지났는데도 시체 썩는 냄새가 고약하더래."

김은 혼자 살았다. 벌써 오년 째라고, 어느 날인가 수거한 신문을 갖다 팔고 함께 설렁탕을 먹는 자리에서 김이 말했다. 한 그릇에 천오백 원 하는 설렁탕은 국물 맛이 헛헛했다. 혼자 사는 노인네의 푸념도 헛헛하긴 마찬가지였다. 그리고 죽는 순간까지 끝끝내 혼자였던 빌어먹을 영감탱이의 이야기 또한 헛헛하다고, 박은 생각했다.

"자식새끼들한테 연락을 해도 덤덤하더라는 거야. 망할 놈들, 지 애비가 죽었는데도……."

정의 이야기는 더 이상 귀에 들어오지 않았다. 주체할 수 없는 감정이 소용돌이쳤다.

돈 아까워 보일러도 잘 안 튼다는 양반이 죽을 걸 예감하고 마지막으로 등허리라도 지진 걸까?

박은 자리를 박차고 일어났다. 앉아 있던 의자가 요란한 소리를 내며 쓰러졌다. 정이 놀라서 토끼눈을 떴다. 안마기 앞쪽의 넓은 공간에서는 각종 건강보조식품과 옥돌매트에 대한 설명이 한창이었다. 구입한 누구누구 할머니 할아버지를 불러내 박수를 유도하고 난리도 아니었다. 그치들이 죄다 박을 향해 고개를 돌렸다.

"이 사람아. 어디 가는 거야?"

문을 박차고 나가는 박의 등 뒤로 정의 목소리가 날아들었다.

박은 정신없이 거리를 걸었다. 어디로 가는지 자신도 알지 못했다. 땀인지 눈물인지 모를 것이 얼굴을 타고 흘러내렸다. 성긴 머리카락이 바람에 휘날렸다.

김과 함께 신문 수거를 한 지 올해로 딱 삼 년째였다. 처음에는 서로를 못마땅하게 여겼다. 저 놈이 내 밥그릇을 뺏는구나, 싶었기 때문이다.

하지만 거의 매일 얼굴을 마주치다 보니 시나브로 정이 들었다. 공익이 쫓아올 때는 함께 도망도 쳤다. 아마 그때가 처음이었으리라. 얼굴에 여드름이 잔뜩 난 공익요원 한 명을 따돌리고 숨을 헐떡인 뒤, 이럴 게 아니라 우리 통성명이나 합시다, 하고 말을 튼 게.

박은 무릎이 아파 더 이상 걸을 수 없게 되어서야 멈춰 섰다. 정신은 여전히 혼미(昏迷)했다. 천천히 주위를 둘러보니 전철역, 그것도 승강장 안이었다. 김과 제일 많은 시간을 보냈던 장소.

'김, 이 사람아……'

박의 눈앞이 흐려졌다.

'이렇게 허망하게 가다니.'

누런 이 사이로 비탄(悲歎)에 빠진, 박의 뜨거운 숨이 새어나왔다.

'다시 마진액을 마셔보는 게 소원이라 했지 않은가. 노인정 윤할머니한테 잘 보이겠다고 크림도 바르고 다니던 양반이 뭐가 그렇게 급해서……'

그때였다. 눈물이 두껍게 자리 잡은 안구(眼球) 위로 흐릿한, 하지만 절대 잊을 수 없는 상(像)이 맺혔다.

미련스레 벌어진 어깨, 청재킷, 살 오른 엉덩이, 바로 최였다.

최가 승강장 맨 앞에 서 있었다. 널따란 등짝이 못 견디게 밉살스러웠다. 청재킷을 가로지른 주름이 박을 비웃고 있는 것만 같았다. 박은 홀린 것처럼 최를 향해 다가갔다. 머리를 까딱까딱하며 흔드는 모습이, 남을 짓밟고도 양심의 거리낌조차 없는 발김쟁이의 바로 그것이었다.

지금 열차가 들어오고 있습니다. 안전선 밖으로……

허공에서 아련히 안내방송(案內放送)이 들려왔다. 대못박이 같이 답답한 목소리라 평소에는 마음에 들지 않았으나, 지금 이 순간만은 심지 굳은 전언(傳言)처럼 느껴졌다.

박은 꿀꺽, 침을 삼켜 귓속에서 울던 안내방송을 가라앉히고 최를 향해 한 발 더 다가섰다. 저 멀리서 전철이 땅을 훑는 소리가 들렸다. 숨을 삼켰다. 귀식대법(龜息大法). 호흡과 심장의 움직임마저 멈춰 적의 주위에 잠복(潛伏)하는 기술. 최의 뒤에 그림자처럼 붙어 섰으나 언제 뒤를 돌아볼지 몰라 불안했다.

박은 좌우를 살폈다. 사람들은 저마다 자기 일에 정신이 팔려 있었다. 전철에 빈자리가 많은 늦은 오후라 자리 뺏길 이유가 없는 지금 이 순간, 노인 둘에게 관심을 기울일 사람은 아무도 없었다.

손바닥을 활짝 폈다. 최의 등과는 반자가 채 안 되었다. 벽공장(劈空掌)을 사용해 밀어버리면…….

박은 아랫입술을 물며 호흡을 골랐다. 전철의 울부짖음이 점차 가까워졌다. 서늘한 바람이 박의 뺨을 때렸다. 한 발 더 다가갔다. 시뻘건 불빛이 승강장을 비췄다. 이제 정말 지척이다. 박은 온몸의 기를 양손에 집중했다. 눈을 감았다. 숨을 들이켠 후, 힘껏 팔을 뻗었다.

빠앙.

"뭐하시는 거예요?"

눈앞에서 하얀 섬광(閃光)이 번쩍였다.

"노망이 났나. 죽을 거면 집에 가서 곱게 죽으세요."

귓가를 맴돌던 잡음이 사라지는 것과 동시에 서서히 의식이 돌아왔다. 박은 눈을 떴다. 제일 먼저 본 것은 희고 높은 천장이었다. 그것이 승강장의 천장이고, 자신이 바닥에 대(大)자로 쓰러져 있다는 사실을 깨달은 건 전철에서 내리는 사람들의 발길에 이리저리 채이고도 한참 후였다.

"큰일 날 뻔했다고요. 전철이 들어오는데 그렇게 다가가면 어떻게 해요?"

박은 소리가 들리는 쪽으로 고개를 돌렸다. 박의 좌편(左便)에 쪼그려 앉은 공익의 얼굴이 보였다. 박을 내려다보고 있었다.

"어, 어떻게 된……."

박이 힘겹게 몸을 일으키며 물었다.

"어떻게 되긴요, 할아버지가 선로에 떨어질 것처럼 붙어서기에 제가 끌어당겼죠. 저 아니었으면 할아버지 집에 송장 칠 뻔했다니까요."

'연생이 같은 놈이 말하는 품세하고는.'

구들장에 불이 들어오듯이 서서히 화가 치밀어 오르면서 덩달아 머리도 맑아졌다. 이성을 잃고 헛것을 봤다는 사실을 그제야 깨달았다. 까딱했으면 죽은 목숨이었다는 사실도…….

온몸이 땀에 절어 축축했다. 박은 승강장 의자에 걸터앉았다. 공익이 한심하다는 듯 바라보다가 휘적휘적 걸어갔다.

얼마나 있었을까, 축지법(縮地法)을 쓰는 노사처럼 저 혼자 내달리던 심장이 조금씩 자리를 찾았다. 팔다리의 떨림도 잦아들었다. 육체적인 고통이 줄어들면서 깊은 분노가 노구(老軀)를 흔들었다.

걷잡을 수 없는 분노이되, 그 방향만은 명확했다.

최. 그 무뢰배. 소드락질을 일삼는 천하의 나쁜 놈.

모든 게 최 때문이다. 김의 죽음도, 손자뻘도 안 되는 공익 놈에게 송장 운운하는 소리를 들은 것도, 지긋지긋한 가난도, 잔소리꾼 마누라도, 이 빌어먹을 세상도 모두 최 때문이다.

박은 치솟는 분노를 날선 창처럼 벼르고 또 별렀다. 주먹을 그러쥐었다. 한때는 한 번 휘두르기만 하면 권풍(拳風)이 일고, 지면(地面)이 부르르 떨던 전설의 주먹이었다. 이제는 손자 녀석들이 가지고 노는 수수깡처럼 앙상하게 말라붙은 그 주먹에 아주 잠깐, 푸른빛의 은은한 강기가 맺혔다가 사라졌다. 대신에 산보다도 높고, 바다보다도 깊으며, 바위보다도 단단한 맹세하나가 박의 심중(心中)에 자리 잡았다.

복수하리라.

김을 위해서, 빗물 젖은 신문지처럼 짓이겨진 도와 예를 위해서, 그리고 생계를 위해서 최에게 복수하리라!

"이 천하(天下)의 불땔꾼 같은 놈을 당장에⋯⋯."

박이 복수를 다짐하며 일떠선 그 순간, 돌연 영롱하면서도 맑은 가죽피리 소리가 옆자리에서 들려왔다. 뒤이어 바람 잦은 날 풍기는 다복솔 향처럼 은은하고 청아한 냄새가 박의 코끝을 간질였다. 사람의 창자를 돌아 나왔다고는 도저히 믿기 힘든 소리와 향이었다.

놀란 박이 옆자리로 고개를 돌리자 그곳에는 노숙자(露宿者)로 보이는 한 사내가 누워 있었다. 박을 향해 드러낸 투실한 엉덩이가 할 말이 더 남았다는 듯 저 혼자 씰룩거렸다.

'기척(棄擲)도 없이 언제부터 누워 있었던 걸까?'

아무리 분노에 사로잡혔다 한들 바로 옆자리 사람의 기척을 못 느낄 리 만무했다.

"노형(老兄)께서는 무에 그리 분개(憤慨)하시오?"

자고 있는 줄로만 알았던 사내의 입에서 그런 말이 흘러나왔다. 박은 다시 한 번 놀랐다. 목소리가 예사롭지 않아서였다. 그저 미성(美聲)이라 하기에는 부족했다. 분명 맑고 부드러웠으나 그 속에는 위엄 어린 내공(內功)이 실려 있었다.

"괜찮으시다면 이 떨꺼둥이에게 곡절을 들려주시지요."

사내는 그렇게 말하며 일어나 앉았다.

과연, 범상치 않은 용모였다. 부리부리한 눈에는 열끼가 가득했고, 벽장코 아래로 자란 탑삭나룻은 옛 이야기에 나오는 용맹한 장수를 연상시켰다. 머리칼은 또 어떤가. 힘차게 뻗어 있으면서도 윤기가 좌르르 흐르는 그것은 흡사 맹수의 갈퀴 같았다. 흰머리가 하나도 없는 것이 언뜻 보면 삼십 대 중반이었지만, 또 어느 순간에는 여든을 훌쩍 넘긴 노인처럼도 보였다.

'도무지 나이를 짐작할 수 없구나.'

나이뿐만이 아니라 정체를 알 수 없기도 마찬가지였다. 갑옷이라도 두른 듯 터지고 헤진 옷을 여럿 겹쳐 입은 품새야 영락없는 노숙자(露宿者)였지만, 풍기는 분위기와 예스런 말투로는 노숙자(老宿者)라 해도 무방해 보였다.

"저, 그것이⋯⋯."

박은 노숙자(露宿者)들을 경멸했다. 그치들은 게으르고 무지한 만무방이라는 것이 박의 생각이었다. 빨갱이들과 노숙자, 그리고 생각 없이 날뛰는 젊은 애들만 없어도 나라 사정이 더 나아질 거라고 김과 이야기했던 게 한 두 번이 아니었다.

박의 마음을 안다는 듯 사내는 고개를 끄덕이며 말했다.

"제 몰골 때문에 말씀하시기 저어하시면 나름 짐작해 보지요. 그 전에 소개부터 드리겠습니다. 갑이라고 합니다."

사내가 때에 전 손을 내밀었다. 박은 마지못해 그 손을 잡았다.

"제가 짐작하기로 노형께서는 복수의 칼을 갈고 계신 듯한데, 아니신가요?"

짧은 악수가 끝나기도 전에 갑이 박을 향해 물었다.

박은 내심 크게 놀랐으나 짐짓 딴청을 부렸다.

"광명천지 밝은 세상에 복수라니 허허. 그것도 제 몸 하나 가누기도 힘든 늙은이한테……."

"대의와 명분만 있다면야 복수가 꼭 나쁜 것은 아니지요. 세상의 도와 예를 저버리는 이가 있다면 그에 마땅한 복수를 해서 의를 세워야 하지 않겠습니까? 그리고 제가 보기에 노형은 충분히 강건하십니다. 갑술년 개떼도 이리 대살지시니."

기이한 일이었다. 갑이라는 사내는 박의 마음을 꿰뚫어 보는 데다가 나이까지 단번에 맞춰 버렸다.

"그, 그런 걸 어떻게 아시오?"

"허허. 앎의 이유가 중요하겠습니까. 안다는 사실이 중요한 것이지. 노형의 아픈 사정 또한 저는 왠지 알 것만 같군요. 최근에 지인을 잃으셨지요? 게다가 북쪽에서 괴인(怪人)이 나타나 세상을 어지럽히니, 노형의 마음 또한 심란한 것 아니겠습니까?"

"당신은 뉘시오?"

박의 목소리가 떨리기 시작했다.

이이는 노숙자 따위가 아니다. 아니, 예사 사람이 아니다. 어쩌면 나는 기연(奇緣)을 만났는지도 모른다. 박의 머릿속은 그런 생각으로 가득 찼다.

"소인은 다만 노형을 돕고 싶다는 생각으로 결례를 무릅쓰고 말을 건 걸인일 뿐입니다. 허허."

노숙자는 그렇게 말하며 천천히 일어섰다. 승강장의 조명이 노숙자의 윤기 흐르는 머리카락에 닿아 눈부시게 빛났다. 각기 다른 방향에서 달려오는 전철 두 대가 일진광풍(一陣狂風)을 일으켰다. 노숙자의 윗옷이 말려 올라가며 새하얀 맨살이 드러났다.

그 순간 박의 머릿속이 환해졌다. 마음속에 채워져 있던 큼지막한 자물쇠가 풀린 느낌이었다.

"아아. 고맙소."

박은 갑의 두 손을 덥석 잡았다.

왈칵, 눈물이 쏟아졌다. 방금 전까지만 해도 더럽게만 여겨졌던 구정물 말라붙은 손이 세상을 등진 채 은거하는 와호(臥虎)의 앞발이요, 장룡(藏龍)의 꼬리처럼 보였다.

"허허. 고맙긴요. 어디 들어볼까요?"

박은 갑에게 사정을 설명했다. 신문 수거를 시작하게 된 일부터 친구인 김이 죽었다는 사실까지, 그리고 최라는 갈개꾼의 등장과 자신의 억울한 심정을 시시콜콜 털어놓았다. 도와 예가 수시로 등장했고, 박의 몇 개 없는 이 사이로 서너 방울의 침이 튀었으며, 갑은 이야기가 계속되는 동안 아름다운 가죽피리 소리로 추임새를 넣었다.

"그러니까 아침에 수거할 수 있는 무료 신문에는 대표적으로 네 가지가 있단 말입니다."

갑은 삼각 김밥을 우물거리며 말했다. 마요네즈 섞인 참치가 갑의 수염에 묻었다.

이야기 듣기를 마친 후, 갑은 복수할 방법을 가르쳐 주겠다며 박을 지하철 안에 있는 편의점으로 데리고 갔다. 그러고는 삼각 김밥 두 개와 컵라면 한 개를 골랐다. 계산은 박의 몫이었다. 하루 벌이의 절반 정도가 날아갔지만 복수를 위해서라 생각하니 조금, 아주 조금만 아까웠다.

"《파리전철(巴里電鐵)》과 《초점(焦點)》, 그리고 《묘시(卯時)》와 《무삭제소식(無削除消息)》이 그것들이지요. 그 외에 나머지 군소 신문들이 세 가지 정도 더 있지만 세력이 미미하기에 거론하지는 않겠습니다."

갑은 쓰레기통을 뒤져 모아온 각기 다른 네 종류의 신문을 편의점 테이블에 펼쳐 놓았다. 박에게는 낯익은 것들이었다. 최가 나타나기 전까지, 하루에도 수백 장씩 만지느라 손톱 밑이 까매질 정도였다.

컵라면 뚜껑을 열어 휘휘 저으며 갑이 말을 이었다.

"앞서도 말씀드렸지만, 복수에는 두 가지 방법이 있습니다. 상대를 완벽하게 제거하는 것과, 그 상대보다 내가 더 잘 되는 것. 첫 번째 방법은 위험 부담이 크니 최후의 한 수로 남겨두는 것이 현명한 처사이지요. 그렇다면 남은 방법은 한 가지. 바로 최라는 그치보다 노형께서 잘 되는 것, 즉 더 많은 신문을 수거하는 것이지요. 그러자면 신문의 특성을 파악할 필요가 있습니다. 노형은

네 가지 신문들이 어떻게 다른지 아십니까?"

멀뚱히 바라볼 수밖에 없었다. 신문 수거 생활을 삼 년 넘게 했지만 그런 생각을 해 본적은 한 번도 없었다. 박에게는 그저 똑같은 신문일 뿐이었다.

"내가 설명해 드리지.《파리전철(巴里電鐵)》은 다른 셋에 비해 무게가 조금 가볍고 더 미끄럽습니다.《초점(焦點)》은 무게는 중간 정도, 하지만 넷 중 제일 뻣뻣하지요.《묘시(卯時)》역시 무게는 중간이지만 훨씬 부드럽습니다. 마지막으로《무삭제소식(無削除消息)》은 넷 중 제일 무거운 데다가 퍽이나 거칠고 뻣뻣하지요. 이 차이의 핵심을 아시겠습니까, 노형? 후루룩."

후루룩, 후루룩, 갑은 연신 면발을 빨아들였는데, 박은 그 모습을 보고 있자니 사정없이 군침이 돌아 안 그래도 뜻 모를 소리가 더 어렵게만 들렸다. 주머니에는 천 원이 남아 있었다. 컵라면 하나쯤은 사 먹을 수 있는 돈이었지만 집에서 기다릴 마누라 얼굴이 아른거려 차마 돈을 쓸 수 없었다.

"어허, 시원하다. 라면은 역시 국물 맛입니다. 안 그렇습니까? 그나저나 아직 핵심을 모르시는 모양이군요. 그럼, 내 또 친절히 설명 드리리다. 신문의 특징을 안다는 것은 그놈들을 수거할 때 적절히 힘을 배분할 수 있다는 말과 같습니다. 예를 들어 노형한테 십의 힘이 있다면, 전철을 돌아다니는데 오 할을 쓸 것이고 신문을 직접 수거하는데 그 나머지를 쓰겠지요. 그 중에서도 까치발을 하고 선반까지 손을 뻗는데 또 몇 할, 그리고 신문을 집어 내리는데 몇 할, 이렇게 나눠지겠지요."

"가, 가만."

박은 손을 들어 갑의 이야기를 막았다. 무언가, 찰나의 깨달음이 머리를 스치고 지나갔다. 자신이 최를 당해내지 못하는 이유는 노쇠한 몸과 체력 때문이었다. 하지만 그 두 가지를 한 순간에 해결할 수는 없었다. 아니, 애초에 불가능한 일이었다. 그렇다면…….

"가진 힘을 적절히 배분해서……."

"바로 그겁니다. 힘의 배분. 불필요한 동작을 빼고, 신문 별로 힘을 달리해 수거한다면 기(氣)가 쉬이 고갈되지는 않을 겁니다. 다만 지공(指功)으로만 신문의 종류를 판별할 수 있도록 수련을 거듭해야겠지요. 내 장담하는데 하루 종일 틀어박혀 삼 일만 수련하면 웬만큼은 가능할 것입니다. 무운을 빌겠습니다, 노형."

갑은 그 말을 끝으로 남은 삼각 김밥 한 개를 주머니에 집어넣은 후 휘적휘적 편의점 밖으로 나갔다. 생각에 잠겨 있던 박이 깜짝 놀라 그 뒤를 따랐다.

"이보시오. 어디로 가는 겁니까?"

"헛되고 또 헛된 것이 세상살이 아니겠습니까? 힘 센 놈이 약한 놈을 등쳐먹고, 약한 놈은 더 약한 놈의 뺨을 후리는 세상, 이 한 몸 누울 곳을 찾아서 또 정처 없이 헤매야겠지요. 허허허."

"그, 그래도 이리도 빨리 가시면……."

"아닙니다. 이제 제 도움은 필요 없을 겁니다. 노형께서는 충분히 비법을 터득할 수 있습니다. 삼 일, 딱 삼 일만 수행을 하십시오. 그럼."

지하철역 계단을 향해 걸어가는 갑의 등이 바다처럼 넓어 보였다.

"가르쳐 주신 방법으로도 복수를 하지 못하면, 어찌하면 되겠습니까?"

애절함이 담긴 박의 질문에 갑이 멈추어 섰다. 그러고는 다시 편의점으로 들어가 계산대에 있는 학생과 몇 마디 이야기를 나누더니 되돌아 나왔다. 손에는 어느새 잘 접힌 종이쪽지가 들려 있었다.

"내 여기 비책을 적어두었습니다. 이 비책은 노형께서 꺼리는 방법일수도 있습니다. 그러니 최후의 순간에 펼쳐보십시오. 그리고 그대로 행하신다면 필시 최라는 사람을 무찌를 수 있을 것입니다."

쪽지를 받아든 박은 감읍하여 차마 고맙다는 말을 하지 못하고 깊숙이 허리를 숙였다. 박이 다시 고개를 들었을 때, 갑은 홀연히 사라지고 없었다. 은은한 미향(迷香)만이 허공에 맴돌 뿐이었다. 오후의 한적한 전철역 구석구석을 둘러보며 박은 혼자서 중얼거렸다.

"참으로 귀인(貴人)이구나. 참으로······."

박은 집으로 돌아가 당장 수련을 시작했다.

빠지지 않고 찾아갔던 경석침대무료체험관에도 발길을 끊고, 노인들끼리 장기판을 자주 벌이는 동네 놀이터에도 얼굴을 내밀지 않았다. 당연히 신문 수거도 중단했다. 반찬 하나 살 돈이 없어 단무지에다가 멀건 된장국으로 밥을 먹어야 했지만 박은 개의치 않았다. 수련만 열심히 한다면, 그리하여 복수에만 성공한다면 그깟 반찬이 문제가 아니었다.

영감탱이가 나를 굶겨 죽이려한다는 마누라의 잔소리와 불시에 찾아오는 배고픔과 싸우면서도 박은 수련을 게을리 하지 않았다. 눈을 가리고, 가리나 마나 어두운 지하 방이라 제대로 보이진 않았지만, 좌우지간 눈을 가리고 신문 네 개의 고유한 감촉을 익혀갔다.

처음에는 한낱 종이에 불과했던 그것들이 하루하고 반나절이 지나지 않아 점차 느낌과 무게를 달리하여 말을 걸어오기 시작했다.

저는《무삭제소식(無削除消息)》, 대인(大人)의 손목 놀림 한 번으로도 기꺼이 자루에 담기지요.

저는《묘시(卯時)》, 부드럽기가 한이 없어 살짝만 건드려도 저 높은 선반에서 낙하한답니다.

저는《초점(焦點)》, 뻣뻣하긴 하나……:

박은 수련을 거듭할수록, 신문이 곧 나이고 내가 곧 신문인 물아일체(物我一體)의 경지에 가까워졌다. 신문에 손끝만 닿아도 그것이 내뿜는 고유한 향기와 촉감을 감지해 낼 수 있었다. 더불어 환기가 잘 되지 않는 단칸방에는 시큼한 단무지 냄새가 점점 짙어졌다.

이틀 째 되는 날 밤, 박은 선잠 끝에 설핏 꿈을 꿨다.

꿈속에서 박은 마누라와 함께 장남 집을 찾았다. 불편한 기색이 장남과 며느리 얼굴에 곰팡이처럼 피어났다. 차남 집을 찾았다. 궁색한 살림살이에 쌈짓돈을 보태야 했다. 막내 집을 찾았다. 신혼이라 노인네에게서 풍기는 쉰내를 견디지 못했다. 결국 지하 단칸방으로 돌아왔다. 편했다. 장남도, 차남도, 막내도 편하다

했다.

장면이 바뀌어 이번에는 전철 안이었다. 손잡이 마다 찢어지거나 구겨진 신문들이 정육점 고기처럼 걸려 있고, 그 가운데는 최가 서 있었다. 최의 입에서는 새빨간 피가 뚝뚝 떨어졌다. 발밑에는 웬일인지 여자처럼 차려 입은 김이 널브러져 있었다. 최가 팔을 한 번 휘두르자 뜨거운 바람이 불었고, 김의 비명이 전철 안에 메아리쳤다.

장면은 또 바뀌었다. 박은 수 백, 수 천 개나 되는 문을 열면서 달리고 있었다. 각 문을 열 때마다 얼굴은 최요, 몸뚱이는 난장이처럼 작은 괴물들이 달라붙었다. 그것들을 떼어내며 얼마나 달렸을까, 직감적으로 마지막 문이라 생각되는 것을 열자 그 안에는 신문 천지였다. 벽과 바닥은 물론이고 놓여 있는 가구들까지 죄다 신문이었다. 박은 신문의 바다에서 헤엄치며 큰 소리로 웃었다. 아주 큰 소리로.

그렇게 사흘이 흘렀다.

사흘 후 아침, 저 멀리 동편 하늘에서부터 붉은 기운이 피어오르기 시작했다. 갓밝이였다. 성긴 햇살 사이로 칼날을 품은 찬바람이 불었다. 겨울이 오려면 멀었는데 바람은 이미 삭풍(朔風)이었다. 바람소리 외에는, 사방이 고요했다.

소리가 없기는 지하철역 승강장도 마찬가지였다. 첫차가 들어오기에도 이른 시간, 졸린 듯 하품을 하는 공익요원 몇 명과 이른 출근인지 늦은 퇴근인지 모를 피곤한 표정의 회사원 몇이 승강장의 전부였다.

아니 또 한 사람, 백발이 성성한 노구가 승강장으로 내려왔다. 관절염을 잊은 듯 힘찬 걸음걸이, 박이였다.

박은 빈 의자에 자리를 잡고 앉아 가부좌를 틀었다. 박이 수거를 담당하는 전철은 일곱 시 십 분에 온다. 출근 인파가 많아지는 때라 그만큼 수거량도 많다. 최도 그 시간쯤 오리라.

박은 그때까지 기(氣)를 가다듬어 내력(內力)을 끌어올릴 생각으로 가만히 눈을 감았다. 머리가 맑아진 탓일까, 문득 질문 서너 개가 연이어 떠올랐다.

노(老)한다는 건 과연 무엇일까?

용도 폐기된 채로 왜 이토록 질기게 살아갈까?

듬성듬성한 이 사이로 밥알이 흘러내리기 일쑤인데, 왜 아등바등 밥을 먹으려할까?

무료로 나눠주는 신문은 어떤 정신 나간 작자들이 만드는 걸까?

질문이 사라지고, 닫힌 눈꺼풀 안으로 지나간 날들이 주마등처럼 스쳐갔다. 전쟁 통의 폐허에서 맨손으로 소금 장사를 시작했던 일하며 사우디에서 막노동을 해 번 돈으로 자식새끼들 키웠던 일까지. 그리고 장남 집을 나와 마누라랑 둘이 살면서 신문 수거를 하게 된 삼 년 전의 일까지가 생생하게 떠올랐다. 질긴 목숨 연명하기 위해 안 해 본 일 없이 살았던 세월이었다. 아파서 당장에 죽을 판이라도 일을 했다. 전쟁에서도 살아남았고, 사람들이 픽픽 쓰러지던 사막의 열기도 견뎌냈다. 내리 일주일을 굶은 적도 있었다. 그런 일들에 비하면 최라는 놈쯤은 아무것도 아니었다.

박은 자신의 발아래 무릎을 꿇고 싹싹 비는 최의 모습을 상상하며 미소를 지었다.

오냐, 다시는 얼씬도 않겠다면 내 관대히 용서를 해 주마. 대신에 네놈의 그 색안경은 날 주면 안 되겠느냐…….

"저기요. 저기요."

즐거운 상상은 누군가의 목소리 때문에 깨져 버렸다. 박은 눈을 떴다. 자발없어 보이는 낯짝이 박을 내려다보고 있었다. 사흘 전 박을 구했던 공익이었다.

"할아버지 또 왔어요? 여기서 자면 안 돼요."

"갈(喝)!"

박이 일성을 토해내려던 그때였다. 최가 승강장으로 내려왔다. 어느새 일곱 시가 다 된 모양이었다. 최는 청재킷 깃을 세워 제법 멋을 부린 데다 머리는 기름을 발라 뒤로 넘겼다.

우라질 놈…….

소가 핥아 놓은 듯 매끈한 최의 모습을 다시 보자 저절로 욕이 튀어나왔다. 박은 헛기침을 하며 마음을 가다듬었다. 최는 박을 본체만체하더니 길게 늘어선 줄의 맨 끝에 섰다. 삼일 전보다 더 큰 배낭을 울러 메고 한 손에는 자루까지 들고 있었다.

'그동안 제법 쏠쏠했던 모양이지. 하지만 오늘은 다를 것이다.'

박도 줄을 섰다. 최의 바로 옆이었다. 마침 전철이 들어왔다. 박은 심장을 울리는 육중한 소리에 맞춰 등에 멘 가방끈을 조였다.

'이제부터 전쟁이다.'

전철을 바라보는 박의 안광(眼光)이 형형(炯炯)했다.

간밤에는 그야말로 한 숨도 자지 못했다. 피로를 느낄 법도 했지만 의식은 이상하리만치 명료했고, 몸도 나뭇잎처럼 가벼웠다.

전철이 속도를 줄이더니 이내 멈춰 섰다. 박은 온몸 구석구석으로 진기를 흘려보냈다. 전철 문이 열리면서 한숨 비슷한 소리가 들렸다.

그것이 신호였다. 박은 지체 없이 발을 놀렸다. 강을 거슬러 올라가는 한 마리 연어처럼 내리는 사람들을 비집고 전철에 오른 박의 눈에 신문들이 보였다. 신문들, 신문들, 신문들이 간택을 기다리는 후궁같이 전철 선반에 곱게 올라가 있었다.

"으허헛."

박은 기합과 함께 손을 뻗었다. 손가락 끝에 첫 번째 신문의 부드러운 속살이 닿았다. 《묘시(卯時)》가 틀림없었다. 녀석은 거의 힘을 주지 않고 쓰다듬듯 가볍게 치면 밑으로 떨어진다. 박은 머릿속으로 수백 번도 넘게 그렸던 그 순간을 떠올리며 손목을 놀렸다. 과연 신문은 소리도 없이 낙하했다. 떨어지는 신문을 재빨리 낚아 채 옆구리에 끼었다. 다음 신문도 마찬가지였다. 미친년 머리카락처럼 헝클어졌으나 뻣뻣함으로 봐서는 《초점(焦點)》이 틀림없는 그 녀석도 힘 들이지 않고 금세 수거했다.

수련은 헛되지 않았다!

희열(喜悅)이 박의 온몸을 휘돌았다. 여유만 있다면 전철이 떠나가라 대소(大笑)를 터트리고 싶을 정도였다.

하지만 박은 지체하지 않았다. 몸속 가득 차오르는 힘과 자신감을 느끼며 두 번째 칸으로 접어들었다. 그 사이 전철이 멈춰 섰고, 더 많은 사람들이 올라탔다. 사람들이 붐비기 시작할 때부터 신문 수거는 더 어려워진다. 인파를 뚫으랴, 까치발을 하고 선반의 신문을 수거하랴 체력이 두 배로 소모되기 때문이었다. 박은 거칠 것이 없었다. 화려한 보법으로 사람들 사이를 빠져나가며 신문을 수거했다.

박이 지공으로 신문의 정체를 파악하며 한창 수거에 열을 올리고 있을 때, 뒤에서 거친 숨소리가 들렸다. 돌아보니 어느새 최가 따라왔다. 최도 사력을 다하는 듯 얼굴이 시뻘겋게 달아올라 있었다. 박은 더욱 빨리 움직여 왼쪽을 섭렵하고, 오른쪽 선반의 신문에까지 손을 댔다. 힐끗 돌아본 최의 얼굴에는 낭패감이 떠올라 있었다.

'됐다. 내가 승리했다. 최, 네 이놈. 지금까지 무호동중이작호(無虎洞中狸作虎)였다만, 이제는 다를 것이다.'

박은 승전(勝戰)을 예감하며 또 다른 신문을 향해 손을 뻗었다.

그 순간, 신문이 사라졌다.

'뭐야? 이 무슨 해괴한 일인가.'

박은 또 다른 신문을 향해 달려들었다. 그것도 마찬가지였다. 손가락에 닿는 감촉으로 하자면《무삭제소식(無削除消息)》이 분명한 그 신문도 박이 수거하기 직전 갑자기 사라져 버렸다.

박은 놀라서 주위를 둘러봤다.

그때였다. 믿을 수 없는 광경이 눈앞에 펼쳐졌다. 최가, 한 손에 기다란 집게를 들고 있었다. 은빛의 집게는 흡사 새의 기다란 부리 같았다.

최는 집게를 이용해 한 마리 고고한 학처럼 선반 위 신문을 집어갔다. 집게에 물린 신문들은 별다른 저항도 없이 최가 들고 있는 자루 속으로 들어갔다.

순간, 박의 머릿속에 한 단어가 떠올랐다.

능공섭물(凌空攝物). 손을 안대고 물건을 취한다는 궁극의 경지.

최는 순식간에 멀어졌다. 도저히 따라갈 수 있는 속도가 아니었다. 따라 붙는다 한들, 박이 가진 알량한 재주로는 최의 무기를 당해낼 재간이 없었다.

"네 놈이 연장까지 사용하다니……."

분노와 비통함, 그리고 허무와 좌절이 섞인 뜨거운 감정이 일흔다섯 노구를 흔들었다. 지난 삼일 동안 나는 무얼 했단 말인가, 수없이 만지고 또 만졌던 그 수련은 정녕 죽은 애 불알 만지기였단 말인가, 나는 왜 진즉에 집게 생각을 못 했단 말인가, 왜 이리 먹고 살기가 힘들단 말인가…….

박은 점점 멀어져 가는 최의 뒤를 쫓으며 폭발의 잔해(殘害)처럼 남은 신문 몇 장을 가방에 담았다. 최가 미처 쓸어가지 못한 것들이었다. 하지만 얼마 못가 멈춰 섰다. 숨이 턱 끝에 찼고, 보이지 않는 손이 주무르기라도 하는 듯 심장이 아팠다. 마음이 부서지자 금세 내력(內力)이 소진된 것이다.

박은 그 자리에 주저앉았다. 다리에 힘이 풀려 자기도 모르게 오줌을 지렸다. 시큼한 땀내와 지린내가 합쳐져 악취가 풍겼다. 몇 사람이 코를 쥐었다. 널브러진 박 주위로 둥그런 원이 생겼을 뿐, 만원 전철 안 누구도 관심을 보이지 않았다.

눈앞이 빙글빙글 돌았다. 이마를 타고 진땀이 흘러내렸다. 정신이 아득해졌다.

……최후의 순간에 펼쳐보십시오.

갑의 마지막 말이 귓가에 스친 건 박이 정신을 잃고 쓰러지기 전, 바로 그때였다.

박은 더듬더듬 주머니를 뒤졌다. 노숙자가 건넨 비책이 거기 있었다. 지난 사흘 동안 보고 싶었던 마음을 꾹꾹 눌러 삼켰던 바로 그 쪽지를, 박은 덜덜 떨리는 손으로 펼쳐들었다.

거기에는 단 한 줄의 문장이 적혀 있었다.

박은 그 단문(短文)을 읽고 또 읽었다. 과연 최후에나 쓸 만한 방법이었다. 그리고 평소라면 절대 사용하지 않았을 방법이었다.

'과연…… 이런 방법이.'

박은 찢어진 깃발을 움켜 쥔 패잔병처럼 신문을 옆구리에 낀 채로 칸의 맨 앞까지 기어갔다. 홍해가 갈라지듯 사람들이 물러났다. 신음도 나오지 않았다. 치욕도 견딜 만했다. 다만 배가 고플 뿐이었다. 공허한 위장 저 깊은 곳에서 단무지가 만들어낸 신물이 올라왔다. 이를 악물었다. 최에게 당할 수 없게 된 이상 갑이 일러 준 최후의 비책(秘策)을 쓸 수밖에 없었다.

전철 한 칸의 맨 앞쪽에는 운전실로 통하는 인터폰이 있었다. 거기까지 기어간 박은 벽을 짚고 일어서서 인터폰을 들었다. 신호음이 몇 번 떨어진 후 중후한 목소리의 남자가 자신을 기관사(機關士)라 밝히며 응답했다.

박은 목을 가다듬은 후, 천천히 입을 뗐다.

"여보시오. 지금 전철에 신문 수거하는 노인이 행패를 부리고 다녀 아주 미치겠소. 승객들에게 부딪치지 않나 땀 냄새를 풍기지 않나, 게다가 위험해 보이는 집게까지 들고 설치더구먼. 빨리 조취를 취해 주시오. 선량한 시민이 이렇게 불편을 겪어서야 되겠소?"

기관사는 최대한 신속하고 확실하게 조취 하겠다고 답했다. 박은 힘없이 인터폰을 내려놓았다. 박이 쥐고 있던 종이쪽지가 바닥으로 떨어졌다.

'공권력(公權力)에 호소하시지요.'

종이에는 삐뚤빼뚤한 글씨로 그렇게 적혀 있었다.

전철이 다음 역에 멈춰 서자 기다렸다는 듯 공익요원 두 명이 올라탔다. 과연 신속하고 확실한 조취였다.

박은 창문으로 그 모습을 보고 느릿느릿 걸음을 옮겼다. 눈앞이 단무지 색깔처럼 노랬다. 비틀거리며 세 칸 정도를 지났을까, 왜 이렇게 출발을 안 하느냐며 불평하는 사람들 사이로 다투는 소리가 들렸다. 눈을 들어보니 최가 젊은 공익들과 드잡이를 하고 있었다.

"놔라. 이 개 같은 놈들아 놔라."

최는 고래고래 소리를 질렀다.

"늙으면 빨리 죽어야지. 추하게 저게 뭐냐?"

교복을 입은 학생 몇 명이 최를 두고 자기들끼리 농담을 했다.

"할아버지. 지하철에서 이러시면 불법이에요, 불법."

"어서 나가세요."

공익요원 두 명이 번갈아가며 으름장을 놓았다.

"거 좀, 빨리빨리 처리합시다. 출근 시간인데 지금 뭐하는 겁니까? 그런 노인네 하나 때문에 몇 분씩이나 잡아먹고."

신문을 들여다보던 중년 남자가 말했다. 불그죽죽한 얼굴이 들고 있는 무료신문처럼 잔뜩 구겨졌다. 다른 사람들도 최를 바라보며 인상을 찌푸렸다.

"짜증나게 정말, 뭐하는 거야?"

자는 척 눈을 감고 있던 파마머리 여자도 거들고 나섰다. *갑시다, 내려요, 지각하면 책임 질 거야, 노망난 영감이랑 뭐하는 거야, 저런 노인네는 집 밖에 못 나오게 해야 돼……* 봇물이 터지듯 불평이 잇달았다. 최가 당황한 눈으로 주위를 둘러봤다. 크게만 보였던 걸때가 안쓰러울 정도로 왜소하게 느껴졌다. 기름기가 씻겨나간 머리카락이 축 늘어진 더듬이처럼 최의 앞이마에서 덜렁거렸다. 박은 애절하고 절박한 최의 눈빛과 마주쳤다. 일순, 그 메밀눈에 다시 독기가 번득였으나 찰나일 뿐 다시 만경되었다.

"아이고. 선생님들. 제가 이 일 못하면 아픈 우리 마누라가 쫄쫄 굶습니다. 제발 좀 봐 주십쇼. 오죽하면 제가 몇 푼 벌지도 못하는 요 일을 하겠습니까? 저 같은 늙은이들이 어디 가서 돈을 벌 수 있답니까? 제발, 제발 한 번만 눈 감아 주십시오. 네?"

최는 급기야 공익의 바짓가랑이를 잡고 사정을 하기 시작했다.

"안 된다니까요. 빨리 가세요."

대꾸하는 공익의 목소리에도 슬슬 짜증이 묻어났다. 최는 상처 입은 짐승처럼 한 줄기 울음을 토해내더니 숫제 전철 바닥에 드러누웠다. 넉장거리하는 그 모습은 흡사 뭍에서 말라 죽어가는 개구리 같았다.

"이 할아버지가 정말……."

공익요원 둘은 서로 눈빛을 교환하더니 환자를 실어 나르는 것처럼 최의 겨드랑이와 오금을 각각 잡았다.

"안 돼. 안 돼."

최가 아무리 몸태질을 해 봐도 젊은 공익을 당할 수는 없었다. 최는 번쩍 들려 전철 밖으로 사라졌다. 최가 내뱉는 욕설과 울음을 뒤로 하고 전철 문이 닫혔다. 거짓말처럼 평화와 고요가 찾아왔다. 승객들은 곧 관심을 끄고 자기 일에 몰두했다.

박은 그 모든 광경을 물끄러미 바라보고 있었다. 귓가에 최의 절규가 아련했다. 전철이 다시 어둠을 향해 출발하고, 박은 몇 걸음 더 안으로 들어갔다.

칸의 맨 끝, 노약자석 바닥에 최가 모아놓은 신문 자루와 은색으로 빛나는 집게가 놓여 있었다. 박은 그것들을 주워들었다. 그리고 묵묵히, 나머지 칸들의 신문을 수거하기 시작했다.

경쟁자가 없는 신문 수거는 평화롭기 그지없었다. 자루에 신문이 담길수록 어깨에 쏠리는 무게가 더해졌다. 고기라도 한 근 살 수 있는 무게일지도 모른다. 박은 그렇게 생각했다. 아니면 병원에 가서 마누라 약을 타 올 수 있는 무게일지도. 돌아오는 길에 또 한 번 수거를 하면 백수로 지내는 둘째 놈한테 용돈 몇 푼이라도 찔러 줄 수 있을 것이다.

박은 전철의 마지막 칸까지 모두 훑었다. 그사이 전철은 지하를 벗어나 지상 구간을 달리고 있었다. 붐비던 전철에는 듬성듬성 빈자리가 생겼다. 가을 아침의 찬란한 햇빛이 전철 안으로 쏟아져 들어왔다. 본래라면 마지막 칸까지 갔다가 다시 첫 칸까지 되돌아가지만 박은 그냥 노약자석에 앉아 버렸다. 왠지 움직이기가 싫었다. 덜컹덜컹. 전철의 흔들림이 느껴졌다. 햇살이 따뜻했다. 잠이 몰려왔다. 살며시 눈을 감았다.

신문 자루를 꼭 움켜쥔 채, 박은 길고 긴 운기조식에 들어갔다.

혈의 살인

정명섭

1973년 서울 출생. 한국 추리 작가 협회 회원이며 한국 미스터리 작가 모임에서 활동하고 있다.
2006년 을지문덕을 주인공으로 하는 역사추리소설 『적패』를 출간했다. 2008년 공동 단편집 『한국
추리 스릴러 단편선』을 출간하였다. 현재 파주 출판도시 아시아 정보 문화센터 카페에서 바리스타로
일하고 있다.

돌 틈에 낀 붉은 꽃은 바람에 떠밀려 어지럽게 휘청거렸다. 절벽에 아슬아슬하게 핀 꽃과 그늘마다 자라난 이끼들, 그리고 죽음과 함께 터져 나온 핏자국들이 어지럽게 널렸다. 겨드랑이와 허리춤에 밧줄을 단단히 묶기는 했지만 절벽에 매달려 있는 건 고역스러운 일이 아닐 수 없었다. 하루가 채 가시기 전에 누군가의 죽음이 묻어 있는 곳이라서 그런지 더 더욱 그랬다. 설상가상으로 나무조차 자라지 못할 정도로 바람이 심하게 불었다. 문달은 겨드랑이를 파고드는 밧줄을 움켜잡고 숨을 고르다가 오른쪽 바위에서 뭔가를 발견했다. 새의 부리처럼 뾰족하게 생긴 돌 틈에 검붉은 핏덩이가 고여 있었다. 고개를 든 문달은 톱니처럼 울퉁불퉁한 위쪽 절벽 곳곳에 흩뿌려진 핏자국들과 마주쳤다. 장대에 걸려 있는 깃발과 시신이 발견된 절벽 아래의 강가를 번갈아 쳐다보던 문달은 다시 밧줄을 잡아당겼다. 털커덩거리며 돌아간 물레가 밧줄을 빨아들였다.

"여기 파란 깃발과 노란 깃발 중간이야."

노비들이 달려와 겨드랑이와 허리에 묶여진 밧줄을 벗겨내는 사이 문달이 부서진 목책을 가리키며 설천에게 말했다.

"그럼 저기서 뛰어 내린 것이군요."

"아무래도 그런 것 같아."

"이제 어찌하실 겁니까?"

"일단 가족들을 먼저 만나보고 목격자들을 살펴봐야겠네."

"시신과 유품은 그 다음에 살펴보실 겁니까?"

"사람들한테서 아무런 답도 찾을 수 없다면 거기서 대답을 들어야 해. 제발 대답을 해줘야 할 텐데 말이야."

"가족들은 관사에 있습니다."

울음소리가 관사에 들어선 문달을 맞이했다. 동쪽 산기슭을 등지고 자리 잡은 관사는 죽음이 짙게 드리워졌다. 상복을 입은 노비들이 숨소리를 죽이며 조심조심 움직였다. 중문을 지나 안채에 들어서자 독경소리와 매운 향냄새가 안개처럼 떠돌았다. 눈시울이 붉어진 늙은 하인이 안채에 그들이 왔음을 고하자 울음소리는 한층 더 커졌다. 설천과 함께 안으로 들어선 문달은 둥근 탁자에 모여 있는 자살한 한성(漢城 : 고구려 후기의 삼경 중 하나로 황해도 재령지방의 장수산성 일대에 유적이 남아 있다.) 욕살(褥薩 : 고구려 후기의 지방관직으로 가장 큰 규모의 성을 통치했다. 위두대

110

형 이상의 관등을 가진 관리가 임명되었다.) 온주혁의 가족들과 마주쳤다. 무늬 없는 하얀 두루마기를 한 중년의 부인과 열 살쯤 되어 보이는 아이, 그리고 친척으로 보이는 사내들 세 명이었다. 정중하게 허리를 굽힌 문달은 고인의 명복을 빈다는 말을 웅얼거렸다. 아이를 안은 채 울고 있던 부인이 침상 곁에 있던 몸종에게 차를 가져오라고 말했다. 몸종이 차를 가지러 나가자 둘에게 의자를 권했다. 중년의 부인이 침착하게 입을 열었다.

"찾아오는 이가 없어서 더 서글펐는데 감사합니다."

"저는 현곡홀의 누초(婁肖 : 고구려 후기의 지방관직으로 가장 작은 규모의 성을 통치했다. 소형 이상의 관등을 가진 관리가 임명되었다.)로 있는 문달이라고 합니다. 뜻하게 않게 욕살 어르신의 죽음에 대해서 살펴보라는 지시를 받고 몇 가지 여쭤보러 왔습니다. 이쪽은 제 문객인 설천이라고 합니다."

죽음이라는 말에 여인이 눈에서 불꽃이 튀었다.

"다들 남편에게 손가락질을 했어요. 남편은 며칠 동안 제대로 먹지도 잠자지도 못했고요. 누가 남편을 죽였는지 궁금 하시다고요? 장사치들과 호족들이 남편 등을 떠민 겁니다. 나가서 그 놈들을 잡아서 찢어죽여요. 그 놈들이 남편을 죽였다고요."

곁에 있던 중년의 남자가 울부짖는 여인의 어깨를 다독거렸다.

"누님이 워낙 경황이 없으니까 이해해 주십시오. 저도 아직 믿겨지지가 않습니다. 참, 저는 문치우라고 합니다. 이쪽 분들은 매형의 형제분들입니다."

문달은 침묵을 지키고 있던 나머지 두 사내들과 눈인사를 나눴다. 머리숱이 적고 나이든 쪽이 온주혁의 형 온우라고 말했고,

사각형 턱에 황금색 조우관을 쓴 땅딸막한 사내는 동생인 온문준이라며 자신을 소개했다.

문치우는 아이를 품에 안은 채 울고 있는 부인을 타일렀다.

"누님. 심정은 잘 알겠습니다만 이 분들은 도와주러 오신 분들입니다. 힘드시더라도 그날 일을 기억나는 대로 말씀해 주세요."

"해가 뜨기 전에, 남편이 일어나는 기척에 따라 일어났어요. 요 며칠사이 잠도 제대로 못 잤어요. 그날도 밤새 뒤척이다가 새벽에 눈을 뜨더니 잠깐 바람 좀 쐬고 온다고 했어요. 그래서 같이 가요, 라고 했더니 제 손을 꼭 잡고는 괜찮다고 그냥 더 자라고 하더군요."

"항상 새벽에 산책을 나갔나요?"

"아뇨. 중리부(中裏府 : 고구려 후기의 중앙 관청으로 정확한 역할은 알려져 있지 않다.)에서 관리들이 내려와서 연금조치가 취해진 다음부터 뒤에 줄줄이 사람 붙이고 다니는 꼴을 보이고 싶지 않다면서 새벽 산책을 나가기 시작했어요."

"혹시 부군께서 일어나신 시간이 대충 언제인지 알려주실 수 있습니까?"

문달의 물음에 여인은 고개를 들어 침상의 머리맡을 가리켰다.

"침상 위에 물시계가 하나 있답니다. 남편은 항상 새벽에 일어나서 전날 처리하지 못한 문서들을 살펴보고 그날 해야 할 일들을 적어놓곤 합니다. 남편이 나가고 나서 다시 잠들기 전에 머리맡의 물시계를 봤는데 딱 인시에서 묘시(卯時 : 오전 다섯 시에서 일곱 시 사이)로 넘어갈 때였어요. 그게 마지막이었습니다."

여인은 다시 통곡했다. 문달은 아무 말 없이 침상 쪽으로 걸어가서 휘장을 살짝 젖혔다. 비단으로 감싼 나무 목침 옆에 물시계가 보였다. 네 개의 기둥으로 받쳐진 황동색 항아리 옆구리에 눈금과 구멍이 뚫려 있었다. 기둥 아래에는 이빨이 빠진 종지가 떨어지는 물을 받치는 중이었다.

"두 줄짜리 굵은 선이 한 시각, 가는 선이 한 각입니다. 관리가 나라 일을 소홀히 하는 것만큼 죄악이 없다고 하시면서 일하실 때는 늘 이걸 가져다놓으시고 일을 하셨지요."

눈물을 쏟으며 말을 하는 여인에게 문달이 조심스럽게 입을 열었다.

"아드님을 생각해서라도 마음을 다 잡으셔야 합니다. 이 일은 한 점의 의혹도 없이 철저하게 살펴보도록 하겠습니다."

마지막으로 안채를 둘러본 문달이 휘장을 젖히고 밖으로 나오며 설천에게 물었다.

"다른 가족들은 없나?"

"저들뿐입니다."

"욕살쯤 되면 친가나 외가 쪽 식구에, 문객에 가병들까지 수십 명은 데리고 다니는 게 보통인데 안 그랬나 보군?"

"백성들에게 부담을 주는 일이라면서 한성 욕살로 오기 직전에 모두 내보냈답니다."

안채를 나온 문달은 설천과 이야기를 주고받으며 행랑채로 가려진 중문으로 걸어갔다.

"새벽에 여기서 나와서 곧장 동쪽 장대로 갔겠군. 동행했던 중리부 무사는 어디서부터 따라붙었지?"

"저쪽 중문 행랑채에 중리부에서 보낸 무사들이 지키고 있었답니다. 지난달부터 사실상 연금 상태였고, 중문 밖에 나갈 때는 항상 호위가 붙었습니다."

"말이 호위지 감시나 다름없었군."

"맞습니다. 어제 새벽에 욕살이 여기로 나와서 산책을 나간다고 하니까 숙직을 서고 있던 무사들 중 하나가 따라나섰답니다. 부병들이 지키는 바깥문을 두 사람이 함께 나간 것까지는 확인했습니다."

"시각은?"

"마지막 번을 교대중일 때라고 했으니까 묘시쯤일 겁니다."

중문을 지나자 회색 기와가 씌워진 야트막한 담장이 눈에 들어왔다. 세 개의 문으로 이뤄진 바깥문 양쪽으로는 병사들이 머무는 막사가 나란히 자리 잡았다.

"저쪽으로 나가서 곧장 동쪽 장대로 갔군. 장대 아래에서 경계를 섰던 부병들은 지금 어디 있지?"

"내성의 감옥에 있습니다."

"일단 그 부병들을 만나봐야겠군."

감옥의 어둠은 끝이 없어보였다. 검게 물들인 고깔을 쓴 옥졸이 문을 열었다. 빛 한 점 없는 어두운 감방 안은 다 썩은 거적이 몇 개 깔려 있었다. 부병 둘은 각자 반대쪽 모서리에 웅크리고 앉았다.

"의자를 갔고 오게."

문달의 지시에 옥졸에게 지시하자 잠시 후 옥졸 몇 명이 더 들어오더니 의자를 놓고 부병들을 앉혔다. 옥졸 하나가 불을 피운

화로를 구석에 놓으면서 말했다.

"오른쪽에 앉은 노송이라는 놈이 혼자서 지키고 있었고, 왼쪽에 있는 덕상이라는 놈은 옆에서 잠을 자고 있었답니다."

"그 때 일을 듣고 싶어서 왔네. 기억나는 데로 말해줬으면 하네."

문달의 말에 노송이라는 부병이 입을 열었다.

"마지막 번을 설 때였습니다. 저 사람은 교대를 하자마자 자기는 좀 자겠다고 하고는 거적을 뒤집어쓰고는 곧장 코를 골았습니다. 저도 피곤해서 비몽사몽이었습니다. 전날 어떤 멍청한 일꾼이 장대 바닥에 바를 석회 가루를 쏟아버리는 바람에 난리도 아니었습죠. 석회가루가 가죽신 바닥을 녹인다고 서둘러 치워야 한다고 해서 쉬지도 못하고 쓸고 닦았습니다요."

"그래서 서서 반쯤 졸다가 욕살과 호위무사와 마주쳤군."

말이 길어질 낌새를 보이자 설천이 중간에 끼어들었다.

"네. 그래서 창을 겨누고 군호를 외쳤는데 저쪽에서 바로 대답을 했습니다."

노송이 손으로 창을 겨누는 시늉을 하며 대답했다.

"시각은 언제였는지 기억하느냐?"

"욕살께서 오시기 직전에 묘정(卯正 : 오전 여섯시)을 알리는 북소리가 들렸습니다. 내성의 성문들이 열리는 시각입니다."

문달이 다시 물었다.

"욕살인지는 바로 알아봤느냐?"

"수고한다는 목소리를 듣고 나서 알았습니다."

"목소리? 얼굴을 알아본 게 아니고?"

"화톳불을 피울 장작이 모자라서 불이 꺼져 있었습니다. 달빛도 흐려서 얼굴은 거의 알아보지 못했습니다."

"어떤 옷을 입고 있었는지 기억나느냐?"

"아무 장식이 없는 황토색에 목깃이 검은 저고리였습니다. 보통 성 안을 다니실 때는 그 차림새였죠."

"잠깐만, 욕살도 겨우 알아봤는데 동행한 게 중리부 무사인 줄은 어찌 알았느냐?"

지그시 눈썹을 찡그리며 기억을 더듬던 노송이 천천히 입을 열었다.

"사실은 제대로 못 봤습니다."

"왜 그 때 동행한 자의 얼굴을 제대로 보지 못했다고 얘기하지 않았느냐?"

"아이고, 전 일개 부병이옵고 상대방은 나는 새도 떨어뜨린다는 중리부입니다요. 일이 터지고 나서 경황이 없는데 중리부 무사가 자기가 같이 올라갔다고 하니까 그런가 보다 했습죠."

"욕살과 함께 온 자에 관해서 기억나는 대로 말해 보거라. 얼굴 말고, 키나 옷차림이라든지, 걸음걸이 같은 것 말이다."

"그러니까 키는 욕살 어르신보다 조금 작은 듯했고, 옷차림새는 그냥 굵은 허리띠를 두른 두루마기 정도만 기억납니다."

"그 자가 욕살과 어찌 걸었느냐? 앞서 갔느냐? 아니면 뒤에 바짝 붙어서 갔느냐?"

"어, 그게 그러니까 처음에는 뒤에 있다가 계단을 올라갈 때즈음에는 욕살께서 뒤에 쳐지셨습니다."

"완벽하게 가렸군."

노송의 얘기를 들은 문달이 중얼거렸다.

어두컴컴한 감옥을 나오자마자 참았던 숨을 내쉰 문달은 눅눅해진 옷깃을 신경질적으로 털었다. 밖에는 이번 일을 의뢰한 중리부의 중리주활(中裏主活 : 중리부에 관직으로 어떤 일을 하는지 정확하게 알려져 있지 않다.) 고문창이 기다리고 있었다.

"여기 계시다는 말을 듣고 기다리고 있었습니다. 성과는 좀 있었습니까?"

"욕살을 장대까지 호위했다고 하던 중리부 무사 말이야. 지금 볼 수 있을까?"

"이사무 말씀이십니까? 따라오시죠."

고문창이 그들을 데리고 간 곳은 관사의 뒤쪽 별채였다. 나무문을 열고 안으로 들어가자 둥근 탁자 옆에 앉아있던 젊은 무사가 벌떡 일어났다. 고문창이 그에게 앉으라는 손짓을 하고는 말했다.

"이분들은 내가 특별히 부탁해서 이번 일을 조사하고 계신 분들이다. 그날 새벽에 있었던 일들을 빠짐없이 고해야 한다."

자리에 앉은 이사무는 두 사람을 쳐다보며 입을 열었다.

"마지막 번을 바꾸고 잠시 후였습니다. 욕살께서 안채에서 나와서 중문 쪽으로 오셔서 새벽 산책을 간다고 하셔서 제가 호위해 드렸습니다. 동쪽 장대로 올라가셔서 따라갔는데 새벽하늘을 한참 들여다보셨습니다. 그러고는 갑자기 동문 쪽을 쳐다보더니 성벽 위에 누가 있는 것 같다고 하셨습니다. 그래서 무심코 고개를 돌렸는데 욕살께서 고함을 지르시며 장대에서 몸을 날리셨습니다."

이사무는 눈물 한방울, 감정 한조각 내비치지 않고 차분하게 이야기했다. 잠자코 얘기를 듣던 문달이 물었다.

"욕살께서는 새벽 산책을 자주 나가셨느냐?"

"연금 당하신 이후로는 사나흘에 한번 꼴로 나가셨습니다. 그럴 때마다 중문에 와서 알려주시면 번을 서고 있던 두 명 중에 한명이 따랐습니다."

"그날 산책을 나가면서 이상한 점은 못 느꼈느냐?"

"자살할 징조 말씀이십니까? 그랬다면 동쪽 장대로 올라가지 못하게 막았을 겁니다."

"욕살께서 뛰어내리신 다음에 어떻게 조치하였느냐?"

"처음에는 돌풍에 휩쓸렸거나 발을 헛디딘 줄 알았습니다. 그래서 욕살께서 떨어졌다고 아래쪽에 소리치고는 곧장 보고 하러 달려갔습니다."

이사무가 문달 옆에 서 있던 고문창을 바라봤다. 시선을 받은 고문창이 사실이라며 고개를 끄덕거렸다.

"얘기 잘 들었네. 그나저나 키가 큰 편이군."

조용히 있던 설천의 물음에 이사무가 희미하게 웃었다.

"5척이 조금 못 됩니다. 중리부에 무관으로 들어가려면 최소한 4척 반(고려척 35.6센티미터를 기준으로 하면 160센티미터)은 넘어야 합니다."

밖으로 나온 문달이 고문창에게 물었다.

"주변 정황이나 증언이 모두 자살이라고 결론짓고 있네. 아직도 타살이라고 믿는가?"

"누가 등을 떠밀지 않았다고 해서 꼭 자살이라는 법은 없잖습니까? 지난 몇 달 동안 욕살이 당한 괴롭힘을 옆에서 보셨다면 저랑 똑같은 생각을 하셨을 겁니다."

"욕살이 스스로 뛰어내리지 않았다면 중리부에서 손을 썼다고밖에 볼 수 없네. 마지막에 함께 있던 이도 중리부 무사이지 않은가?"

"우리 임무는 욕살을 연금시키는 것이지 처단하는 게 아니었습니다."

"해명왕자처럼 위에서 자살을 강요할 수는 있지 않은가?"

"그랬다면 해명왕자처럼 품위 있게 죽을 자리를 만들어줬을 겁니다."

문달은 험악해진 분위기를 누그러뜨리기 위해서 다른 질문을 던졌다.

"그나저나 근래 욕살 주변 인물들 중 눈에 띄는 움직임을 보인 사람은 없었나?"

"일이 터진 다음에는 다들 숨을 죽이고 엎드려 있습니다."

"그렇겠지. 산 자들이 대답을 안 해주니 죽은 자에게 물어보러 가야겠군. 욕살의 시신은 어딨지?"

"따라오십쇼."

앞장서서 걷던 고문창이 회랑에 딸린 행랑채를 손으로 가리켰다.

"저기 시신이 있습니다."

문을 열고 들어서자 시큼한 약초냄새가 코를 찔렀다. 약초를 달인 물로 욕살의 시신을 닦던 의원이 문을 열고 들어온 문달을 보고는 옆으로 물러났다. 피를 닦아낸 얼굴은 깨끗했다. 문달이 의원에게 물었다.

"다 떨어지면서 입은 상처인가? 칼이나 다른 흉기에 찔리거나 베인 흔적은 없었고?"

"머리 한가운데부터 목 바로 위쪽까지 뒤통수가 길고 거칠게 찢어져 있습니다."

"뒤통수에 상처가 났다면 장대를 등지고 떨어졌다는 뜻이군."

"나머지는 여기 다 적었습니다."

공손하게 대답한 의원이 노란색 끈으로 묶여진 두루마리를 바쳤다. 문달은 꼼꼼하게 글씨들을 읽어봤다.

"손톱 밑에서 나무부스러기가 나왔다고? 떨어진 곳은 움켜쥘 만한 나무가 없었는데?"

"소인은 그저 시신의 상태만 보고 기록한 것입니다."

고개를 갸웃거린 문달은 두루마리를 내려놓고 구석의 탁자에 놓인 유품 쪽으로 걸어갔다. 시신과 유품을 꼼꼼히 살펴본 문달이 고문창에게 말했다.

"지금까지 나온 정황으로 보면 자살이 거의 확실하네."

"욕살은 자살할 만한 사람이 아닙니다. 저랑 이야기를 나눴을 때도 지지 않고 맞서 싸우겠다는 뜻을 밝혔던 사람입니다."

"그랬다면 자기를 험담하는 이들을 잡아다가 혼쭐을 냈었어야지."

"저도 손을 놓고 있으면 소문들이 모두 사실이라는 걸 인정하는 꼴이 된다고 얘기했습니다. 그러니까 자기는 설사 죽더라도 아무도 미워하지 않는 사람인 채로 남고 싶다고 했습니다. 자살이라면 왜 죽을 결심을 했는지 만이라도 밝혀주십쇼."

"그거야 중리부에서 압박이 들어왔으니 수치심을 느꼈겠지. 내가 알기론 뇌물을 받았다는 이유로 중리부에서 직접 조사를 받고 연금당한 경우는 죽은 욕살이 처음이었다지?"

"한성 욕살로 온 초기에 뇌물을 준다는 상인들의 명단과 뭘 요구했는지 상세하게 적은 문서를 중리부에 보낸 적이 있습니다. 조사를 하려고 했지만 상인들 뒤를 봐주는 대신들이 막았죠."

"상인들 입장에서는 화가 났겠군."

"화가 난 게 아니라 두려웠던 거죠. 자기들 입김이 먹혀들어가지 않는 욕살은 아마 처음이었을 겁니다. 상인들이 관리들에게 뇌물을 주는 이유는 더 많은 돈을 벌기 위해서입니다. 군대나 관청에 비싼 값으로 물건을 납품하고, 원래보다 더 비싼 값에 곡식과 물건들을 팔아서 이득을 취하는 겁니다. 돌아가신 욕살은 이런 유착이 백성들을 힘들게 만든다면서 일체의 뇌물을 거절했습니다."

"들리던 소문과 정 반대로군."

"욕살이 중리부에 명단을 넘긴 사실을 알고 난 다음부터는 상인들이 안 좋은 소문을 퍼트렸기 때문입니다. 그러다가 욕살을 미워하던 평양의 대신들이 뒤를 봐주는 바람에 일이 좀 커진 거죠. 대신들의 청탁을 욕살이 거절했거든요."

"대신들의 청탁을 거절했다고? 명색이 관리인 나조차 까맣게 몰랐군. 기껏해야 무능하고 우유부단하다는 말만 들었는데 말이야."

"그게 다 헛소문 때문입니다. 처음에는 역모로 몰아가려고 했는데 전혀 나오질 않으니까 첩을 통해서 상납 받았다는 사실을 걸고넘어진 겁니다."

"강국(康國 : 중국 서쪽에 있는 사마르칸트 지방을 가리킨다.) 출신의 애첩을 통해서 뇌물을 받았다는 소문은 나도 들었네. 그 첩도 욕살이 죽은 날 행방을 감췄다지?"

"감쪽같이 사라져버렸습니다."

"다들 중리부에서 손을 쓴 걸로 알고 쉬쉬하고 있네."

"뇌물을 받아서 욕살에게 건넸는지는 확인하고 나서 손을 썼을 겁니다."

고문창이 씁쓸한 표정으로 말했다.

"우리 고구려에 꼭 필요한 관리이자 인재였습니다. 사실은 저도 처음에는 뭔가 있을 줄 알고 계속 뒤져봤습니다만 이렇게 깨끗한 관리는 처음 봤습니다."

"첩을 심문했으면 단서라도 찾을 수 있으련만 아쉽군. 자넨 일단 사라진 욕살의 첩을 찾도록 하게."

"욕살이 강국 출신의 첩을 통해 상인들의 뇌물을 받은 게 사실이라고 보시는 겁니까?"

"그 얘기를 사실이라고 믿는다면 욕살이 왜 자살했는지 설명이 되네."

실망한 빛이 역력한 고문창이 한숨을 쉬는 사이 중리부 무사 한명이 문을 열고 들어왔다. 귓속말을 전해들은 고문창이 아무 말 없이 인사를 서둘러 중문 쪽으로 걸어갔다. 그 광경을 지켜보던 설천이 물었다.

"저 사람도 못 믿는 겁니까?"

"어차피 욕살의 자살은 그냥 넘어갈 문제는 아니잖은가. 나를 내세워서 사람들한테 공정하게 조사했다는 걸 보여주려는 속셈일지 모르지."

"그렇다면 욕살의 죽음이 자살이 아니라는 말씀이십니까?"

"앞뒤가 안 맞는 게 너무 많아."

"장대에 같이 올라간 건 중리부 무사가 아니었습니다."

"확신하는 걸 보니 물증을 찾은 모양이군."

문달의 물음에 설천이 걸음을 멈추고 옆에 있는 회랑의 기둥으로 걸어갔다. 그러고는 허리띠의 단검을 꺼내 기둥에 금을 그었다.

"죽은 욕살의 키는 대충 5척 반에 조금 못 미쳤습니다. 대충 이 정도죠. 그리고 이사무라는 무사의 키는 훨씬 컸습니다. 그런데 부병의 증언으로는 욕살과 동행자의 키는 비슷했습니다."

"일단 그날 새벽에 장대에 같이 올라간 게 중리부 무사가 아닌 건 확실해졌군. 욕살이 정체를 숨기고 싶은 누군가를 만난거야. 누굴 만났는지 모르겠지만 중리부 무사가 호락호락하게 자리를 비워주진 않았을 테니 사전에 허락을 받았을 것이고 말이야."

"그 허락을 해 줄 수 있는 사람이 바로 우리에게 조사를 의뢰한 고문창이죠."

설천의 설명에 문달이 고개를 끄덕거렸다.

"그렇다면 중리부의 묵인 하에 같이 장대에 올라간 사람이 떠밀었다는 얘기인데, 굳이 그럴 필요가 있을까?"

"욕살은 자살을 하기 위해 올라간 게 아니라 얘기를 나누러 올라간 것일 수도 있습니다. 상대방은 욕살을 죽이려고 올라갔지만 말입니다."

"그리고 자기가 그렇게 손을 쓰고 나에게 조사를 의뢰했다는 게 이해가 가지 않아."

"저도 그게 의문입니다."

"사라진 강국출신의 첩이 단서를 가지고 있겠지. 하지만 지금쯤 그 첩은 강바닥에서 물고기 밥이 되고 있을 것 같아."

기둥 옆에 서서 말을 주고받는 두 사람에게 중리부 무사 한 명이 달려왔다.

"대활 어르신께서 급히 오시랍니다."

무사의 뒤를 따라 중문 밖으로 나가자 무장을 갖춘 채 말에 올라타는 중리부 무사들이 보였다. 사슴 가죽끈으로 엮은 찰갑에 쇠로 만든 투구를 쓴 고문창이 말에 오르며 문달에게 말했다.

"이유라는 상인이 급히 가산을 정리하고 떠나려고 한답니다."

"그 자와 욕살이 무슨 연관이라고 그러는가?"

"욕살이 아끼던 서역 출신의 첩을 바친 놈입니다"

고문창이 손가락을 돌리자 하얀 절풍을 쓴 병사가 뿔피리를 불었다.

"서둘러라. 늦는 자는 참할 것이다."

칠흑같이 검은 고문창의 말을 선두로 병사들이 탄 말이 내성의 남문을 통과해서 질주했다. 곡식을 가득 싣고 내성으로 올라오던 수레가 황급히 길옆으로 비켜섰다. 곧게 뻗은 대로를 내달린 고문창과 병사들은 부유한 상인들이 사는 우하부로 향했다. 달리던 문달의 눈에 활짝 열려진 대문 안팎으로 바쁘게 짐을 나르는 사람들과 줄지어 늘어선 수레들이 보였다. 선두에 선 고문창이 멈추라는 고함을 지르자 사람들의 손길이 그대로 얼어붙었다. 중리부의 깃발을 본 그들이 뿔뿔이 흩어지고 황금색 두루마기를 입은 뚱뚱한 대머리 사내만 남았다. 손잡이에 금실을 감은 목이 긴 유리병을 옆구리에 끼고 있던 사내는 비오듯 쏟아지는 땀 너머로 고문창과 두 사람을 쳐다봤다.

"어딜 이렇게 급히 떠나는 것이냐? 아무리 부유한 상인이라고 해도 호적패를 받은 이상 사는 곳을 옮기려면 관의 허가를 받아야 한다는 걸 잊었느냐?"

"소인은 그냥 여행을 좀 떠나려고 했습니다."

말 위에 앉은 고문창의 호통에 뚱뚱한 이유라는 상인은 애매한 미소를 지어보였다.

"여행? 살림살이를 다 가지고 어디로 가려고 했단 말이냐?"

말에서 내린 문달은 덜덜 떨고 있는 이유에게 다가갔다.

"살림살이까지 다 챙긴걸 보면 아예 돌아오지 않을 요량이었던 것 같은데, 대체 뭐가 무서워서 상점이랑 이 저택을 다 버릴 작정이었느냐?"

"그게, 소인이 돌아가신 욕살 어르신께 바친 첩이 문제를 일으켰다는 얘기를 듣고 겁이 나서 잠깐 떠나 있으려고 했을 뿐입니다."

"욕살께서 뇌물을 받지 않았다고 들었는데 뭐가 겁이 났단 말이지?"

"그 첩 자체가 뇌물이었습니다. 근데 받아놓고 입을 닦아버린 것도 모자라서 그렇게 죽어버렸으니 도망치는 수밖에는 없지 않겠습니까."

억울한 표정의 이유가 침을 튀기며 하소연할 즈음 안채 쪽에서 벼락같은 고함소리와 함께 웃통을 벗어부친 건장한 씨름꾼이 한 걸음에 대문 앞으로 달려 나왔다. 놀란 이유가 유리병을 옆구리에 낀 채 한 손으로 씨름꾼에서 손사래를 쳤다.

"괜찮으니까 마누라랑 애들한테 가 있어."

어린 아이를 달래는 것 같은 이유의 말에 씨름꾼의 표정이 누그러졌다. 작게 한숨을 쉰 이유가 두 사람에게 돌아섰다.

"죄송합니다. 강국에서 온 녀석이라 말귀를 잘 못 알아듣습니다."

멋쩍은 이유의 웃음 뒤로 씨름꾼의 큰 손이 다가왔다. 솥뚜껑만 한 손으로 이유의 얼굴을 감싼 씨름꾼은 단숨에 목을 뒤틀어버렸다. 우두둑거리는 소리와 함께 머리가 옆으로 돌아간 이유의 시신이 문달의 발 앞에 털썩 쓰러졌다. 이유가 옆구리에 끼고 있던 유리병도 바닥에 떨어져 산산조각 나버렸다. 무심코 고개를 든 문달은 주인을 죽인 씨름꾼과 눈이 마주친 순간 내뻗은 손바닥에 명치를 얻어맞았다. 뒤로 날아간 문달은 다른 병사들과 뒤엉켜 쓰러지고 말았다. 중리부 무사 한 명이 어깨를 겨냥해 창을 찔렀지만 씨름꾼은 거구에 어울리지 않는 유연함으로 창대를 움켜쥐고는 손날로 목을 쳤다. 창을 쥔 씨름꾼이 말 위에 앉아 있던 고문창을 겨냥해 힘껏 창을 던졌다. 고문창이 몸을 옆으로 뒤틀어 날아온 창을 겨우 피한 사이 씨름꾼은 날쌔게 안채 뒤로 도망쳤다. 화살이 날아갔지만 아슬아슬하게 그가 몸을 숨긴 기둥에 박혔다. 중리부 무사들이 고함을 치며 뒤쫓아 갔다.

"괜찮으십니까?"

설천이 옆으로 다가와 부축해 주면서 물었다.

"그것보단 자네도 들었지? 그녀 자체가 뇌물이었단 이야기."

"네, 우리 생각과는 다른 속사정이 있는 것 같습니다."

"죽은 상인이 누구한테 서역 여인을 샀는지 알아봐야겠어."

"상처부터 치료하시는 게 우선일 것 같습니다. 일어나실 수 있으십니까?"

상처를 치료하고 숙소로 돌아온 문달은 깜빡 잠이 들었다. 한참 잠에 빠져 있던 그는 거칠게 문이 열리는 소리에 눈을 떴다. 고문창의 얼굴이 어둠사이로 드러났다.

"도망친 씨름꾼을 찾았습니다."

"지금 어디 있느냐?"

"한성 시내에 숨어 있습니다. 같이 가시겠습니까?"

"물론이지."

문달은 횃대에 걸린 저고리를 입으며 문을 지키던 늙은 노비에게 가죽신을 가져오라고 일렀다. 언제 왔는지 설천도 두루마리를 입고 서 있는 것이 보였다. 가죽신을 신고 허리띠 고리에 환두대도의 칼집을 건 문달이 관사의 뜰로 나갔다. 무장을 갖춘 중리부 무사들이 횃불 아래 모여 있었다. 말에 올라탄 고문창이 앞장섰다. 굳게 잠긴 내성의 문이 살짝 열리고 목책들이 치워졌다. 그리고 깊은 어둠이 펼쳐졌다. 서쪽 산기슭에 자리 잡은 수백 개의 돌무덤들이 바쁘게 움직이는 불빛을 말없이 쳐다봤다. 호롱불을 들고 거리를 지나가던 야경꾼들이 고문창과 부하들을 보고는 골목으로 숨었다.

"저기 나무다리 건너편입니다."

앞장선 고문창이 짧게 휘파람을 불자 다리 건너편에서도 비슷한 휘파람소리가 들렸다. 말에서 내린 그가 부하들에게 말했다.

"횃불을 꺼라. 캐낼 것이 있으니 반드시 생포해야 한다."

바닥에 횃불을 비벼서 끈 중리부 무사들은 조심스럽게 다리를 건너갔다. 모래가 사각사각 밟히는 거리에는 흙으로 올린 초가집들이 어깨를 나란히 했다. 거지로 변장하고 있던 중리부 무사가 골목길에서 기다리고 있다가 모습을 드러냈다. 그가 자물쇠가 채워진 나무문을 손으로 가리켰다.

"밖에서 자물쇠가 채워져 있어서 낮에 제대로 살펴보지 않았던 곳입니다. 그런데 해질 무렵에 어떤 여자가 열쇠로 열고 들어가는데 안에서 그 서역 씨름꾼이 있는 게 보였습니다."

"수고했다. 어서 문을 부숴라."

덩치 큰 중리부 무사가 동료에게 넘겨받은 쇠망치로 자물쇠를 내리쳤다. 자물쇠가 힘없이 떨어져나가자 무사는 문짝을 발로 힘껏 걷어찼다. 숨죽이고 있던 중리부 무사들 십여 명이 어둠을 향해 뛰어 들어갔다. 중리부 무사들을 빨아들인 어둠은 비명소리들을 토해냈다. 중리부 무사들 중 한 명이 문 밖으로 털썩 나뒹굴었다. 다시 피를 머금은 한명이 튕겨 나왔다. 잠시 후 씨름꾼이 문 밖으로 나왔다. 뜻을 알 수 없는 말로 고함을 지르며 덤벼드는 중리부 무사들을 발과 손바닥으로 쳐냈다. 그 사이 뒤로 돌아간 중리부 무사가 문을 부순 쇠망치로 씨름꾼의 뒤통수를 내리쳤다. 맹수처럼 싸우던 씨름꾼이 신음소리와 함께 무릎을 꿇었다. 멍들고 코가 깨진 중리부 무사들이 쓰러진 씨름꾼을 붙잡았다. 그 사이 안에서 한 여인이 끌려나왔다. 여인의 머리를 쓰고 있던 두루마리가 벗겨지자 푸른 눈과 하얀 피부가 드러났다. 넘어진 씨름꾼을 여인을 잡히는 것을 보고는 괴성을 지르며 몸을 흔들어댔다. 놀란 중리부 무사 하나가 허리띠에 꽂혀 있던 단도를 꺼내 씨름꾼의 다리 힘줄을 끊어버렸다. 쏟아지는 피가 고통에 짓눌린 씨름꾼의 낯선 비명과 함께 어둠을 갈기갈기 찢어버렸다.

"맙소사! 이 여자가 바로 사라졌던 욕살의 첩입니다."

고문창이 부하가 가져온 횃불로 여인을 비춰보며 말했다.

발목의 힘줄이 끊긴 강국 출신의 씨름꾼은 채소를 싣던 수레에 실려서 끌려왔고, 욕살의 애첩은 감시를 받으며 수레를 뒤따랐다. 여인은 슬픔이나 두려움의 한 조각조차 내비치지 않았고, 사내 역시 끙끙대기만 할 뿐이었다. 미리 연락이 되었는지 내성문은 활짝 열려 있었고, 욕살의 가족들이 나와 있었다. 욕살의 동생 온문준이 서역 여인을 보더니 고함을 지르며 달려들었다. 뒤엉킨 두 사람을 간신히 떼어낸 문달이 고문창에게 말했다.

"일단 사내의 상처부터 치료해 주게. 그리고 이 여인은 지금 내 처소로 보내게."

지시를 내리고 숙소로 돌아온 문달은 땀에 젖은 저고리를 갈아입었다. 숨을 고르고 탁자에 앉자마자 여인이 끌려왔다. 칼날같이 날카로운 콧날에 푸른색이 섞인 것 같은 깊은 눈동자가 그를 응시했다. 고요해 보이는 여인의 눈은 얼마나 먼지 가늠조차 할 수 없는 고향을 바라보는 것 만 같았다.

"왜 도망쳤느냐?"

문달의 물음에 여인의 눈빛은 아주 조금 흔들렸다. 주저하던 여인이 서툰 고구려 말로 대답했다.

"카심이랑 같이 고향에 가고 싶었어요."

"카심? 아까 그 남자 말이냐?"

"고구려 사람들은 날 춤꾼이나 잠자리를 같이 하는 창녀쯤으로 봐요. 카심은 진심으로 날 좋아해요."

"카심이라는 씨름꾼이 이유라는 상인을 죽였다."

"카심한테 들었어요. 원래는 5년만 채우면 저와 함께 풀어주기로 했었는데 저를 다른 사람에게 보내고 갑자기 떠나려고 하니까 화가 나서 죽였다고 했어요."

문달은 여인의 키와 죽은 욕살의 키를 가늠해 보면서 다시 물었다.

"새벽마다 동쪽 장대에서 욕살과 만났느냐?"

여인은 다시 고개를 끄덕거렸다. 뒤늦게 들어온 고문창은 그 얘기를 듣고는 곁에 있던 부하를 손짓으로 불러서 귓속말을 건넸다.

"너도 연금 상태였는데 어떻게 빠져나왔느냐?"

"새벽에 일어나서 측간에 가는 척하고 뒷문으로 나가면 문이 열려져 있어서 밖으로 나올 수 있었어요."

"만나면 주로 무슨 얘기를 나눴느냐?"

"고향 얘기를 많이 물어봤어요. 그리고 힘들다는 얘기를 많이 했어요. 참 좋은 분이었는데 많이 힘들어하는 것 같았어요."

"사람들이 욕살에게 전해달라고 뭔가를 건네 준 적은 없느냐?"

여인의 얼굴이 딱딱하게 굳어져갔다.

"원래 주인이 욕살에게 너를 보낸 것도 그런 것 때문이라는 얘기가 있었다."

"절 처음 보고 얘기한 게 누가 자기한테 건네 달라고 뭔가를 주면 절대 받지 말라는 거였어요. 만약 받으면 누가 언제 주었는지 반드시 고하라고 해서 시키는 대로 했어요."

"알겠다. 그날 새벽에 성 밖으로는 어떻게 빠져나갔느냐?"

여인은 입을 다물었다.

"도와준 사람이 다칠까봐 두려운 게냐? 이미 너무 많은 사람들이 다쳤다. 진실을 털어놓지 않으면 그것보다 더 많은 사람들이 상처를 받을 것이다."

"새 주인님께서 내보내주셨어요. 한 달쯤 전에 소원을 말해보라고 해서 카심이랑 고향에 돌아가고 싶다고 했죠. 그랬더니 그날 새벽에 누가 기다리고 있다가 동쪽 성문이 열리자마자 밖으로 내보내줬어요."

"그런데 왜 하필 장대에서 만났느냐? 내성 안이라면 다른 사람들의 눈을 피할 이유가 없었는데 말이다."

"목합을 거기 숨겨뒀으니까요."

동쪽 장대에 오른 이는 욕살의 애첩이었던 여인과 문달, 설천 그리고 고문창이었다. 여인은 장대 한복판의 바닥돌을 가리켰다. 오랜 세월 발자국에 더럽혀진 돌은 원래의 색을 잃고 검게 변해 있었다.

"이게 목합이에요."

문달은 한쪽 무릎을 꿇고 바닥을 내려다봤다. 가까이서 살펴보자 다른 돌들과는 다른 색깔과 질감을 느껴졌다. 설천이 손가락을 틈새로 집어넣어서 목합을 끄집어내며 중얼거렸다.

"그래서 손톱 아래에 나뭇조각들이 있었나봅니다."

목합을 바닥에 내려놓은 설천이 조심스럽게 뚜껑을 열었다. 옻칠을 하고 별다른 장식이 없는 목합 안에는 작게 접혀 있는 종이와 글씨가 새겨진 목간들이 차곡차곡 쌓여 있었다. 종이와 목간들을 들여다보던 설천이 말했다.

"여기가 욕살이 유일하게 쉴 수 있었던 곳이었던 것 같습니다. 아내나 측근들한테도 털어놓지 못했던 이야기를 저 여인과 나누면서 말입니다."

"이 일이 욕살의 자살과 어떤 연관이 있을까요?"

설천의 설명에 고문창이 영문을 모르겠다는 문달에게 되물었다.

"이래저래 의욕을 잃은 상태였겠지. 거기다 위안이 되던 여인까지 떠나고 싶다고 했으니 자포자기 했을 거야."

"강한 사람인 줄 알았는데요. 믿기 힘듭니다."

"힘들고 지쳤겠지. 본인은 원칙대로 일을 하는데 다들 죽이려고 덤벼들었으니까 말이야. 그나저나 이사무라는 무사는 자백했나?"

"옆에서 지켜보는데 안쓰러워서 저 여인과 욕살이 몰래 만날 수 있게 도와줬다고 했습니다. 그날 새벽에 성 밖으로 내보내달라는 부탁도 들어줬답니다."

"혹독한 대가를 치르겠군."

"그래도 난생 처음 마음속으로 존경하는 관리를 본 것으로 족하다고 했습니다. 그나저나 여자 문제로 상심해서 자살한 게 정말입니까?"

"일단은 그게 전부야. 저 여인이 욕살을 죽일 이유는 없잖아."

"그나저나 욕살의 유족들이 이 사실을 알면 더 상심하겠습니다. 도움을 주려다가 오히려 상처만 준 꼴이군요."

"어차피 조사는 내가 했으니 장례가 끝나는 대로 얘기하겠네."

문달은 여인이 물끄러미 바라보는 시선을 따라 세상을 내려다봤다. 고향을 바라보는 것 같은 여인의 눈에는 어느새 눈물이 고였다.

장례식은 한성 남쪽 낙랑 언덕에서 조용히 치러졌다. 하얀 저고리와 치마를 입은 욕살의 부인과 아이를 비롯한 가족들이 흐느끼는 가운데 비단으로 둘러싸인 관이 나무곽 안으로 미끄러져 들어갔다. 죽은 자를 추모하기 위한 수박희가 끝나자 일꾼들이 나무 삽으로 흙을 퍼 넣었다. 바로 옆에 바닥에는 거적이 깔리고 욕살이 살아생전에 쓰던 물건들이 차곡차곡 놓여졌다. 주저하던 구경꾼들 중 한명이 맥궁을 집는 걸 시작으로 차츰 손길들이 물건을 움켜쥐었다. 장례식 광경을 지켜보던 문달에게 설천이 다가왔다.

"일이 너무 쉽게 풀렸다고 생각하지 않으십니까?"

"잘 맞춰진 것 같지만 삐걱거리는 느낌이야."

"확인할 수 있는 방법이 방금 떠올랐습니다."

설천이 씩 웃으면서 대답했다.

욕살 온주혁의 유족들이 저택 후원에 있는 정자에 모인 건 장례식 이틀 후였다. 아직 상복을 벗지 않은 욕살의 부인과 남동생 문치우는 신발을 벗고 정자에 올랐다. 온주혁의 두 형제인 온우와 온문준도 말없이 뒤를 따랐다. 쟁반 모양의 연못이 내려다보이는 팔각형 정자에 고인 침묵을 깨트린 것은 문치우였다.

"사람을 불러다놓고 정작 입을 다물고 계신 연유가 무엇이옵니까?"

그의 물음에 문달이 천천히 입을 열었다.

"욕살께서 왜 스스로 절벽에서 뛰어내리셨는지 이유를 알아냈습니다. 욕살께서는 연금을 당하신 상심을 서역 출신의 첩에게 위안을 받으면서 풀었습니다. 그런데 그 첩이 고향으로 돌아가고 싶다고 하니까 배신감과 울적함에 못 이겨 자진하신 겁니다."

"안채에는 얼씬도 하지 않았는데 언제 만났답니까?"

욕살의 부인이 이해가 되지 않는다는 듯 문달에게 물었다.

"새벽 산책을 나갈 때 장대에서 남들 눈을 피해 만났습니다."

"매형이 고작 그런 첩년이랑 속닥거리고 싶어서 매일 새벽에 나가서 장대에 올랐단 말입니까?"

울분을 터트리는 문치우에게 문달이 차분하게 입을 열었다.

"맞습니다. 남들에게는 대수롭게 보이지 않는 일들이 당사자에겐 소중한 일이 될 수 있습니다. 하지만 그녀는 그날 새벽에 장대에 가지 않았습니다."

문달의 말에 싸늘한 경악이 정자안의 사람들을 얼어붙게 만들었다.

"내성의 동문을 지키던 문지기에게 확인해 봤는데 그날 묘정(卯正 : 오전 여섯 시)에 문이 열리자마자 나갔다고 했습니다. 묘시에 일어난 욕살께서 차비를 갖추고 동쪽 장대에 도착한 시간과 거의 일치합니다. 동문과 장대 사이의 거리를 생각해 보면 장대에 올라갔다가 동문으로 갈 수 있는 시각은 아니었습니다."

문달이 눈짓을 하자 정자 밖에 서 있던 설천이 목이 긴 가죽신 두 켤레와 구슬로 장식된 비단신 한 켤레를 가지고 들어왔다.

"욕살께서 장대에서 뛰어내리기 전날 저녁에 장대의 바닥을 고치는 공역이 있었습니다. 흙과 돌이 잘 붙도록 석회가루를 물에 개어서 둘 사이에 붙이는데 일꾼이 실수로 석회를 쏟아버렸답니다. 불에 굽지 않은 생석회는 물에 닿으면 열기를 내면서 녹습니다. 새벽에 이슬이 내리면서 바닥에 뿌려진 석회가루가 녹았고, 그 흔적이 이렇게 남았습니다."

문달은 가죽신 한 켤레를 뒤집어 바닥을 드러냈다. 가죽신의 바닥은 군데군데 검게 탄 흔적이 보였다.

"하지만 수행했다고 한 중리부 무사나 서역 출신의 첩이 신고 있던 신발에는 아무런 흔적도 없습니다."

문달은 가죽신을 내려놓고 비단신과 다른 가죽신을 집어 들며 말했다. 뒤집혀진 두 신의 바닥은 깨끗했다.

"남들의 눈을 피해 상대에서 새벽에 만난 건 사실입니다만 그날은 만나지 않았습니다. 대신 다른 사람을 은밀히 만나봐야만 했습니다."

문달의 말에 문치우의 표정이 일그러졌다. 사람들의 표정을 살펴본 그가 다시 입을 열었다.

"돌아가신 욕살에게 강국 출신의 여인을 첩으로 바친 건 한성의 동쪽 시장에서 쌀장사를 하는 이유라는 상인입니다. 첩을 바치고 그녀를 통해 뇌물과 청탁을 주고받는 건 흔히 있는 일이라는군요."

"그것과 내 동생의 자살과 무슨 연관이란 말이요!"

온우가 벌떡 일어나서 소리쳤다. 문달은 담담하게 대꾸했다.

"돌아가신 욕살께서 계속 뇌물을 거절하니까 당황했던 건 상인들만이 아니었습니다. 욕살에게 기대서 한 몫 잡으려던 쪽도 낙심했죠. 그래서 뇌물을 직접 챙길 방법을 찾아낸 겁니다. 이유는 죽기 전에 저한테 첩 자체가 뇌물이라고 했습니다. 그래서 뒷조사를 해 봤더니 이유가 시세보다 훨씬 비싼 값을 주고 서역 여인을 샀더군요. 원래 주인이 그녀를 통해서라면 욕살이 뇌물을 받을 것이라고 둘러댔을 겁니다. 문제가 생기면 서역 출신이라 말이 잘 안 통해서 생긴 오해였다고 하면 그만이니까요. 이유 같은 상인이 그 말을 믿은 것은 원래 주인이 욕살과 가까운 사람이었기 때문입니다."

"그럼 어떤 놈이 우리 형님 이름을 팔아서 그 서역 계집을 상인에게 비싼 값에 팔았다는 얘기입니까?"

땅딸막한 키의 온문준이 굵은 땀을 흘리며 물었다.

"맞습니다. 그리고 그 사실을 뒤늦게 안 욕살께서는 크게 상심하셨고, 결국 그게 죽음으로 이어졌습니다."

"설사 그랬다고 해도 그게 매형의 죽음과 직접 연관이 있다는 물증은 없잖습니까?"

누나를 위로해 주던 문치우가 반박했다.

"물론입니다. 하지만 말입니다. 욕살께서는 외로운 싸움을 하고 계셨습니다. 상인들과 호족들, 관리들까지 가세해서 어떻게든 흠

집을 찾아내려고 했습니다. 그 와중에 가까운 친척이 뇌물을 받았다는 사실을 알고 얼마나 좌절했는지 모르시겠습니까?"

"그런 허무맹랑한 얘기를 믿으라는 말씀입니까?"

문치우가 이를 갈며 문달을 노려봤다.

"물론입니다. 여기까지는 모두 다 가설입니다만 적어도 한 가지는 진실입니다. 아까 석회 얘기를 말씀드렸죠. 그날 새벽 욕살 어르신과 함께 장대에 함께 올라간 사람이 누구인지 알려드리죠."

문달의 말에 정자에 있던 유족들이 일제히 고개를 돌려 신발이 놓여 있는 댓돌 쪽을 쳐다봤다. 고문창이 유족들의 신발을 하나씩 뒤집어보는 중이었다. 그 중 하나를 집어든 고문창이 허리를 펴고 정자 안의 사람들에게 욕살의 신발처럼 군데군데 검게 타들어간 바닥을 보여줬다. 새된 비명을 지른 온문준이 정자의 난간을 훌쩍 뛰어넘었다. 하지만 빈틈없이 포위하고 있던 중리부 무사들이 단번에 사로잡히고 말았다.

"이거 놔! 내가 누군 줄 알고, 당장 놓지 못해. 아닙니다. 살려주세요. 잘못했습니다. 제발 용서해 주세요."

짓눌린 온문준이 횡설수설하면서 몸을 뒤틀었다. 고문창에게 가죽신을 넘겨받은 문달이 그의 앞에 한쪽 무릎을 꿇었다.

"당신이 형의 얼굴에 먹칠을 한 거야!"

"아닙니다. 제가 큰 걸 바란 것도 아니고 남들 챙기는 정도만 하려고 했습니다. 노름을 하다가 빚진 게 있어서 그것만 갚으려고 했어요. 남들 다 그렇게 해서 가족들이랑 문객들을 먹여 살린다고요."

"네 형이 그걸 몰라서 뇌물을 안 받았겠냐? 호족이나 장사치들이 그렇게 바친 뇌물들이 다 어디서 나왔겠느냐? 하루 벌어서 하루 먹고 사는 가난한 백성들 주머니에서 나온 것이다. 그날 새벽 장대에 올라가서 무슨 얘기를 했느냐?"

"서역 계집한테 들었다면서 네가 뇌물을 받으려고 했던 게 사실이냐고 물으셨습니다. 그래서 맞다고, 그러니까 고집 그만 부리고 주는 대로 챙기자고 대답했습니다. 그랬더니 벌써 받았냐고 하더군요. 사실 서역 계집이 형님 말을 듣고 상인들의 뇌물을 계속 거절한 상태라서 제 입장이 좀 난처했습니다. 그래서 이미 받았으니까 고집 그만 피우라고 했죠. 그러면 체념하고 그냥 남들처럼 살 줄 알았습니다. 그랬더니 갑자기 안 돌아보고 뛰어 내렸습니다."

"사라졌던 형님의 첩이 잡혀 와서 자백을 할까 봐 성문에서 기다렸다가 덤벼들어서는 그날 새벽에 장대에 올라갔다고 거짓말을 하라고 속삭였지. 말을 듣지 않으면 남자를 죽이겠다고 협박하면서 말이야."

"아이고, 그 때 거짓말을 하는 게 아니었는데, 정말 잘못했습니다."

"욕살께서는 백성들을 위해 출세와 명예를 버릴 결심을 하셨다. 그리고 남들 눈에 안 띄게 장대에서 만나서 물어본 것도 너를 배려하기 위해서였다. 혹시나 하는 마음에서 말이다. 정녕 그 진심을 이해할 수 없었느냐?"

문달은 한숨을 쉬면서 한 발짝 뒤로 물러났다. 중리부 무사들이 온문준을 잡아 일으켜서 끌고 나갔다. 정자 안에 남아 있던 다른 유족들은 침울한 표정으로 그 광경을 지켜봤다. 문치우의 어깨에 기대 흐느껴 울던 온주혁의 부인이 문달에게 물었다.

"나도 있었는데 어떻게 그런 미천한 계집에게서 위안을 찾을 수가 있었죠?"

"부군께서는 부인을 싫어해서 그런 게 아니었습니다. 그냥 누군 가와 아무 걱정 없이 이야기를 나누고 싶었을 뿐이죠."

"사실은 나도 옥비녀를 하나 선물로 받은 적이 있어요. 그것 때 문에 뭐라고 해서 심하게 싸운 적이 있어요. 저 역시 남편을 죽인 건가요?"

위로의 말을 건네는 문달에게 부인이 물었다.

"욕살께서 스스로 선택하신 겁니다. 아무도 도움의 손길을 내 밀지 않기는 했지만 말입니다."

정중하게 허리를 굽혀 인사를 한 문달은 정자를 나왔다. 걸음 을 늦춘 그가 뒤따라온 설천에게 말했다.

"내가 정말 두려운 건 욕살의 죽음이 자기들의 승리라고 믿는 사람들이 많다는 거야."

"씨앗은 작지만 싹을 틔우고 크면 하늘을 받칠 만큼 커집니다."

"앞으로도 욕살 같은 관리는 또 나오겠지만 그들 역시 가시밭 길을 걷겠지."

"안타깝지만 그럴 겁니다."

걸음을 멈춘 문달의 발 앞에 무성한 가지 사이로 힘겹게 뚫고 들어온 얼룩진 햇살이 펼쳐졌다.

카심은 주인을 죽이고 중리부 무사들을 다치게 한 죄로 처형

당했다. 잘린 목은 썩지 않도록 하얀 석회가 잔뜩 발라진 채 시장의 공터에 매달렸다. 그와 함께 말에 탄 강국 출신의 여인은 그 앞을 지날 때 고개를 돌려서 숨 죽여 울었다. 문달은 아무 말 없이 그녀와 함께 거리를 지났다. 못 쓰는 수키와를 뒤집어서 만든 배수로를 양쪽에 낀 거리에는 장사꾼들과 물건을 가득 실은 수레들이 가득했다. 묵묵히 거리를 지나자 넓은 평야가 모습을 드러냈다. 한성과 북쪽으로 가는 길의 이정표를 세워진 갈림길에는 휘장을 두른 마차가 한 대 서 있었다. 고삐를 당겨 말을 멈춘 문달이 등자를 밟고 내렸다. 주저하던 강국 출신의 여인도 따라서 내렸다. 마차의 휘장이 살짝 젖혀지고 두건을 두른 사내가 주변을 두리번거리다가 여인과 눈이 마주쳤다. 놀란 여인이 강국말로 뭐라고 외치고는 달려갔다. 마차 옆에 서 있던 설천이 휘장을 열어 줬다.

"사형수까지 바꿔치다니 중리부 힘이 세긴 센 가 봅니다."

"대신 중리부에서 부탁하는 일들을 조사해야만 하네. 이번보다 더 어둡고 지저분한 일들이야."

쓸쓸한 표정으로 대답한 문달이 마차 곁으로 다가갔다. 눈물로 얼룩진 여인이 마차 밖으로 나와서 그의 앞에 무릎을 꿇었다.

"마차 안에 은과 곡식을 넣어두었네. 노란색 주머니 안에 든 호패는 역참에서 검문을 할 때 보여주면 된다네. 반드시 돌아가서 카심이랑 행복하게 살게. 그게 바로 자네를 아끼던 사람이 뜻이니까."

문달은 몇 번이고 고개를 숙여 고마움을 표시하는 여인을 뒤로 한 채 말에 올랐다. 마차가 털컹거리며 움직이는 모습을 지켜보던 설천이 그에게 물었다.

"왜 온문준을 더 추궁하지 않으셨습니까? 정자에서는 분명 등을 보이고 뛰어내렸다고 했는데 시신은 뒤통수에 상처가 나 있었습니다. 욕살이 뒤로 떨어졌다는 건 누군가 앞에서 떠밀었을 수도 있다는 얘긴데요."

"그럴 수도 있겠지. 하지만 그가 죽였다는 자백을 받으면 세상은 분명 친족끼리 뇌물을 가지고 다퉜다가 죽였다고 떠들 거야."

"거짓이 진실을 이긴 겁니까?"

"그냥 아무도 미워하지 않는 이가 죽었다는 사실만 명심하게. 잊지 않고 기억하는 게 이기는 걸세."

눈물이 고여서 흐릿해진 문달의 눈에 멀리 한성의 동쪽 장대에서 작별 인사를 하느라 손을 흔드는 욕살이 모습이 어렴풋하게 보였다.

밤의 노동자 2

최혁곤

1970년 출생. 2003년 《계간 미스터리》를 통해 데뷔하였다. 이후 장편 스릴러 『B컷』과 「모텔 앞 삼거리 사건」 등 다수의 단편을 꾸준히 출간해 왔다. 한국 미스터리 작가 모임을 결성해 공동 단편집 『한국 추리 스릴러 단편선 1,2』를 출간하였다. 네이버 '오늘의 문학'에 「밤의 노동자 1」이 소개됐다.

무료한 밤.

세종문화회관 뒷골목의 카페 '본 콜렉터'에 손님은 없었다. 그렇다고 문을 닫기는 이른 시간이었다. 인근 미술관의 단발머리 큐레이터가 달려와 와인병따개를 빌려가고, 연말이라 배달이 밀렸다면서 택배원이 스티로폼 박스를 문 앞에 밀어놓고 간 것을 빼면 조용한 밤이었다.

나의 친구, 전직 형사이자, 카페 주인인 갈호태는 바에 걸터앉아 스포츠신문을 소리 내 넘기며 툴툴거렸다.

"산부인과 들락거린다는 인기 걸그룹의 K가 누구야? 실명 안 밝힐 거면 기사 쓰지나 말지. 망할 자식들. 아프간 파병 이거 지원하면 목돈 좀 나오냐? 중학교 운동장에 세워둔 트럭 폭발, 이건 동네 양아치들 불장난이겠지?"

어차피 대답을 원하는 질문들이 아니었다. 나는 무시한 채 영국 작가 프레더릭 포사이스의 단편 「아일랜드에는 뱀이 없다」를 원서로 읽고 있었다. 양 벽면 스피커에선 바흐의 첼로 선율이 꿈결처럼 흘러내린다. 그냥 이 밤이 이렇게 깊어갔으면 좋겠다 싶었다.

그때, 출입문 위에 매달린 방울이 흔들리면서 잔잔하던 공기의 흐름을 깨버렸다. 회색 가죽재킷을 입은 늘씬한 여자가 상기된 얼굴로 카페에 들어섰다. 고려일보 사회부 홍예리. 묵직한 추가 달린 벽시계가 정확히 10시를 지나고, 나는 짧은 숨을 뱉으며 이 밤이 길어지리라 예감한다.

갈호태가 벌떡 일어나더니 두 손을 모으고 북유럽 신화에 등장하는 여신을 모시듯 영접한다. 놈의 눈빛은 늘 젊은 여자에 대한 호기심으로 반짝인다. 여자는 그런 갈호태를 무시하고 곧장 내 앞으로 걸어왔다.

"선배, 갑자기 찾아와서 죄송해요. 이상한 제보가 날아왔어요."

내가 손바닥을 내밀어 제지하기도 전에 그녀는 꼿꼿이 선 채 용건을 꺼냈고, 숄더백에서 사진 두 장을 뽑아 테이블 위에 올려놓았다. 도와달라는 호소였다. 다섯 해 전 사회부에서 같이 일하던 시절로 돌아간 기분이다. 당시 그녀는 수습, 나는 바이스 캡이었다. 그녀의 기사 보고는 늘 일방적이었다. 급한 성격 탓인지, 의도된 행동인지는 지금도 궁금하다. 하지만 그녀는 자신의 외모를 적절히 활용할 줄 알았고 쉰을 바라보는 노총각 사회부장이나, 마흔을 바라보는 이혼남 시경 캡이 문제 삼은 적은 없었다.

"해결 못하면 그냥 경찰에 넘겨."

시선을 엇갈린 채 나는 퉁명스럽게 대꾸했다. 뱉지 말아야 할 말이다. 특종의 소스를 그런 식으로 처리하는 사건기자가 있을까. 이 밤에 여기까지 달려왔다는 건 아직 제보의 진위를 확인 못했다는 얘기고, 무리해서라도 주물러보려는 속셈이 분명하다. 속내가 빤히 들여다보여도 나는 그런 맹렬함이 좋다. 삐딱한 응대와는 달리, 그녀가 들어오던 순간부터 내 마음은 기울었다.

나는 테이블 위 사진을 눈앞으로 끌고 왔다.

첫 번째는 《AP》자료사진을 프린트 한 것이다. 천으로 머리를 감싼 다섯 명의 사내가 자동소총을 들고 포즈를 취했다. 캡션을 보니 아프간 무장 정치조직인 탈레반의 훈련 모습. 2005년도에 촬영했고 장소는 파키스탄과 접경지역인 칸다하르로 표기돼 있었다.

두 번째는 국내 《연합뉴스》에서 한 달 전에 띄운 사진. 서울 각 대학의 한국어 어학당에 재학 중인 외국인들이 남산 한옥마을에서 열린 김장담그기 체험 행사에 참가했다. 두 사진의 공통점을 금방 찾을 순 없었다. 하나는 긴박하고 하나는 평온하다. 제보자는 무엇을 말하고 싶은 걸까.

"집히는 사람 없어?"

나는 다리를 꼬고 앉은 채 올려봤다. 오늘따라 그녀의 코끝이 더 뾰족해 보인다.

"이틀 전에 퀵으로 보내왔더라고요. 제가 직접 수령한건 아니고……. 업체에 알아봤지만 의미 있는 정보를 찾을 순 없었어요."

홍예리의 말투는 여전히 경직돼 있다.

"그럼 뭘 고민해. 킬 시켜. 대충 사는 것도 지혜야."

"그러고 싶은데 뭔가 찜찜하단 말이에요. 뒤를 보세요."

사진을 뒤집자 검은 사인펜으로 쓴 영어 문장이 보였다.

On 15th, we will face foggy day and 3times longer night from that day.

"15일, 안개가 끼고 세 배나 긴 밤이 이어진다……. 이 무슨 말 장난이야?"

"처음엔 만화 같은 설정이라고 생각했어요. 두 사진을 찍은 날짜가 10월 15일. 11월 15일 입니다. 물론 연도와 달이 다르니 의미를 부여하긴 힘들겠죠. 그런데 웹에서 검색해 보니『이슬람의 마지막 징후』란 예언서에 비슷한 문구가 있더라고요. 그리고 지금부터 두 시간 후면 12월 15일. 저는 육감 이딴 거 신뢰 안 하는데 이번엔 어떤 간절함 같은 것이 목덜미를 잡아채네요. 선배도 알겠지만 이 바닥 뛰다보면 본능적으로 확 올라오는 건수 있잖아요."

"왜 데스크에 보고 안 했지?"

"그야……."

홍예리는 손바닥을 이마에 짚고 양미간을 찡그렸다. 일일 보고는 기자에게 가장 중요한 업무. 그걸 외면했다면 분명 말 못할 사연이 있는 것이다. 발제한 아이템을 후배에게 빼앗긴 걸까, 그래서 삐쳐 있는 걸까.

사진을 훔쳐보던 갈호태가 슬쩍 끼어들었다.

"말이죠, 세상에 살아있는 모든 것들은 어떤 식이든 연관 돼 있답니다. 제보자는 홍 기자님을 만난 적이 있거나, 아니면 최소 통화라도 한 번 한 이슬람 쪽 사람이 분명합니다. 찬찬히 기억을 떠올려보시지요."

형사 출신답게 말투에는 기억 재생을 돕는 격려와 압박이 함께 배어난다. 클럽에서 여자 호리는 말재주나 있는 줄 알았더니 의외다.

"글쎄요, 더는……."

홍예리가 말끝을 흐렸다. 한 사안에 너무 몰입해 사고의 숨골이 막혀버렸다는 표정. 내가 핀잔을 주려는 순간 그녀가 아, 입을 벌렸다.

"통화 한 적 있다는 말에 막 떠올랐어요. 2년쯤 전인가, 「이제는 다문화 사회다」란 기획물 만들 때 이주노동자 인권단체 소개로 인터뷰한 아프간 여자. 제 취재원 중에 유일하게 그쪽 동네랑 관련 있어요. 이름이……."

홍예리는 대단한 발견을 한 양 주먹을 쥐었다. 급히 노트북을 꺼내 예전 기사를 검색하기 시작했다.

"있어요. 이름이 셰일라 자와리. 가명입니다. 본명은 흘려들어서 기억할 수 없네요. 사진은 이 여자가 보낸 게 분명해요. 왜 진작 생각 못했을까."

"확실해? 증거가 없잖아?"

"이번만은 육감을 믿어보고 싶습니다. 일단 그녀부터 찾아야 해요."

돌파구를 찾은 홍예리가 여기저기 전화를 돌려댄다. 그러나 본명조차 모르는 외국인을 이 연말의 밤에 찾기란 쉽지 않을 것이다. 예상대로였다.

"젠장! 다들 송년회에서 퍼마시나. 줄줄이 연락 두절이네."

카페 분위기가 묘하게 어수선해졌다. 돕기로 작정한 이상 나도 팔짱만 끼고 있을 수 없었다. 폐점 팻말을 출입문에 내걸고 앞치

마를 벗어던졌다.

갈호태는 꼿꼿이 앉아 두 장의 사진을 노려봤다. 여기에 답이 있노라, 신념을 가진 포즈. 고개를 갸웃거리기도, 끄떡이기도 했는데 꽤 집중력이 느껴졌다. 매사 설렁설렁한 인간이라 더 그리 보였다. 홍예리의 환심을 사려는 행동이 아닐까. 아닌 게 아니라 그 와중에도 곁눈질로 쭉 뻗은 다리 훔쳐보는 일은 잊지 않는다. 그러나 나는 이내 그 경멸어린 시선을 거둬야 했다.

"이 인간 말이야……."

갈호태가 첫 번째 사진 속 한 남자를 손가락으로 찍었다. 수염이 덥수룩하고 긴 총을 어깨에 걸친 모습이 영락없는 무장 조직원이다.

"그리고 이 인간……."

갈호태가 김장양념을 버무리며 웃는 청년 하나를 또 손가락으로 찍었다.

"동일인이야."

홍예리가 통화를 하다말고 휙 돌아봤다.

"사장님, 확실해요?"

"수염 깎았다고 가정하고 광대뼈와 눈매를 비교해 봐. 특히 여기 콧대 휜 부분. 형사 일 오래하면 사람 보는 눈은 확실히 늘어. 잠복했다가 용의자 붙잡는 게 일이니. 뭐, 국과수의 슈퍼임포즈 거시기가 별건가."

그렇게 보니 확실히 두 사내는 닮았다. 나는 감탄했다. 바람 잘 날 없는 여자 문제 때문에 경찰에서 잘렸지만 형사는 형사였다.

"한국에 입국한 전직 탈레반이라……."

갈호태가 혀로 입천장을 때리며 읊조리자 내 머릿속에도 불길한 그림자가 드리워졌다. 홍예리가 무슨 말을 뱉으려는 순간 그녀 휴대폰이 울렸다. 바로 얼굴에 화색이 번졌다. 수첩을 꺼내 휘갈기듯 메모한다.

"여자의 본명은 자라 하미드. 주소도 알아냈어요."

나는 창밖으로 시선을 가져갔다. 밤안개가 골목길에 꾸역꾸역 차오르고 있었다. 길 건너편 미술관은 보이지 않았다. 이 밤이 길어지리라. 예감이 현실로 변하는 순간이었다.

"나랑 어찌 안 되겠니?"

낡은 산타페를 몰고 하미드의 주소지를 향해 달려가고 있을 때였다. 운전석의 갈호태가 물었을 때 금방 말뜻을 이해하지 못했다. 내가 턱을 내밀자 갈호태가 한 톤 높여 말했다.

"그 여기자 말이야, 나랑 어찌 짝짜꿍 안 되겠냐고? 난 세련된 커리어우먼 스타일이 좋아."

웬일로 그냥 넘어가나 싶었다. 만날 젊은 계집 꼬드길 궁리나 하며 인생 허비하는 남자.

"스타일 완전 좋던데. 홍예리인지 나예리인지. 내가 형사질 할 때 만나는 여기자들은 하나같이 후줄근했거든. 어떤 애는 노랑 고무줄로 머리 묶고 다니더라고. 그새 확 물갈이 된 건가. 호흐."

싸구려 대화에 말 섞기 싫었지만 얹혀사는 형편이라 대충 장단은 맞춰줘야 했다.

"일이 고단해서 그래. 야근에, 일요 근무에, 물 안 먹으려면 자다가도 현장 뛰어가야지. 그래서 경찰 출입 여기자들 별명이 다 '숙자'잖아. 노숙자. 여유 있는 부서로 옮겨가면 우아해져."

"그럼, 그럼. 원판 불변의 법칙이지. 크흐흐."

다급한 상황에서 쓸데없이 찐득거리자 약간 열이 받았다. 듣다 보니 후배를 성희롱하는 발언 같기도 했다. 업계를 떠났어도 팔은 안쪽으로 굽는다. 갑자기 놈의 환상을 확 뭉개 주고 싶었다.

"걔 말이야, 아쉬운 거 하나도 없는 애다. 부잣집 외동딸에, 명문대 나왔지, 직장 빵빵하고, 봤다시피 외모 출중하잖아. 까놓고 말해 서른 중반의 배불뚝이가 눈에 들어오겠냐. 특히 강력계 형사였다면 신물 올라올 텐데."

네 놈과는 급이 다르다고 분명히 해두었다. 졸부 부모 만나 카페 하나 가진 게 뭐 대수라고.

삐쳤는지 갈호태가 핸들을 거칠게 꺾었다. 그래서 어쩌라는 식의 액션. 그런 모습을 보니 살짝 쾌감이 일었다. 나는 야비함을 감수하고 더 떠벌렸다. 치근거리지 않게, 확실하게 밟아주려고.

"아버지가 외교관이었대. 외국 돌며 자라서 영어도 원어민 수준이고, 전 남편은 강남에서 최고로 잘나가는 이혼 전문 변호사야."

갈호태가 눈을 반짝이며 돌아봤다.

"돌싱이야?"

아차, 마지막 말은 꺼내지 말았어야 했다. 자책할 틈도 없었다.

"와우! 그럼 완전히 물 건너 간 것도 아니잖아. 그 정도 흠이야 내가 눈 꾹 감아 준다. 나 무시하지 마라. 여자들은 말이야, 스펙 딸려도 짐승남에 끌리는 법이야. 남녀 관계는 아무도 모르는 거라고. 크하학."

구역질 날 정도로 솔직 단순한 인간. 희한한 건 그 오버하는 순간만 참고 견디면 밉지가 않다는 거다. 뒤통수치는 인간들이 즐비한 세상이라 그런 걸까. 그래도 놈의 흉흉한 미소가 거슬려 라디오를 틀었다. 즐겨 듣는 채널에선 한창 뜨는 영화감독이 출연해 수도권 연쇄살인을 소재로 한 자신의 신작 「미스 리는 살고 싶다」를 홍보한다. 경상도 사투리를 픽픽 날려가면서 실화에 바탕을 뒀니, 범인이 아직 안 잡혔니, 한국형 느와르의 진수를 맛볼 것이라느니, 약장사처럼 느물댄다.

수도권 연쇄살인. 그 한마디에 나도 모르게 어깨가 움찔한다. 분위기를 눈치 챈 갈호태가 슬그머니 채널을 돌렸다. 뉴스가 흘러나왔다. *오늘 오후, 경기도 남양주시의 한 야산에서 목 없는 여자의 시체가 발견돼 경찰이 수사에 나섰습니다. 경찰은 최근 실종자를 중심으로 신원 확인에 나섰으며…….* 원고를 읽어나가는 여자 아나운서의 발음이 마치 딴 세상 일 얘기하듯 무뚝뚝하다.

"오늘 방송이 다들 왜 이러냐."

갈호태가 라디오를 신경질적으로 끄면서 호기심만은 숨기지 않았다.

"그 놈 짓일까? 다시 돌아온 건가? 모방 범죄는 아니겠지?"

한기가 온몸을 휘감았다. 그 놈이라 함은 젊은 여자의 목을 여섯이나 날려버린 수도권 연쇄살인범 '레이디 킬러'. 불과 반년 전의 일이다. 나는 어설프게 그 사건에 휘말렸고, 놈을 쫓다가 신문사 일을 놓아야 했다. 희생자 중엔 탤런트인 나의 옛 애인도 포함돼 있다. 그때 다짐했잖은가. 다시는 타인의 일에 간섭 않겠노라.

그런데 막상 홍예리의 눈빛과 마주치자 흔들려버렸다. 평생 악몽에 갇혀 살순 없잖아. 상처를 치유하는 가장 빠른 길은 그런 식의 자기합리화. 타인의 카페에 한량처럼 얹혀사는 꼴을 어여쁜 후배에게 내보이자니 약간의 자존심을 세우고 싶은 마음도 작용했다.

한숨을 쉬며 차창 밖 풍경을 봤다. 8차선 대로는 뚫려 있어도 차는 두꺼운 안개에 막혀 속도를 내지 못한다.

"분명히 살아 있을 거야. 아직 안 잡히는걸 보면 해외로 탈출했을 가능성도 있겠고. 그치? 그치?"

갈호태가 재촉하듯 캐묻는다. 나는 가슴팍의 안전벨트를 한번 늘렸다 놓으며 마지못해 입을 열었다.

"그 사이코 새끼는 인간들 바글바글한 바닥에서 살인을 저질러야 희열을 느끼는 놈이야. 단언컨대 목숨 부지하려고 외국으로 도망치진 않아. 어느 지하 골방에서 숨 고르고 있겠지. 만약 남양주에서 일어난 사건이 그 놈 짓이라면 곧 어디선가 시신의 머리통이 발견될 거고."

"수배 전단 그렇게 뿌려도 효과 없는 걸 보면 얼굴 확 뜯어고친 거 아닐까?"

"가능하다고 봐. 일본에선 영국인 여자를 죽인 30대 남자가 성형수술하고 유유히 도피 생활을 했다니까. 지문이나 DNA 확보 못하면 현실적으로 체포가 힘들다는 얘기지."

"현대의학 덕에 진짜 얼굴을 확인할 수 없는 세상이군. 하긴, 강남에 '페이스오프'란 성형외과도 있던데."

우리는 씁쓸하게 웃고 바로 침묵했다. 목적지에 도달했을 즈음

내 휴대폰에 불이 들어왔다. 홍예리였다. 한숨 소리가 깊다.

"어휴, 예상대로 확인이 쉽잖아요. 《연합뉴스》에 가서 사진부 선수 만나봤는데 그날 여러 곳에서 몰려와 일일이 기억 할 수 없답니다. 이주노동자 인권단체의 소장님은 퇴근하셨더라고요. 다급한 사정 얘길 하니 일단 대학로 사무실로 오라네요. 잠깐 들렀다 그쪽으로 달려갈게요. 참고로 하미드는 두 달 전까지 식품 가공 공장에서 일했대요. 소장님이 직접 일자리를 알아봐줘서 정확히 기억하고 계시네요."

"예리 씨 이쪽으로 온대? 빨리 왔으면 좋겠는데."

어느새 홍 기자님에서 예리 씨로 호칭이 바뀌었다. 내가 고개를 끄떡이자 갈호태는 이빨을 드러내며 씨익 웃었다. 신이 났는지 액셀을 콱콱 밟아댄다. 차가 팅기듯 안개 속으로 돌진한다.

어귀에 큰 은행나무가 서 있는, 서울 변두리의 달동네였다.

앙상한 나뭇가지 그림자가 땅바닥에 일렁거렸다. 차를 천천히 몰며 소방도로에 진입했다. 불 꺼진 채 늘어선 치킨집과 부동산 중개업소, 도서대여점 간판이 재개발 사업 지역임을 일깨워주었다. 정당한 토지보상을 요구하는 조합의 플래카드가 찢겨진 채 날리고, 담벼락에는 붉은 라커로 적은 선동 구호가 보였다. 언덕을 따라 이어진 붉은 방범등이 음산함을 더했다.

의외로 무리지어 다니는 행인이 많았다. 나는 차창을 열고 길을 물어보려다 바로 포기했다. 대개가 이주노동자 아니면 노인네들. 우리 차 사이드미러에 닿을 듯이 스쳐가는 아디다스 추리닝

차림의 사내들은 중국인이 분명하다. 동서양 혼혈 느낌의 우즈베키스탄인, 작고 단단해 보이는 사내는 필리피노다. 다시 어디로 흘러들지 모르는 자들이 불순한 공기를 잔뜩 품은 채 혼령처럼 떠다니고 있었다.

갈호태가 한손으로 핸들을 돌리며 뇌까렸다.

"이건 뭐, 영화 추격자에 나오는 동네 같잖아. 하정우랑 김윤석이 미친 듯이 뜀박질하던."

언덕을 좀 더 오르자 다닥다닥 늘어선 다세대 주택들이 나타났다. 불 꺼진 집들이 많고 몇몇 곳은 담이 허물어졌다. 각종 집기가 길가에 내버려져 폐허의 느낌을 줬다.

"완전 좀비들 세상에 온 기분이네. 니미럴, 이런 안개 속에서도 교회 십자가는 사방팔방 잘도 보여요."

동네를 한 바퀴 헤맨 끝에 주소지를 찾았다. 골목이 좁아 차를 집 앞까지 끌고 갈순 없었다. 3층짜리 연립이었고 불은 1층에만 켜져 있었다. 옥탑으로 올라가는 외벽에 박힌 철제 계단이 뚝 떨어질듯 위태롭다.

갈호태가 주먹으로 대문을 두드렸다. 말리고 말고 할 틈도 없었다. 형사시절 밴 습성까지 버릴 순 없는 모양이다. 나를 흘겨보는 눈빛은 그렇게 멍 때리고 있으면 떡이라도 나오니, 뭐 그런 비아냥이었다.

백발에 돋보기를 내려 쓴 노파가 알록달록한 가운 차림으로 나왔다. 가슴에 품은 하얀 고양이가 샛노란 눈동자를 부라리며, 발톱을 세우고, 금방이라도 우리를 향해 날아오를 듯 씨근덕거렸다. 갈호태가 내 귀에 속삭였다.

"맞잖아. 좀비 세상."

집주인은 살아 온 세월이 있어서인지 낯선 사내들의 심야 방문에 놀라지 않았다. 나는 손을 모으고 정중하게 물었다.

"밤 늦게 죄송합니다. 아프간에서 온 여자을 만나러 왔습니다."

"아, 옥탑방에 사는 색시 말이군."

노파는 여자를 그렇게 불렀다. 다행히 번지수는 제대로 찾았다.

"그런데 어디서들 오셨수?"

난처하다. 우리는 이제 기자도, 형사도 아니다. 갈호태가 나섰다.

"법무부 이주노동자 단속반에서 나왔습니다. 일제 점검기간이라……. 잘 아시겠지만 요즘 불법체류가 심해서요. 뭐, 신고한 주소지에 살고 있으면 아무 문제없습니다. 낮에 방문하면 좋은데 모두 일 나가서 어쩔 수 없이 밤에 다니고 있습죠. 우리 일도 처자식 없다면 못할 짓입니다. 하하."

법무부에서 그런 일까지 했던가. 능글능글 생각나는 대로 떠벌리는 게 분명하지만 태도가 당당해 토를 달 수 없었다.

노파에게서 몇몇 정보를 얻었다. 하미드가 얼마 전 일터에서 다쳐 병원 신세를 졌다는 것. 휴대폰 번호가 바뀌었고 월세가 밀렸다는 것. 그리고 다음 달 고향으로 돌아간다는 것.

우리는 머리를 조아리고 조용히 물러났다. 지금으로선 그게 최선이었다. 차를 옥탑이 잘 올려다 보이는 골목 어귀에 끌어다놓고 '뻗치기'에 들어갔다. 무작정 기다리는 일이 소모적으로 느껴졌지만 달리 방법이 없었다. 희뿌연 안개 탓에 시야마저 답답했다.

"젠장, 네가 대학로로 달려가고 나랑 예리 씨가 여기로 왔어야 했는데. 그러면 지금 순간이 열라 낭만적일 텐데 말야."

갈호태가 가는 콧수염을 손가락으로 문지르며 히죽거렸다. 무슨 야시시한 상상을 하는지 얼굴에 다 그려졌다. 그렇게 떠벌리고 나자 스스로도 무안했던지 엉뚱한 곳으로 말문을 돌린다.

"아까 카페에서 읽던 책 뭐야?"

나는 시선을 정면에 고정한 채 의자 깊숙이 몸을 묻었다.

"추리소설이야. 제목이 「아일랜드에는 뱀이 없다」."

"내용을 물어보는 거잖아?"

나는 고민하기 싫어 기억나는 대로 말했다.

"아일랜드의 한 의과대학에 유학 중인 인도 청년이 학비를 벌려고 공사장에 갔다고 현장소장으로부터 온갖 인종차별적 모욕을 당해. 이에 분노한 청년이 뱀을 이용해 복수하려는 내용이야."

"그래서 계획은 성공했어?"

"흠. 스포일러가 되긴 싫은데. 궁금하면 읽어봐."

"자식, 영어 좀 나불댄다고 졸라 까칠하게 나오네."

"후훗, 꼽으면 네이버에 물어보시든가."

농담이지만 나는 약간 진담을 깔고 말했다.

"근데 아일랜드에는 지금도 뱀이 없냐?"

뜻밖의 질문에 말문이 막혔다.

골목을 걸어오는 두 그림자가 시야에 잡혔다. 한쪽의 키가 훨씬 컸다. 그들은 철제 계단을 구름다리 건너듯 위태롭게 밟고 옥탑 너머로 사라졌다. 갈호태가 차문을 열고나서며 삐딱하게 던진다.

"왜 뱀이 없겠냐. 동물원에라도 있겠지. 우리도 에버랜드 가면 기린, 낙타, 악어 다 있잖아."

우리는 서두르지 않았다. 차에 나란히 기대서 담배를 꼬나물고 관찰했다. 브루클린 우범지대를 순찰하는 투캅스처럼. 여자는 하미드가 분명하지만 동행한 남자의 정체는 알 수 없었다.

"옆방 사람일까? 혹시 사진 속의 매부리코?"

"글쎄. 그러면 한방에 제대로 걸린 거고. 근데 말이다, 이혼 전문 변호사랑 이혼하면 위자료 챙길 수 있냐? 크흐흐."

여자의 방에 불이 들어왔다. 우리는 거의 동시에 피우던 담배를 어둠 속에 집어던졌다. 자세를 낮추고 잠입. 발걸음을 옮길 때마다 녹슨 계단이 텅텅 울렸다. 역시, 땅에 뿌리가 없는 것들은 모두 위태롭다.

조립식 옥탑 건물은 의외로 컸다. 세 공간으로 쪼개져 있었는데 중간에 창고를 넣고 양쪽으로 방을 놓았다. 주위를 찬찬히 살펴볼 새도 없이 갈호태가 왼쪽 방문을 탕탕 두드렸다.

한눈에 봐도 이슬람의 여자였다.

키가 작고 살집이 좀 오른 체구. 가무잡잡한 피부에 커다란 두 눈. 머리는 검은 히잡으로 감쌌다. 다른 인종의 나이를 초면에 판단하기란 쉽지 않다. 20대 중후반쯤 됐을까. 그녀는 어정쩡한 자세로 문고리를 잡고 새시문 사이로 우리를 노려보고 있었다. 선한 눈매지만 지금 만큼은 노골적인 경계의 빛. 보얀 입김을 내뱉으며 뭐라고 말했으나 알아들을 수 없었다. 그녀 종족이 쓴다는 파슈토어일까.

천하의 갈호태도 말문이 막히자 어쩔 줄 몰라 했다. 무대포 정신을 단번에 무용지물 만들어 버리다니······. 웃음이 튀어 나오려는 걸 겨우 참았다. 놈이 그냥 입만 떡 벌리고 있을 때 내가 뒤에서 고려일보 홍 기자를 아느냐고 영어로 물었다. 나직이, 약간의 우월감을 가지면서.

여자의 두 눈동자가 흔들렸다. 시선을 잠시 허공에 고정했다가, 영어가 아닌 한국말로 답했다.

"네, 알아요. 그런데 무슨 일이십니까?"

또박또박 정중한 말투. 그러나 한밤의 불청객에 대한 적의는 쉬이 거두지 않았다. 나는 무시당했다는 기분이 들었으나 대처 방식의 차이 때문이려니 이해하고 싶었다. 지금 상황에서 약자는 저 여자이니까.

"그럼 이 사람도 아시겠구먼?"

갈호태가 거칠게 끼어들며 사진을 그녀 눈앞에 들이밀었다. 탈레반의 훈련 장면이었다. 여자 얼굴이 순식간에 굳어졌다. 당신들이 어떻게 그 사진을 가져 왔지요? 뭐 그런 표정.

침묵은 길지 않았다. 아, 여자의 짧은 신음. 몸을 지탱하던 팔목이 떨리다가 꺾이면서 중심을 잃고 바닥에 주저앉았다. 곧바로 흐느끼기 시작한다. 그때 봤다. 히잡이 풀리면서 볼 안쪽과 목의 화상 흉터.

어이없는 상황이었다. 달랜다고 혹은 채근한다고 수습될 것 같진 않았다. 그렇다고 무작정 기다릴 수도 없었다.

갈호태가 인정사정없이 몰아친다. 이런 경우 굳이 에돌 필요가 없다고 판단한 모양이다.

"남의 나라에서 대체 무슨 작당이야!"

남의 나라? 내가 그 표현에 신경 거슬려하고 있을 때, 옥탑 반대편 방에서 인기척이 들렸다. 그림자 하나가 걸어 나오고 있었다. 가방을 등에 맨 건장한 사내. 우리는 우는 여자에 정신이 팔려 충분히 주의하지 않았다. 그림자가 바로 앞까지 왔을 때, 얼굴의 매부리코를 확인했을 때, 갈호태가 어, 하면서 입을 벌리는 순간까지도.

그림자의 주먹이 빠르게 허공을 갈랐다. 컥! 갈호태 얼굴이 휙 돌아가더니 대역 액션배우처럼 몸뚱이가 허공에 날아올랐다. 내가 본능적으로 방어 자세를 취했을 땐 늦었다. 그림자는 전장을 누비던 용사. 또 다른 주먹이 이미 복부에 와 닿았다. 내장이 터질듯 한 고통을 느낄 새도 없이 다시 턱에 강한 충격이 전해져왔다. 나는 그대로 정신을 놓고 말았다.

잠시 여자의 흐느낌이 들렸고, 이상한 말들이 오고갔다. 고양이 울음소리도 뒤섞여 있었다. 꿈인지 현실인지 모를 환영들이 빠른 속도로 스쳐갔다. 하얀 가면을 쓴 연쇄살인범의 얼굴, 목이 잘려나간 옛 애인의 시체, 아일랜드 동물원의 뱀, 초등학교 때 짝꿍 얼굴은 왜 튀어나온 걸까. 이미지가 뒤죽박죽 섞인 야릇한 꿈이었다. 얼마나 그렇게 누워 있었을까. 그리 긴 시간은 아니었다. 나를 흔들어 깨운 사람은 홍예리였다.

"선배, 괜찮아요?"

곁에서 갈호태가 손수건으로 코피를 닦고 있다. 작업 거는 중인 여자 앞에서 스타일 구긴 게 더 창피한지 바로 핑계를 갖다 댄다.

"새끼, 그 정도는 옆에서 막아줘야지. 꿔다 논 보릿자루처럼 맥아리가 없어서야."

얍삽한 자식. 여자 앞에서 얻어터지고 기분 좋은 놈 있으랴. 한

대 패주고 싶었으나 애써 태연한 척했다. 일희일비 행동하는 인간과 인격적으로 다르게 보이고 싶었다. 엉덩이를 툴툴 털며 턱과 허리를 움직여보았다. 뻑뻑하긴 해도 못 움직일 정도는 아니었다.

상황이 수상하게 흘러갔다. 전직 탈레반 하나가 사건의 전말을 알고 있는 여자를 끌고 밤안개 속으로 사라졌다. 시간은 흐르고, 증거는 부족하고, 방문은 잠겨 있다. 무슨 일이 생길 듯 말 듯한 시간처럼 사람의 신경을 긁는 것도 없다.

홍예리가 가져온 정보 중에서 가장 쓸만한 건 하미드의 휴대폰 번호였다. 전화를 걸었더니 문 너머 방 안에서 벨소리가 울렸다. 우리는 서로를 바라보며 헛웃음만 지었다.

"방을 뒤져야겠어."

갈호태가 모직 재킷 소매를 걷어 올리는 걸 내가 말렸다.

"그건 안 돼. 무단 가택침입이야. 범죄라고!"

나는 의협심 강한 놈이 아니다. 법을 어기면서까지 사건해결에 뛰어들고 싶진 않았다.

"안 그러면, 그 인간들 어떻게 찾을래? 서울 바닥 다 뒤져? 확증도 없이 경찰에 신고한들 해결되겠냐?"

갈호태가 찢어진 입술을 혀로 빨면서 씩씩거렸다.

"그래도 그들의 인권을 존중……."

내 말이 끝나기도 전에 갈호태가 구둣발을 번쩍 들어 문고리를 찍어 찼다. 섀시문과 조립식 벽을 연결하는 못들이 힘없이 뽑혀 나갔다. 꿍음이 밤공기를 갈랐지만 내다보는 이웃은 없었고, 어디선가 고양이 울음소리만 흘러들었다.

정사각형 방은 휑했다. 깨끗하다기보다 살림살이가 단출해 서

느런 느낌. 바닥에 깔린 화려한 자수의 양탄자가 그나마 단조로움을 덜었다. 공기 중에 떠도는 냄새는 독특하지만 불쾌하진 않았다. 조립식 옷장과 세면장을 겸한 낡은 화장실이 보였다. 책상위에는 라디오와 책 더미, 구형 휴대폰이 있었고 나무책받침 위에는 도톰한 책이 펼쳐진 채 놓여 있었다.

"꾸란이에요. 매일 읽을 수 있도록 저렇게 펼쳐놓는대요."

홍예리가 아는 척 중얼거렸으나 귀에 들어오지 않았다. 내 눈길을 끈 건 창틀에 놓인 빨간색 미니 선인장. 이 건조한 공간에서 유일한 생명이었다.

"이런 게 왜 여기 있을까?"

갈호태가 책상 위에 놓인 빈병 하나를 만지작거리며 고개를 갸웃거렸다. 아세톤 상표가 붙어 있었다.

"그거 매니큐어 지울 때나 쓰는 거잖아."

내가 건성으로 넘기자 갈호태가 고개를 까딱했다.

"맞아. 그런데 하미드의 손톱은 깨끗했거든."

"신경 꺼. 다른 지저분한 것도 그걸로 지우잖아."

무단침입이 신경 쓰여 서둘러 방을 뜨려는데 갈호태가 뒤에서 어깨를 잡았다. 그리고 턱으로 뒤쪽을 가리켰다. 미처 몰랐는데 한쪽 벽면이 미닫이로 만들어져 있었다. 홍예리의 눈이 호기심으로 반짝인다.

"창고랑 연결됐나 봐요."

고정 장치가 없어 미닫이는 쉽게 밀렸다. 벽을 더듬어 전등 스위치를 올리자마자 쥐새끼 한 마리가 쪼르르 콘크리트 구멍 안으로 사라진다. 서너 평 남짓한 공간은 잡동사니로 빼곡하다. 원

통형 보일러가 맨 먼저 보이고 문짝이 떨어져나간 싱크대, 찢어진 벽지, 나무판자들⋯⋯. 한쪽에 놓인 책상 위의 물건들이 눈길을 잡아끌었다. 밀가루 봉투와 각종 약품병, 금속 파편 등등. 바닥에 버려진 식용유 깡통을 나는 발끝으로 툭툭 건드려 보았다.

"뭐야, 이것들은 다." 갈호태 얼굴이 딱딱하게 굳어 버렸다. "갑자기 표정이 왜 그래, 똥 씹은 놈처럼."

"대박이야."

"뭔 말이야. 한 대 얻어 터졌다고 감정적으로 몰고 가지마. 아직 밝혀진 건 아무것도⋯⋯."

갈호태가 말허리를 잘랐다.

"폭탄이야."

안개는 땅 끝까지 내려앉아 더 움직이지 않았다. 농밀한 공기 입자만이 틈입자처럼 창고의 깨진 창문 사이로 드나들었다. 흥분한 갈호태가 꺼림칙한 말을 쏟아냈다. 거친 말투가 공명을 일으키며 공포심을 더 자극했다.

"안 봐도 시나리오 빤한 거 아냐. 탈레반 자식들이 작당한 거. 정부는 약속을 깨고 아프간 재파병을 결정했고, 그 다음 날인가 탈레반에서 나쁜 결말을 맞을 준비하라고 우리에게 경고장 날렸잖아. 굳이 그쪽 조직원 비행기 태워서 잠입시킬 필요 있냐. 한국에 있는 애 하나 포섭해서 날려버려! 지령 때리면 끝이지. 탈레반 출신이면 아이디쯤이야 뚝딱 만들 테고."

홍예리가 눈을 동그랗게 떴다.

"아이이디? 설마 신분증명의 약자는 아니겠죠?"

"아, 그건 놈들이 즐겨 쓰는 즉석 사제폭탄입니다. 영어 약자로 IED에요. 임포로바이스드 익스, 익스…… 뭐 하여튼, 깡통이나 동물 등에 폭발물을 충전시키고 뇌관을 달아 숨겨놨다가 공격 목표가 접근하면 휴대폰이나 리모컨으로 원격 조종해 폭발시켜요. 총격전에서 죽은 아프간 미군보다 IED에 죽은 전사자가 두 배나 많답니다. 뭐, 동사무소 방위 출신인 강지성 기자님이 그딴 걸 알 리는 없겠지만."

그러면서 힐끗 내 눈치를 살핀다. 강원도 전방부대에서 고생한 건 안다만 지금은 마치 무기 전문가인양 떠벌린다. 형사질 하면서 기껏 38구경이나 만지작거렸을 놈이. 암튼 신기하기는 했다. 아프간 정세에 대해선 깜깜해도 폭탄 지식은 잘도 나불대다니. 카르자이가 누군지는 알고 있을까.

"그렇군요. 안 그래도 그제 경찰청 국제범죄수사대에서 무기 재료 밀수출한 파키스탄인 관련해 엠바고 요청한 게 있어요. 위조여권으로 한국을 수 십 번이나 드나들었다고……. 이태원이나 대학가에서 이슬람 원리주의 선교도 하고 미군기지 정보도 수집하고 그랬나 봐요. 교회 다니는 출입처의 타사 선수가 좀 까칠하게 보던데."

홍예리 목소리가 살짝 떨렸다. 나는 잠자코 들었다. 지금 벌어지는 일련의 일들이 믿기지 않지만 정황으로 봤을 때 설득력이 있었다. 해결책은 최대한 빨리 사라진 매부리코를 찾는 수밖에.

우리는 사내의 방을 뒤지기로 했다. 실마리가 될 만한 흔적 하나쯤은 흘려놓았으리라. 방으로 통하는 미닫이를 갈호태가 구둣

발로 해결했고, 나는 가택침입 따위의 말은 꺼내지 않았다.

천장이 기형적으로 기운 방은 재래시장 뒷골목의 여인숙처럼 퀴퀴한 냄새가 올라왔다. 여행용 가방이 그대로 쌓여 있고 옷가지가 널브러진 걸로 봐서 급히 떠났음이 분명하다. 싸구려 알람시계의 초침 소리가 유난히 컸다.

"선배, 매부리코가 노리는 타깃이 어딜까요? 가능성을 좀 줍혀보죠?"

사건이 대책 없이 커져버려서인지 홍예리의 낯빛이 어둡다. 특종거리 걸렸다고 내심 흥분하고 있는지 모르겠지만 겉으론 그랬다. 내가 먼저 생각나는 대로 떠벌렸다.

"파병을 결정하고 의결한 청와대나 국회는 경비가 삼엄해 힘들 거야. 상징적으로 보여주는 게 목적이라면 무리하진 않겠지. 성공 가능성이 높은 곳이어야 해."

"고층빌딩은 어떨까요?"

홍예리가 받았고 내가 고개를 저었다.

"가능성이야 있지만 좀 웃기잖아. 텅 빈 사무실에 불 질러본들 소방차만 시끌벅적 출동하겠지. 그럴 바에야 파키스탄 이슬라마바드 테러 때처럼 호텔이 낫지. 서방 기업의 상징이라면서 메리어트 박살냈잖아."

갈호태가 팔짱을 끼고 거들먹거렸다.

"노이만 효과'라고 있어. 예리 씨는 못 들어봤죠? 뭐냐면, 탄두 안쪽에 공간을 두고 화약을 채우면 다른 한쪽으로 폭발력이 집중되어 관통력이 높아지는데 이걸 이용……"

"지금 폭탄 제조법 따위가 중요한 게 아니잖아."

내가 짜증을 내자 갈호태가 떫은 표정이다.

"내 말은 지금 가진 재료로 성능 높여도 대형 건물 박살내긴 힘들단 얘기지. 즉슨, IED의 폭발력이 강력하긴 해도 군용 고폭탄을 이용하지 않는 한 한계가 있다, 그걸 감안해 범위를 줄혀보자 이 말씀이야. 자식, 끝까지 들어보지도 않고 버럭거리긴."

"선배, 미국대사관은 어떨까요?"

홍예리는 자신이 말해놓고 바로 피식 웃었다.

"당연히 아니겠죠. 미국을 겨냥한 건 아니니깐. 국내 조직원을 이용할 거면 9.11때처럼 비행기도 아닐 테고. 아니면 남산타워? 한강다리? 동대문 야시장? 이태원? 이거 완전 미치겠군."

계란 속껍질이 눈앞에 드리워진 것처럼 사건 전모가 보일 듯 보이지 않는 상황. 연유야 어떻든 탈레반 출신의 사내가 폭탄 가방을 짊어지고 밤길을 나섰다면 예삿일은 아니다.

"오호! 여기 재미난 게 있네. 급히 튄다고 미처 못 치운 모양이야."

여행 가방을 뒤지던 갈호태가 종이 두 장을 꺼내 흔들었다. 작은 것은 화장품 구매 영수증이고 큰 것은 종로 일대 지하철역 상세 지도였다.

"그림 딱 나왔네. 사업자 주소지가 종로 화장품 거리로 찍혀 있잖아. 즉, 매부리코는 농축 과산화수소 같은 걸 얻기 위해 다량의 염색약을 샀고 공격 목표도 그때 답사했어. 아마 지하철역 사물함 같은 데 폭탄 설치해 놓고 쾅 터트릴 작정인거지. 종로역 테러로 불바다, 새벽 출근길 시민들 혼비백산. 예언서에 나온 분위기랑도 딱 떨어지잖아. 우이쒸! 상상만 해도 오싹하네."

"가능성은 있다만 설득력이 떨어져. 놈은 훈련 받은 조직원이었어. 그리 허술하게 증거 남길 건 같지 않은데. 보란 듯 찔러 놓은 그 영수증이 속임수일 수도 있고⋯⋯. 그리고 그들 관계도 의심해봐야 해. 연인이려니 생각하지만 사실 여자가 인질로 끌려간 건지도 모르잖아. 이런 가정은 어떨까. 탈레반이 아프간에 남아 있는 가족들을 볼모로 그 둘을 협박했다면⋯⋯. 우리는 아무 것도 못 봤어. 모든 가능성을 열어놓고 생각해야 해. 네 말대로 남녀관계는 모르는 거라고."

그러면서 나는 홍예리를 흘겨봤다. 그녀는 왜 그런 표정으로 자신을 보느냐며 두 어깨를 올렸다.

"크하학, 여자가 인질일 가능성은 없다. 저걸 봐."

갈호태가 눈으로 책상 위 사진 액자를 가리켰다. 하미드와 매부리코가 회전목마를 타고 웃고 있다. 잠실 롯데월드였다. 고향에선 불가능해 보이는 행동을 즐기는 그저 평범한 젊은이들. 머쓱해져 나는 말머리를 돌렸다.

"이쯤에서 경찰에 넘기는 게 맞는 것 같아. 수많은 사람들 목숨이 달렸고 촌각을 다투는 일이라."

"짜식 쫄았구나. 공격 목표도 모르는데 경찰특공대 출동한다고 해결 되겠냐. 걔들은 그냥 장갑차 끌고 와서 현장만 정리하는 애들이야. 또 경찰력 총동원해 이 밤에 검문검색 강화해 봐. 시민들 가방 뒤지고 난리치면 언론에서 바로 인권침해 시비 걸 텐데. 쓰발."

갈호태 말투가 얄밉다. 의협심 강한 척하는 꼴이란. 덩달아 홍예리까지 내편이 아니다.

"그래요 선배. 당연히 신고는 해야죠. 하지만 상황이 막연하잖아요. 어쨌든 이 일을 가장 잘 아는 건 우리에요. 칼을 뽑았으면 끝을 봐야죠."

잘들 논다. 하나는 사랑에 눈멀고, 하나는 특종에 눈멀고.

우연일까 운명일까. 홍예리가 신고를 위해 사과 로고가 새겨진 스마트폰을 꺼내든 순간 머릿속에 번개가 쳤다.

"방법이 있어. 매부리코 위치를 찾을 수 있는."

우리는 다시 하미드의 방으로 뛰어들었다. 낡은 휴대폰은 책상 위에 그대로 있었다. 나는 버튼을 눌러가며 통화 내역을 확인했다. 반복적으로 나오는 번호는 단 하나. 사흘 새 아홉 번 통화했다. 매부리코가 분명하다.

눈치 빠른 홍예리가 다시 신고전화를 했다. 누군지 알 순 없지만 경찰 윗선의 직통라인. 많은 얘기를 몰아서 하다보니 단어가 따로 논다.

"테러예요! 지금 불러드린 번호 바로 위치 추적해 주셔야 해요. 영장요? 지금 숨넘어가는 상황이라니깐. 열람 기록 때문에 통신사에서 소극적……. 미쳐! 어떻게 구워삶아 보세요. 경찰이 이렇게 순발력 떨어져서야. 물론 112 신고는 했죠. 아, 형님 진짜 욕 나오려고 하네. 그럼요. 제가 미쳤다고 이 밤에 농담 까겠어요. 기자 이전에 국민 아닙니까."

대화를 훔쳐듣자니 내 마음도 덩달아 쫓겼다. 홍예리의 눈빛과 마주치자마자 얼떨결에 발신 버튼을 눌렀다.

"이런 바보 자식!"

갈호태가 내 손목을 잡아채 전화기를 빼앗았으나 신호가 넘어간 뒤였다. 나는 그제야 실수를 깨달았다. 매부리코는 자신의 휴대폰 액정에 하미드의 번호가 뜨면 어찌 생각할까. 이판사판의 심정으로 재발신 버튼을 눌렀다.

"받아! 제발!"

허망한 바람이었다. 그새 전원을 아예 꺼버렸다. 한 가닥 희망이었던 위치추적이 불가능해졌다. 나는 탄식했다. 얼굴이 홧홧 달아올랐다. 어처구니없는 실수로 테러를 못 막는 건 아닐까. 자책감이 몰아쳤다. 죄를 사하려면 사건 해결을 위해 무조건 달려야 할 상황. 손목시계가 새벽 1시를 넘어서고 있었다.

차 비상등을 켜고 일단 종로로 내달렸다. 갈호태의 판단이 맞던 틀리던 더 지체하면 손도 못 써보고 당할 판이다.

"사장님, 좀 더 밟아보세요!"

홍예리가 뒷좌석 가운데 앉아 우리 둘 사이로 얼굴을 내밀었다. 생머리를 찰랑거리자 향긋한 냄새가 풍겼다. 갈호태는 딴청피우며 농담을 날린다.

"이러고 있으니 완전 삼각관계 연인 같군. 크하하."

허튼말 더 나오기 전에 내가 화제를 돌렸다.

"그런데 여자는 왜 사진을 보내 제보했을까? 이해가 안 가."

홍예리가 잠시 생각에 잠기더니 진지하게 답했다.

"저는 그 기분 알 것 같아요. 딜레마 상황에서 최소한 양심의 가책을 면하고 싶었던 게 아닐까 싶어요. 테러 지령을 받은 애인이 폭탄을 만들고 있는데 경찰에 알릴 순 없고, 그렇다고 손 놓고 있자니 무고한 사람들이 위험하고……. 적당히 흘려주고 운명을 하늘에 맡겨보자? 그녀만의 안도감을 구하는 방식이랄까. 이쪽이던 저쪽이던 일이 벌어지는 쪽으로 받아들이겠노라. 수백 번 고민하다가 제 얼굴이 떠올랐을 거예요. 이슬람에 대해 긍정적인 기사를 써왔으니 호감을 가졌을 테고, 최악의 상황이 터져도 도와주리라는 막연한 기대감. 사실 난 그런 힘도 없는데 말이죠. 에효."

나는 공감해 고개를 끄떡였지만 갈호태는 뭔가 삐딱하다. 한 대 얻어터진 분을 못 삭이고 있다.

"흥, 하느님이 아니라 알라신의 뜻이겠지. 여전히 여자가 의심스러워. 걔들 종교라는 게 그렇게 쉽게 마음 변하는 게 아니잖아. 매부리코도 그래. 탈레반에서 전향했다면 우리 식으로 따지면 손 씻은 거잖아. 뉴스 보니까 미군들이 직업 재교육 같은 것도 시켜주던데. 그러니까 유학생으로 여권 발급 받아 한국까지 날아왔을 테고……. 우리나라 출입국 관리가 그리 허술하진 않거든. 하여튼 속내를 알 수 없는 족속이야. 피는 못 속여."

말 가려하는 것도 세상사는 지혜이거늘, 어느새 완전 적군 취급이다. 흥분해서 홍예리의 존재는 잊어버린 걸까. 더 놔두면 어설프게 아는 놈이 우기는, 딱 그 꼴 날 것 같아 내가 끼어들었다. 최대한 감정을 죽이고 말했다.

"이 일을 종교 문제로 봐선 안 돼. 종교의 이름으로 테러를 정당화하는 사람이 문제인 거지."

"다 말장난이지. 놈들은 여자를 일부러 학교 안 보낸대. 온몸을 둘둘 감싸는 옷, 그 뭐냐……."

"부르카요."

"그래. 그걸 강제로 입히고 여덟 살 넘으면 남자 얼굴도 못 보게 하고…. 그게 정상적인 거냐? 여자 얼굴 못 보면 나 같은 놈은 말라죽을지도 몰라."

대놓고 시비조에 나는 약간 열이 받았다.

"그건 단편적인 거야. 무슬림이라고 탈레반을 옹호하는 건 아냐. 넌 탈레반과 알카에다, 헤즈볼라 구분도 못하잖아?"

"그놈이 그놈 아냐. 다 나쁜 새끼들. 그리고 지금 적군이 북한 공작원이던 아랍 무장 세력이던 그게 중요한 게 아니잖아. 눈앞의 테러 위기에서 국민을 지켜야 한다고."

답답하고 착잡했다. 같은 세대를 살아도 극단의 인식 차. 교육의 문제일까 관심의 문제일까. 나는 입을 닫아버렸다. 여성 할례, 일부다처제, 명예살인 같은 부정적 이미지만 가득 박힌 인간 앞에서 떠벌려본들 이슬람에 관한 편견을 걷어 내긴 불가능해 보였다.

'200미터 전방에서 우회전하십시오.' 내비게이션 지시어만 간헐적으로 흘러 나왔다. 바로 오래 된 중학교가 보였고 밤인데도 보조문이 열려 있었다. 문득 집히는 게 있었다.

"아까 신문에서 읽었다 그랬지? 중학교 운동장에서 일어난 트럭 폭발사고. 혹시 이 동네 아니었어?"

"아, 그 양아치들 불장난. 그러고 보니 여기 맞네. 동네 이름이 워낙 구질구질해서 확실히 기억해."

머릿속이 번쩍했다. 재빨리 가설이 하나 섰다.

"혹시, 그거 매부리코 짓이 아닐까?"

"왜?"

"폭탄 시험해 보려고……."

172

"창고에 있는 재료만 섞어도 수십 명은 날린다니깐."

갈호태가 자신의 말이 말 같지 않느냐며 비식거렸다.

"아냐 아냐. 내 생각은 그 반대야. 일부러 폭발력을 낮추려고. 큰 피해가 나지 않도록 말이야."

"아니 어느 테러범이 그딴 또라이 짓을 해."

나는 갈호태의 반응을 무시하고 여러 증거들을 머릿속에 긁어 모았다. 그것들을 이리저리 섞어 납득할 만한 밑그림이 나올 때까지 조합을 반복했다. 차는 어느새 여의도를 지나고 있었다.

"탈레반 자식들 말야, 화풀이하려면 미국 놈들한테 해야지. 솔직히 우리가 무슨 힘 있냐. 오바마가 군대 보내달라고 하면 그냥 굽실굽실. 그런 전후 사정 알면 대충 눈치 까야지. 그렇게 국제 감각이 떨어져서야."

갈호태가 구시렁대자 홍예리가 피식 웃었다. 비웃음이 분명한데 자식은 유머가 먹혔다고 판단했는지 헤헤, 혓바닥을 내밀고 헤죽거렸다. 느닷없는 행동에서 나는 뱀 머리를 떠올렸고, 그 순간 모든 퍼즐 조각들이 빈틈없이 들어맞았다. 차디찬 전율이 등줄기를 훑었다. 환각상태에 빠진 것처럼 몸이 붕 떠오르는 기분. 흥분해 말이 빨라졌다.

"예리 씨, 혹시 2년 전 하미드 만났을 때 얼굴에 흉터 있었어?"

"아뇨. 왜요?"

"그녀가 일했다는 공장 알 수 있을까?"

홍예리가 수첩을 뒤적였다.

"여기 있네요. 동지식품. 인권센터 소장님이 카불에서 대학까지 나온 인텔리가 잡일 한다고 가슴 아파 하셨어요."

나는 휴대폰으로 인터넷 검색을 했다. 공장 주소지가 경기도 파주였다. 뭔가 심증은 가지만 확증 단계는 아니었다. 다시금 나의 실수를 자책하고 있는데 홍예리의 휴대폰이 부르르 떨었다. 경찰이었다. 이야기가 빠르게 오가고 홍예리는 동시통역하듯 내용을 전한다.

"일산 방향 강변북로에서 신호가 끊어졌고. 그렇죠, 눈치 깠겠죠. 폐쇄회로 통해 그 시간대 통과한 차량 추적 중이고……. 종로 주변 검문검색 강화하고. 네, 네, 잘 들려요. 폭탄 탐지견 출동해 지하철역 구내 확인 작업을……."

강변북로라면 자유로를 거쳐 파주로 향하는 게 분명하다.

"찾았다. 차 돌려."

웬일로 갈호태가 내 지시를 순순히 따랐다. 거침없이 차머리를 중앙선 너머로 밀어 넣었다. 마포램프를 통해 바로 강변북로에 올라섰다. 안개에 뒤덮여 한강은 보이지 않았다.

시골길 삼거리에서 길이 Y자로 갈라졌다. 한쪽은 일산 신도시 방향, 다른 쪽은 외길이었다. 콘크리트로 포장된 외길 끝에 식품 가공 공장이 보였다. 헤드라이트 불빛에 반사된 공장 외관은 버려진 유적지처럼 흉물스러웠다. 그 옆 우거진 숲 사이로 호화 저택 하나가 묘한 대조를 이루며 서 있었다.

'동지식품'이란 철제 팻말이 박힌 정문 앞에 차를 세웠다. 노변에 삐딱하게 세워 놓은 트럭이 보였으나 매부리코가 타고 온 차인지 확실치 않았다. 수위실마저 자물쇠가 채워져 있었다.

다시 길을 잃어버렸다. 사위의 적막함이 더 막막하게 했다. 안개 띠가 잔설에 젖은 흙내를 싣고 둥둥 흘러갔다. 주위의 살아있는 모든 것들이 숨을 죽인 듯했다.

"완전 삽질하는 분위긴데. 이 촌구석에서 뭘 어쩌자고."

갈호태가 허연 입김을 내뱉으며 시큰둥해했다. 나는 인정하기 싫어 휴대폰 라이트로 길을 만들며 앞장섰다. 경찰과 쫑알쫑알 통화하면서 뒤따라 붙는 홍예리의 구둣발 소리가 너무 커 신경을 긁었다.

공장을 둘러싼 울타리를 따라 걷다보니 저택이 나왔다. 조도 낮은 방범등에 어스름 비친 독일풍의 뾰족 지붕이 기괴한 느낌을 줬다. 조경수 사이로 석조상들이 호위병처럼 도열해 있고 마당에는 신형 외제차가 세워져 있었다.

"사장 사택인가 봐요. 노동자 피 빨아서 폼 나게 사시네. 이렇게 공기 좋은 곳에서 말이에요. 흐흠."

부잣집 딸내미의 발언이라 쉽게 공감이 가지 않았다.

"저기!"

갈호태가 공장의 옥상 난간을 향해 손가락질했다. 안개 속에서도 관찰력 하나는 끝내주는 놈이다. 어둠 속에 스며든 검은 형체 둘이 조용히 움직였다. 한쪽이 키가 훨씬 컸다. 저택이 훤히 내려다보이는 위치지만 우리 존재는 눈치 못 챈 듯하다.

갈호태가 풋볼선수처럼 다짜고짜 그쪽으로 달리기 시작했다. 얼결에 내가 뒤따랐고, 홍예리가 종종걸음으로 따라붙었다. 계단을 휙휙 돌다보니 순식간에 3층. 옥상으로 나가는 철문을 밀자 삐걱거렸고, 그 소음에 두 그림자가 동시에 돌아봤다.

그들과 거리는 대략 15미터. 우리는 가쁜 숨을 고르며 엉거주춤 일렬로 막아섰다. 눈이 어둠에 적응하자 형체가 확실히 분간

갔다. 건장한 사내와 통통한 여자. 매부리코와 하미드가 틀림없었다. 갈호태가 내 귀에 속삭였다.

"가스총 챙겼지?" 내가 고개를 젓자 실망의 빛이 스쳐갔다. "자식, 그런 건 좀 알아서 챙겨야지."

얻어맞은 기억 때문인지 갈호태가 살짝 겁먹었다. 선뜻 다가서지 못하면서 체면 무너질까봐 호탕하게 외친다.

"대체 네 놈 속셈이 뭐야!"

매부리코는 꿈쩍도 안 했다. 이미 벌어진 일, 훼방꾼의 존재 따윈 관심 없다는 듯 난간을 붙잡고 아래만 응시했다. 그런 절제된 흥분이 흉포한 주먹보다 섬뜩했다.

어느 순간, 시간이 됐다고 판단했는지 안주머니에서 휴대폰을 꺼내들었다. 행동이 느릿해도 목적을 가진 자의 정교함이 묻어났다. 버튼을 꾹 눌렀다. 대체 무슨 짓을 벌이려는 걸까. 궁금증은 짧았다.

쾅! 강력한 폭발음.

마당의 벤츠가 불기둥을 뿜었다. 처음에는 온라인게임 화면처럼 현실감이 없었다. 그러나 활활 치솟는 검붉은 연기와 불꽃. 그 불꽃에 반사된 우리들 얼굴의 음영이 현실의 일임을 일깨워주었다.

소동이 깊은 밤을 다 깨웠다. 저택 거실에 불이 켜졌다. 땅딸막한 대머리 노인이 잠옷 차림으로 뛰쳐나왔다. 겁에 질려 우왕좌왕하다가 불길 속의 차를 발견하고는 두 손으로 머리를 감쌌다. 명화 「절규」의 딱 그 포즈로.

매부리코가 휴대폰 쥔 손을 다시 치켜드는 순간, 나는 사건의 진실을 완전히 깨달았다. 설득할 용기가 생겼다. 한 발짝 앞으로 나섰다.

"멈춰요! 사장 집까지 폭파시키면 당신은 살인범이 됩니다. 제발 그만둬요! 그 마음 나는 안다고요."

두 주먹을 쥐고 진심을 담아 말했다. 꿈쩍도 않던 매부리코가 천천히 뒤돌아봤다. 어둠 속에서 눈빛이 마주쳤다. 보이진 않지만 볼 수 있었다. 증오, 회한, 복수……. 응축된 내밀한 분노가 공기의 파동을 타고 전해왔다.

침묵이 흘렀다. 서로의 거친 숨소리만 안개를 흔들어댔다. 나는 주먹을 쥐었다 폈다 반복하며 긴장을 견뎠다. 뭔가 더 지껄이고 싶었으나 말을 아껴야 할 것 같았다.

사내가 하늘을 올려보며 격한 숨을 토해냈다. 흡사 울부짖는 들짐승처럼. 감정을 조절하는 보가 툭 터져서 정신과 육체를 억누르던 어떤 비통함이 일시에 빨려나가는 것 같았다. 큼직한 손이 부르르 떨렸다. 그리고 휴대폰이 바닥에 툭 떨어졌다.

화가 나면 얼마든지 무자비해질 수 있는 남자. 우리와 맞서 싸우든, 하미드를 데리고 도망치든, 뭐든 시도는 할 줄 알았다. 그러나 꼿꼿이 불길만 내려다보며 섰다. 그 쓸쓸한 비장함이 내 마음을 때렸다. 하미드가 곁에서 서럽게 흐느꼈다. 터져 나오는 눈물을 두 손으로 닦았다.

"오빠……."

느닷없이 튀어나온 한국말. 어쩌면 우리에게 들려주기 위한 말이었다. 그 짧은 단어가 너무 생경했다.

갈호태가 뒤에서 간죽거렸다. 동정 따윈 없는 말투였다.

"결국 사고를 쳤군. 피는 못 속여."

시계를 보던 홍예리가 시무룩하다. 마지막 판 마감시간이 지났
다. 눈앞에서 특종이 날아가 버렸다. 대머리 영감이 전소된 차 앞
에서 미친놈처럼 꽥꽥거렸다. 가까이서 개가 짖어대고 공장에서
연장을 든 인부들이 달려 나왔다. 저 멀리 들녘에서 경찰차 사이
렌 소리가 울렸다. 경광등 불빛이 안개에 막혀 희뿌옇다.

광화문 카페로 돌아왔을 땐 새벽이었다. 읽다가 팽개친 소설책
도, 먹다 남긴 커피잔도 테이블 위에 그대로 있었다.

나는 정적이 잠식해 버린 홀 가운데 섰다. 돌연 허무한 기분에
빠졌다. 음악이 사라진 공허함이나 몸 겹겹이 쑤시는 피로 때문
이 아니다. 그냥 마음이 불편한 것이다. 증오로 희번덕이던 매부
리코의 눈빛, 화살처럼 날아와 가슴에 박힌다. 허공에 대고 중얼
거렸다. 차를 끓이네 마네 법석을 떠는 갈호태에게 들리든 말든
상관없었다.

"소설 결말이 궁금하다 그랬지? 인도 청년에겐 약간의 운이 닿
았어. 그에 비하면 매부리코는 운이 나빴던 게지. 지독히."

매부리코는 신앙과 이념의 순교자가 아니다. 불의에 분노한 평
범한 인간. 만약 하미드가 매부리코를 좀 더 믿었더라면……. 아
니다. 제보를 받은 홍예리가 예리하지 않았거나, 갈호태가 폭탄
제조법을 몰랐거나, 내 어설픈 추리가 빗나갔더라면……, 어쩌면
동네 양아치를 불장난처럼 하룻밤 소동으로 끝났을 수도 있었다.

매부리코의 목표는 단순했다. 악덕 사장이 겁에 질려 벌벌 떠

는 모습을 여동생 눈앞에서 보여주는 것. 그리고 사과를 받아내는 것. 돼지고기가 든 식사를 강권하고 인종차별적 폭언과 임금체불, 극기야 만취해 얼굴에 염산을 퍼부은 천하의 몹쓸 인간.

여동생의 화상 흉터를 보며 오빠는 이빨을 갈았다. 공사판 소장의 멸시에 분노한 아일랜드 땅의 인도인 청년처럼. 눈에는 눈 이에는 이. 무기를 만지던 때의 감각을 되살려 몰래 보복 준비를 해나갔다. 여동생의 소심한 성격을 아는 오빠는 일부러 침묵했을 것이다. 전후 사정 모르는 여동생은 오빠가 다시 탈레반에 가입한 것으로 오해했을 것이다. 폭탄 재료들을 보며 행여 테러범으로 낙인찍히지 않을까, 이 땅의 선량한 이들이 다치지는 않을까. 고민 끝에 홍 기자에게 연락을 했으리라.

다가오는 아침이 두렵다. 탈레반과 연관 지어 떠벌릴 언론과 그 기사를 보고 흥분할 네티즌들. 왜곡은 왜곡을 낳고 분노가 분노를 낳는다. 한국 내 거점을 조직 중인 진짜 탈레반이 있다면 분개해서 테러를 감행할지도. 잡생각이 걷잡을 수 없이 몰아쳤다. 매부리코는 어떤 처벌을 받을까. 하미드는 이제 이쪽저쪽 다 순응 못하는 경계인이 돼버린 건 아닐까. 해답 없는 질문들. 눈자위가 뜨겁게 달아오른다. 날이 밝으면 매부리코의 이름이라도 확인하고 싶다. 그의 이름을 부르며 앞날을 위해 짧은 기도를 해주리라.

갈호태가 홍차를 가져왔다. 히죽거리는 얼굴에 뿌듯함이 가득하다. 밤새 몸 바쳐 일을 도왔고 그럭저럭 자존심을 세웠다. 매부리코 안위 따윈 관심도 없겠지.

"봤지? 남녀관계란 모르는 거야. 덕분에 인연 쭉 이어가게 됐잖아. 예리 씨가 술 사기로 한 날 너 눈치 없이 따라 나오면 죽는다.

카하하."

주먹으로 내 허리춤을 쿡 찔렀다.

뭐, 그딴 시답잖은 일은 아무래도 좋다. 천일동안을 사귀든, 부비부비를 하든 매부리코 운명 앞에선 다 하찮아 보였다.

"저건 뭐야?"

갈호태가 후루룩 소리 내 차를 마시며 현관 앞 스티로폼 박스를 턱으로 가리켰다.

"몰라. 어젯밤에 배달 왔잖아. 네가 주문한 거 아니었어?"

나는 일부러 귀찮은 티를 냈다.

갈호태가 커터 칼을 가져와 투명 테이프 사이에 찔러 넣으며 휘파람을 불었다. 트로트 풍의 유행가 선율이 경계신호처럼 날카롭다.

출입문이 열리면서 경찰에 따라갔던 홍예리가 허탈한 표정으로 들어섰다.

"방송국에서 떼로 몰려왔어요. 경찰 안에 정보원 하나는 다들 제대로 심어놨더라고요. 재주는 우리가 넘고 아침뉴스만 좋은 일 시켰네요. 망할."

숄더백을 테이블 위에 내팽개치는 모습에 분이 가득 차 있다. 어떤 식으로 위로해 줘야 할까. 나는 착잡한 심정으로 시선을 창밖으로 가져갔다. 신문배달 오토바이가 빠르게 스쳐간다. 홍예리는 목숨을 건 난리를 치고도 끝내 기사를 못 실었다. 하지만 알게 될 것이다. 가려진 진실이 하루 일찍, 혹은 하루 늦게 알려진들 일반인 삶엔 변화가 없다는 사실을.

휘파람 소리가 뚝 끊어졌다. 갈호태가 느닷없이 구역질을 시작했다. 곁에서 내용물을 구경하던 홍예리도 덩달아 입을 틀어막는다.

"왜들 그래?"

나는 천천히 다가가 스티로폼 박스 안을 들여다봤다. 아이스팩이 깔린 정사각형 공간 안에 젊은 여자 머리통이 들어차 있었다. 마네킹처럼 표정 없는 하얀 얼굴이 나를 올려다본다. 남양주 야산에서 목 잘린 채 발견된 희생자가 분명하다.

온몸의 피가 역류해 머리끝까지 솟구쳤다. 늙수그레했던가. 안경을 꼈던가. 택배원의 얼굴이 좀체 떠오르지 않는다. 반년 전 어둠 속에서 맞닥뜨렸을 때, 쓰읍-, 쓰읍- 천식호흡기를 빨던 그놈 숨소리만 곁에서 들리는 듯하다. 연쇄살인범 '레이디 킬러'가 돌아왔다.

크라이 펫

문지혁

서울대 영문과와 한국예술종합학교 서사창작 전문사를 마치고 지금은 뉴욕대학교에서 인문사회학을
전공하며 소설을 쓰는 낙관적 비관주의자. 네이버 '오늘의 문학'에 SF 단편 「체이서」로 데뷔했으며,
역서로는 『고흐를 만나다』, 『렘브란트를 만나다』, 『호세아』, 『코끼리 믿음』 등이 있다. '한국 미스터리
작가모임' 동인으로 활동 중이다.

본문 주석은 작품 속 세계관을 배경으로 한 해설입니다.

1

마침내 문이 열렸다.

너무 많은 계단을 뛰어 올라온 탓인지 숨이 찼다. 습관적으로 주위를 살폈지만 옥상엔 아무도 없었다. 나는 경계를 늦추지 않은 채 옥상을 돌아보다, 난간을 향해 천천히 걸었다.

내려다본 도시는 눈부시게 빛나고 있었다. 난간에 몸을 기댄 채 주머니에서 구식 담배 한 개비를 꺼내 들었다. 팔목에 붙이는 니코틴 패치가 생산되기 시작한 이래 오랫동안 잊고 지냈던 물건이었다.

그렇다면 나머지 하나는 뭘까.

담배에 불을 붙이며 생각했다. 눈부신 어둠 속에서 각양각색의 호버크래프트들이 어지럽게 하늘을 날아다니고, 빌딩의 한쪽 면을 차지하고 있는 거대한 스크린에서는 쉬지 않고 광고가 쏟아져 나왔다. 그리고 거기, 그녀가 웃고 있었다.

2

"이런 년들도 잡아줄 수 있소?"

키가 작고 체구가 다부진 사내가 찾아온 것은 이틀 전이었다. 일이 없어 병원을 찾아보고 있던 중이었다. 요즘 들어 부쩍 눈이 흐려지는 증상이 심해졌기 때문이다. 망박박리(網膜剝離). 운명 같은, 아니 하나의 낙인 같은 병.

"앉으시죠."

"앉을 정신은 없소. 급하니까."

"그럼 용건부터."

"십대 여자아이 둘이요. 몸을 파는 계집들이지. 아주 악질이라 우리 회사에 끼치는 손해가 막심해. 잡아주시오."

"홀로그램 있습니까?"

"물론이지."

사내는 주머니에서 UDC[1]를 꺼내들었다. 버튼을 누르자 초록

---

1) 통합정보단말기(United Digital Communicator). 통합정부의 등장 이후 인간과 안드로이드 공히 UDC를 휴대하지 않는 것은 법으로 금지되었다. 이를 두고 각종 인권 및 로봇권리주의자들의 비난과 항의가 잇따르고 있지만 통합정부의 의지는 확고하다. 통합정부의 통제와 관리 능력 대부분은 UDC를 기반으로 하고 있기 때문이다.

색 레이저가 방 안을 채우더니 그 사이로 은은하게 입체 영상이 피어올랐다.

"처음부터 이런 피부를 바랐던 건 아니었어요. 하지만 기대 이상이었죠. 언제까지 열여덟일 수는 없잖아요? 시작하세요. 존슨 앤 존슨."

영상에 등장한 여자는 케이티 윤이었다. 세기의 슈퍼스타. 순수의 히로인. 가수로 시작해 연기자로, 이제는 광고모델로까지 성공한 그녀는 수많은 남자들의 여신이자 아름다움의 상징이었다. 안드로이드들이 판을 치는 연예계에서, 유일하게 인간 출신으로 정상의 자리까지 오른 소녀. 모든 것이 만들어지는 이 세계에서 그녀는 인조(人造)라는 꼬리표를 달지 않은 유일한 존재였다. 언제까지 열여덟일 수는 없잖아요? 그래서 그녀가 출연하는 광고는 늘 인간을 대상으로 했다. 안드로이드라면 언제까지나 열여덟일 수 있으니까.

"이 사람을 잡아달라는 말입니까? 이 여자는……"

"케이티 윤이지. 내가 미쳤소?"

사내는 명함을 내밀었다.

"매니저요. 그 아일 사칭하고 다니는 쓰레기들을 잡아달라는 거지."

3

사내가 돌아간 뒤 나는 한참동안 그가 남기고 간 명함을 들여다보았다.

G&P Entertainment Group
이사 카톤 밀러

그의 등장이 남긴 첫 번째 의문은, 무엇보다 등장 자체였다. 이름만 들으면 누구나 아는 대스타를 관리하는, 역시 대기업이나 다름없는 엔터테인먼트 회사의 이사이자 그녀의 총괄 매니저인 그가 왜 나 같은 무명의 체이서를 찾아왔을까. 케이티 윤에 관한 사건이라면 경찰에서 기꺼이 대규모 수사병력을 내어줄 수도 있었을 텐데.

"경찰에 의뢰할 수도 있었겠지. 하지만 머리에 총 맞았소? 얼씨구나 하고 기자들부터 달려들 텐데. 조용히 처리해 주시오. 우리가 가장 원하는 건 그거요. 조용히. 찍 소리 안 나게. 알겠소?"

사내는 집게손가락을 입에 연신 가져다 대며 말했다. 케이티 윤의 얼굴을 그대로 옮겨놓은 복제 안드로이드들이 떠돌아다니고 있는 모양이었다. *그 중에 한 년이 아주 똑같다더군. 지저분한 새끼들 같으니. 가진 거라곤 순수함밖에 없는 애를 복제해다가 창녀로 써먹어? 그 안드로이드 짝통 때문에 요즘 우리 회사 이미지가 말이 아니오. 주가에도 영향이 있고. G&P에서 안드로이드를 쓴다는 게 말이 된다고 생각하오? 그렇게 쉽게 스타를 찍어낼 수 있다면 우리가 왜 이 고생을 하겠소? 게다가 옳다구나 하고 거기에 환장하는 사내새끼들이라니. 분명 배후세력이 있을 거요.*

188

암, 그렇고말고. 어쩌면 MJ[2] 쪽일지도 모르지. 악랄한 새끼들. 그 것들까지 일망타진해 주시오. 뭐, 혼자서 힘이 부족하다면 다른 체이서들과 연계해도 좋소. 단, 그 전에 내게 알려줘야지. 분명한 건 절대 경찰은 안 된다는 거요. 경찰 새끼들은 입이 싸단 말이야, 대체적으로. 알겠소? 실패보다 더 나쁜 건 새나가는 거야. 보안! 그게 가장 우선이오.

십여 분 가까운 대화 가운데 그는 오 분 이상을 계속해서 걸려오는 전화를 받는데 썼다. 그때마다 나는 민망함을 피하기 위해 홀로그램 속 케이티 윤을 바라보았다. 십오 초짜리 광고를 무한 반복하고 있는 그녀였지만 조금도 지루하다거나 질린다는 느낌은 들지 않았다. 도리어 볼수록 빠져드는 기분이었다. 그녀의 볼, 그녀의 입술, 그녀의 눈빛은 마치 살아있는 사람의 그것처럼 생생했다. *시작하세요.* 그녀가 속삭일 때마다 난 정말로 무언가를 시작해야 할 것만 같은 기분이 들었다.

"보수는?"

"착수금 십만. 못 찾아도 이건 당신 꺼요. 하지만 찾아서 없앤다면 여기에 백만을 더 얹어주지."

사내는 은색 티타늄 가방을 꺼내 현금을 보여주더니 가방 채로 책상 위에 내려놓고 돌아섰다. 가방만 해도 천불은 족히 넘을 것 같았다. 내가 황급히 단서가 될 만한 것이 있습니까? 라고 묻

2) 통합정부 출범 이후 G&P 엔터테인먼트와 함께 연예계 시장을 양분하고 있는 대표 기획사. G&P가 고전적인 미남미녀, 인간 출신, 가족적인 분위기를 강조하는 쪽이라면, MJ 엔터테인먼트는 개성이 뚜렷한 인물, 안드로이드 출신, 길거리 캐스팅 등으로 독특한 분위기의 스타들을 배출한다.

자 사내는 사무실을 나서려다 말고 적선하듯 한 마디를 던졌다.

"펫돌이라고 들어본 적 있소?"

4

막상 사건을 맡았지만 일은 막막했다. 어디서부터 어떻게 풀어가야 할지 오리무중이었다. 누군가 살해당한 것도 아니고, 그렇다고 특별한 피해가 있는 것도 아니다. 플레져 토이로 몸을 팔고 다니는 두 명의 안드로이드를 잡아야 한다. 단서는 그중 한 명이 케이티 윤을 닮았다는 것뿐이었다.

나는 먼저 D구역의 드로이드로 향했다. 모든 조사는 드로이드에서부터 시작할 것. 경험이 남긴 교훈이었다. 단서가 될 만한 것을 찾지 못한다 해도 위스키 한 잔쯤은 마실 수 있겠지. 중얼거리며 녹슨 ID 카드를 넣어 시동을 걸었다.

B구역을 벗어날 즈음 구형 호버크래프트가 길을 찾지 못해 자동운전을 포기하고 수동운전으로 모드를 변환했다. 빽빽하게 들어선 빌딩 탓인지 아니면 각종 전파 탓인지 요즘 들어 내비게이션이 먹통이 되는 경우가 잦아졌다. 대기권을 메우다시피 한 위성들은 상공에서 파악한 위치 정보를 쏘아대고, 다른 위성들은 상대방 회사의 위성이 쏘는 전파에 대해 방해전파를 쏘아댄다. 군사용 위성들은 일정한 시간마다 정기적으로 모든 전파를 무력화시키는 전파 폭탄을 떨어뜨리고, 통합정부 소속 위성들은 끊임없이 다른 위성들의 위치와 전파사용을 감시하는 전파를 쏜다. 만

약 우리의 눈이 전파를 볼 수 있다면, 이 잿빛 하늘은 수천수만의 갖가지 광선들이 그려내는 하나의 거대한 예술작품 같을 것이다. 그러니 십 년도 더 된 이깟 고물 호버크래프트의 내비게이션이 작동하지 않는다고 해서 이상할 일은 하나도 없는 것이다.

한참 달리고 있는데 뒤따라오고 있는 호버크래프트가 눈에 들어왔다. 자동운전 모드라면 목적지에 이를 때까지 뒤차가 바뀌지 않는 경우가 흔하지만, 지금처럼 수동운전일 경우라면 얘기가 달라진다. 게다가 내 뒤를 좇고 있는 것은 1인용 호버비히클. 미행에 주로 사용되는 차종이다. 나는 눈치 채지 못한 것처럼 천천히 차를 몰다가 드로이드 근처 빌딩숲부터 속력을 내기 시작해 뒤차를 따돌린 다음, 지상주차장 대신 직원들이 사용하는 지하주차장으로 들어왔다.

"오늘은 좀 늦었군."

바 쪽에 자리를 잡자 케이가 말했다.

"글렌피딕, 스트레이트."

"이미 자네가 들어오던 순간부터 준비해 뒀다네."

케이가 술잔을 내려놓으며 말했다.

"사건?"

"그래."

혀끝으로 술잔 가득 담긴 위스키를 살짝 건드렸다. 마치 소녀처럼 몸을 웅크린 채 액체 속에서 쉽게 나오지 않으려 하는 향기. 한 모금을 입에 물었다가 혀로 입 안을 한 바퀴 돌린 후에 식도로 넘기자, 곧 목 끝을 타고 흘러내려가는 액체의 느낌과 함께 입 안 가득 향기가 솟아났다. 소녀가 입 속에서 비로소 눈을 떴다.

"펫돌이라고 아나?"

"글쎄."

케이는 술잔을 닦으며 대답했다.

"역시 그렇군."

"사건과 관련 있는 거야?"

"어쩌면."

"요즘 새로 오는 손님 중에 펫돌 뭐시기가 있긴 하지. 두 번이나 외상을 줬는데 아직 안 갚았어. 감히 이 케이한테 말이지. 한 번만 더 외상 해달라고 하면 무슨 일이 일어날지 궁금해 하던 참이야."

"어떤 놈이야?"

"나쁜 놈이지, 흐흐. 사실 잘 몰라. 와서 조용히 술만 홀짝거리다 가니까."

"주소 있나?"

"저번에 남긴 명함이 어디 있을 텐데……"

케이는 선반 아래쪽을 뒤적거리더니 곧 뭔가를 찾아냈다.

"여기 있군."

쁘띠 펫 하우스
당신의 외로움을 나누어드립니다

잔뜩 구겨지고 때가 묻은 명함 속에는 광고 카피 같은 문구와 함께 주소가 적혀 있었다. F구역 437섹터, 소돔 근방이었다. 나는 명함을 주머니에 넣고 일어나려다가, 생각난 것이 있어 다시 자리에 앉아 메모지를 꺼냈다.

"이거, 포스팅 좀 해줘."

나는 휘갈겨 쓴 메모를 건네고 드로이드를 빠져나왔다.

5

소돔으로 향하는 길은 언제나 마음이 편치 않다. 창세기에 등
장하는 죄악의 도시, 소돔과 고모라 중 하나의 이름을 따서 부를
만큼 소문난 범죄다발구역이기도 했지만, 그것 때문만은 아니었
다. 소돔. 인간들의 죄와 탐욕이 마치 쓰레기 처리장처럼 모이는
곳. 더 이상 물길이 열리지 않는 검은 호수처럼 모든 더러운 것들
이 흘러들어와 고인 채 함께 썩어가는 곳. 나는 그곳에서 눈을 떴
다. 그리고 어쩌면…… 그곳에서 눈을 감을 것이다. 소돔에 갈 때
마다 기분이 언짢아지는 이유는 마치 그 곳이 과거의 요람처럼,
혹은 미래의 무덤처럼 느껴지기 때문인지도 몰랐다.

E구역과 F구역을 가르는 경계선에는 대형 전광판이 서 있었
다. 소돔으로 들어가면 모든 것이 수세기 전으로 되돌아간다. 이
전광판은 그러니까, 일종의 마지막 문명인 셈이다. 이쪽과 저쪽을
가르는 경계선 같은 것. 그 거대한 문명의 빛 속에서 케이티 윤이
미소 짓고 있었다. Can I walk with you? 수줍게 웃는 그녀의
찰랑거리는 갈색 머리 사이로 여름의 햇살이 쏟아 들어져오고 있
었다. 초록색 포플러 나무가 줄지어 서 있는 좁은 길을 따라 그녀
가 먼저 걷기 시작했다. 간간히 뒤를 돌아보는 그녀의 얼굴이 클

로즈업될 때마다 반짝거리는 분홍빛 입술 사이로 가지런한 치아가 드러났다. 그녀의 뒷모습이 한참 멀어질 때쯤 길 한쪽에 낯익은 음료수 병이 등장했다. 녹차 음료 광고였다. 한 병에 5불씩 하는, 한 번 마시기 위해서는 제법 큰 결심을 해야 하는 음료수. 나는 그녀의 얼굴을 다시 한 번 머릿속에 새겼다. 찾아야 한다, 저 얼굴을.

F구역 437섹터.

한참을 더 달려 명함에 적힌 주소를 찾아왔지만 거기엔 아무것도 없었다. 그것은 존재하지 않는 주소였다. 437섹터 찰스턴 스트리트 12-5. 12와 13은 있었지만 그 사이에 응당 있어야 할 12-5번지는 존재하지 않았다. 아니, 있어야 한다는 필연성은 애초부터 없었다. 다만 케이가 건넨 명함에 그렇게 적혀 있었을 뿐이다. 나는 명함을 믿은 스스로가 너무 순진하다고 느껴졌다. 더 이상 의심할 수 없을 때까지, 그러니 영원히 의심하라. 의심하지 않았던 것은 체이서의 첫 번째 덕목을 지키지 못한 행위다. 자괴감과 짜증이 동시에 몰려왔다. 예상치 못했던 허기까지 함께.

"시간 좀 있어요?"

뒤를 툭 치며 누군가 말을 걸어온 것은 그때였다. 고개를 돌려보니 목소리의 주인공은 젊은 아가씨였다.

"뭐지?"

"재미 좀 보고 가시라고요. 시간과 돈이 있다면."

"얼만데."

"그거야 손님에 따라 다르죠. 난 시간당 100불이에요, 최소."

나는 그녀의 얼굴을 자세히 들여다보았다. 케이티 윤의 얼굴은 아니었다. 소돔에서는 남자가 혼자 밤거리를 돌아다니면 두 부류 중의 하나를 만난다. 강도 혹은 창녀. 동그란 눈이 귀여운 그녀는 사람일까, 아니면 안드로이드일까. 아니, 그녀는 강도일까, 아니면 창녀일까. 나는 잠시 머뭇거렸다. 그녀는 무표정한 얼굴로 내 대답을 기다리고 있었다.

"일단 같이 가지."

그녀는 얼굴을 활짝 펴더니 뒤돌아 걷기 시작했다. 리듬을 타고 또각거리는 구두 소리가 소돔의 밤거리에 울려 퍼졌다.

6

아가씨가 멈춘 곳은 허름한 모텔 앞이었다.

"들어갈 거예요?"

"그러라고 따라온 거 아니었나?"

그녀는 비웃음인지 미소인지 모를 웃음을 띠며 말했다.

"그거야 보통 아저씨들 얘기죠."

"난 보통 아저씨야."

"아닌데."

그녀는 단호한 말투로 말했다. 나는 기가 차서 되물었다.

"어떻게 확신하지?"

"범인을 잡을 때 한 가지 이유로 확신해요?"

그녀는 씩 웃더니 주머니에서 지갑을 꺼냈다. 내 지갑이었다.

"너……"

지갑 표면의 액정에서 체이서 등록증이 선명하게 출력되고 있었다. 그녀는 내 쪽으로 지갑을 던지며 덧붙였다.

"백 불만 뺐어요. 어차피 재미 보러 온 건 아닐 테고, 용건이 뭐예요?"

지갑을 열자, 그녀의 말대로 딱 한 장 있던 백 불이 사라져 있었다.

"대체 언제?"

"영업 비밀이에요."

"돌려달라고 하지 않을게."

"인사할 때."

"맨 처음?"

"응. 그러니까," 그녀가 덧붙였다. "말을 거는 건 모든 게 끝난 뒤예요."

그제야 모든 것이 맞춰졌다. 시간 좀 있어요? 누군가 내 뒤를 툭, 치며 물었다고 생각한 순간. 그게 아니었다. 묻기 위해 친 것이 아니라, 친 것을 숨기기 위해 물은 것이다.

"사람을 찾고 있어."

약간은 풀 죽은 목소리로 내가 말했다.

"그러시겠죠."

"케이티 윤이라고 알지?"

"슈퍼스타?"

"걔랑 똑같이 생긴 애가 있다던데."

"음…… 이 동네엔 없어요."

나는 그녀의 말보다 아주 잠깐 동안의 침묵에 주목했다. 그녀

역시 그런 내 반응에 신경을 쓰는 눈치였다.

"뭐, 그렇게 예쁜 앤 흔치 않으니까."

그녀가 어깨를 으쓱해 보였다.

7

사무실로 돌아온 것은 자정이 훨씬 지난 새벽이었다. 그녀에게서 어떻게든 백 불의 가치에 상응하는 정보를 캐내려 애썼지만 얻어낸 것은 미미했다. 애슐리. 알아낸 것이라곤 고작 이름뿐이었다. 소매치기 애슐리. 돌아오는 호버크래프트 안에서 나는 그 이름 앞에 말하고 싶었으나 말하지 못했던 단어를 붙여보았다.

대강 몸을 씻고 책상 옆 간이침대를 펴서 누웠다. 눈을 감자 오늘 하루 있었던 일들이 하나둘 스쳐갔다. 어떤 것들은 천천히, 어떤 것들은 빠르게. 순서는 뒤죽박죽인 채로 지나가는 영상 속에서 나는 몇 개의 장면들을 붙잡고 반복 재생했다. 그 중 잠들기 직전까지 머릿속을 떠나지 않았던 영상은 포플러 길에서 뒤돌아 나를 바라보던 케이티 윤의 얼굴이었다.

8

이른 아침, 한 통의 전화가 잠을 깨웠다.

"토이 찾으신 분이죠?"

목소리를 듣는 순간 잠이 확 달아났다. 앳된 목소리의 여자였다.

"그래요."

"오늘 밤에 시간 괜찮으세요?"

"몇 시쯤?"

"열 시 이후면 좋겠는데."

"열한 시로 합시다. 대신,"

"네?"

"조건 꼭 맞춰줘요. 포스팅대로."

수화기 저편에서 잠시 침묵이 흐르더니, 곧 맑은 음성의 대답이 돌아왔다.

"알겠어요."

드로이드에 남기고 온 메모가 효과가 있었던 모양이었다. 이렇게 빨리 걸려들 줄은 몰랐는데. '플레져 토이 구함. 2:1 매너 있게. 노 헨타이. 케이티 윤 스타일 선호.' 설사 그들이 내가 찾고 있는 이인조가 아니라 해도, 플레져 토이 뒤에는 그들을 관리하고 공급하는 세력이 있게 마련이다. 나는 케이에게 전화부터 걸었다.

"고마워, 포스팅."

"으음…… 이게 누구야. 새벽부터 고맙군. 연락 온 거야?"

"방금. 덕분에 일이 수월해졌어."

"어제 거긴 가봤나?"

"아, 거기. 없는 주소더군. 내가 너무 순진했어."

"그래? 그럴 리가."

"아무튼 고맙네. 오후에 시간되면 들르지."

전화를 끊으려는데 다시 케이의 목소리가 들려왔다.

"참, 내가 얘기했던가?"

"뭘?"

"말해준다는 걸 깜빡했어. 명함 주인이 여자란 거 말야."

통화를 마치자 다시 머릿속이 복잡해졌다. 애슐리. 나는 좀 더 자려던 원래의 계획을 버리고 나갈 채비를 했다. 어떤 식으로든 그녀의 정체를 알아내는 것이 급선무였다. 명함의 주인은 그녀일까? 그렇다면 존재하지 않는 주소는 뭘까? 그녀는 왜 그 근처를 배회하고 있었던 것일까? 답을 알 수 없는 의문들이 꼬리에 꼬리를 물고 이어졌다. 사무실을 나서려던 나는 문득 생각난 것이 있어 다시 들어와 컴퓨터를 켰다.

9

정기 강우 시작 5분 전입니다.

호버크래프트 안에서 기상 예보가 흘러나왔다. 잿빛 하늘이 조금 더 검어지는가 싶더니 정확히 5분 후 카운트다운과 함께 비가 내리기 시작했다. 강우유형은 장대비, 예상 강우량과 강우지속 시간은 각각 80mm, 4시간이었다. 나는 우산을 챙겨오지 않았다는 사실을 그제야 깨달았다. 젠장, 비라니. 굵은 빗줄기가 창을 때려댔다.

어제 지나쳤던 대형 전광판에서 오늘은 케이티 윤의 또 다른 광고가 흘러나오고 있었다. 빛나는 눈동자를 갖고 싶으세요? 저처럼요. 그녀가 눈을 찡긋하자 카메라가 그녀의 눈가를 익스트림 클로즈업했다. 인조 안구 광고 속 그녀는 여전히 아름답고 싱그러웠다. 그러나 홀로그램으로 보았을 때보다는 조금 슬퍼 보이기도 했다. 표정의 변화나 눈동자 어딘가에 드리워진 그늘 때문은 아니었다. 왜일까. 그녀가 슬퍼 보이는 것은.

다시 F구역 437섹터에 이르렀을 때, 나는 그곳을 조금 지나쳐 438섹터 끄트머리 즈음에 호버크래프트를 착륙시켰다. 미행이 있을지 모르니 비를 맞더라도 12번지와 13번지 근처까지 걸어갈 생각이었다. 트렌치코트의 깃을 세우고 차 밖으로 빠져나오자 예상했던 대로 세차게 비가 내리치기 시작했다. 찰스턴 스트리트까지 걸어가려면 열 블록 정도는 지나야 했다. 나는 몸을 낮게 웅크린 채 걸음을 재촉했다. 오후였지만 이미 어두워진 거리에는 누구 하나 얼씬거리지 않았다. 곳곳에 널린 쓰레기와 온갖 폐기물만이 여기가 소돔이라는 것을 일러줄 뿐이었다.

마침내 13번지에 이르렀을 때, 나는 거리 한쪽 구석에서 피어오르는 담배 연기를 목격했다. 처음에는 맨홀 따위의 뚜껑에서 올라오는 증기가 아닌가 생각했으나, 분명 연기는 사람 키 정도 높이에서 피어오르고 있었다. 나는 주머니 안쪽에 늘 휴대하고 다니는 작은 콜트 레이저를 꺼내들었다. 그리고 조심스럽게, 그러나 신속하게 연기가 나는 골목을 향해 발을 움직였다.

"어멋!"

소리를 지른 것은 여자였다. 12번지와 13번지 사이에 난 조그만 골목길. 어제는 미처 있는지도 알아채지 못했던 그 좁은 골목길에서 두 여자가 나란히 서서 구식 담배를 피우고 있었다. 내가 뛰어 들어간 쪽에서 가깝게 서 있던 애슐리는 눈을 동그랗게 뜨고 나와 권총을 번갈아 바라보았다. 그리고 그녀 옆에, 처음 본 것이 분명하지만 낯익은 얼굴이 보였다. 비명을 지른 여자. 나는 그녀의 이름을 알 것만 같았다.

"……케이티 윤?"

애슐리가 한숨을 내쉬었다. 담배 연기보다 옅은 숨이 빗방울 사이로 퍼져나갔다. 애슐리는 나더러 따라오라는 손짓을 하더니, 여자와 함께 골목길 사이로 걸어 들어갔다.

10

골목길의 3/4지점, 그러니까 12번지와 13번지 사이의 끄트머리에 작은 철문이 있었다. 쓰레기통과 그 주위에 널린 쓰레기 때문에 잘 보이지 않는 위치였다. 이게 12-5번지인건가. 두 여자의 뒤를 좇으며 나는 생각했다. 허리를 잔뜩 굽혀야 들어갈 수 있는 입구로 내려가자 지하 통로가 나타났다. 어디선가 비 냄새 같기도 하고 피 냄새 같기도 한 불쾌한 냄새가 올라왔다.

그들은 익숙한 걸음으로 어딘가를 향해 걸어갔다. 중간 중간 희미한 불빛들이 보였는데, 불빛의 위치나 정체는 가늠할 수 없었다. 앞서 걷는 둘의 속삭임 말고도 때때로 어둠 속에서 아기 울음소리 같은 것들이 들려오기도 했다. 나는 정신을 똑바로 차리려고 애를 썼다.

한참을 걷다가 이번에는 멀리서 조금 큰 불빛 하나가 보이기 시작하더니 점점 가까워졌다. 끝까지 다다르자 불빛이 쏟아져 나오는 작은 방이 나타났다. 색색의 벽지로 알록달록 꾸며진 공간이었다. 입구부터 방까지, 대략 2.6피트(약 80센티미터)인 내 보폭으로 천 걸음 이상 걸었으니 족히 0.5마일(약 800미터)은 될 것 같았다. 과거 전쟁 이전에 지어진 프리워(pre-war) 건물들에는 이런 식의 비밀 통로가 많다는 얘기를 들은 적이 있다. 소돔 건물들의 대부분은 전쟁 전에 지어진 것이었다.

"둘은 무슨 사이요? 당신이 펫 하우스 주인인 거요? 여긴 어디고? 아니, 그보다 이 사람은……"

식탁 겸용으로 보이는 동그란 탁자에 세 사람이 둘러앉자마자 내가 물었다.

"케이티 윤이라고요?"

애슐리가 비웃듯 말했다. 어디선가 잿빛 고양이가 한 마리가 나타나 케이티 윤을 닮은 여자 품으로 뛰어올랐다. 케이티 윤과 똑같이 생긴 그 여자는 한 마디 말도 없이 땅만을 응시한 채로 앉아 있었다. 그녀는 고양이가 자세를 바꿀 때마다 간헐적으로 몸을 떨었다.

"설명이 좀 필요할 것 같은데."

잠시 후 내가 말하자 고양이가 날카롭게 울어댔다. 애슐리와 케이티 윤을 닮은 여자가 서로를 바라보며 웃었다.

"쁘띠 펫 하우스에 오신 걸 환영해요."

애슐리가 말했다.

"초대한 건 아니지만."

순간 나는 망설였다. 지금 이 순간은 어쩌면 완벽한 기회다. 아까 꺼냈던 콜트에 손을 뻗어 11시와 1시 방향에 앉은 두 사람을 쏘는 데는 2.5초도 걸리지 않을 것이다. 케이티 윤을 닮은 한 사람과 또 다른 한 사람. 매니저에게 사진과 동영상 자료를 제출한다면 손쉽게 백만 달러를 손에 쥘 수도 있을 것이다. 카톤 밀러가 찾던 일당이 이들이 아닐 수도 있겠지만 그건 내가 상관할 바 아니었다. 유사 범죄는 언제나 생겨나기 마련이니까. 나는 스스로에게 물었다. 그런데 뭘 망설이고 있나?

그러나 그렇게 되면 내가 이 사건을 통해 알아낼 수 있는 것은 아무것도 없다, 고 내 안의 목소리가 말하고 있었다. 말하자면 나는 이 문제를 해결한 것이 아니라 제거하게 되는 것이다. 비록 주어진 임무는 살해[3]였지만, 내가 원하는 것은 해석이었다. 인간에 대한, 안드로이드에 대한 해석. 사건에 대한 해석. 의뢰에 대한 해석. 그것만이 내 풀리지 않는 갈증이자, 이 빌어먹을 일을 계속하는 유일한 이유였다. 어쩌면 내가 좇고 있는 것은 언제나 사건이 아니라 나 자신인지도 모른다……

"왜 케이티 윤 행세를 하고 다니는 거지?"

복잡해진 머릿속을 비우기 위해, 여자를 바라보며 물었다.

"얘가요?"

애슐리였다.

"당신 말고. 누굴 위해서지?"

---

3) 여기서 안드로이드 제거를 살해라고 부를 수 있는지에 대한 논의는 차후로 미루기로 하자. 기존의 논의에 대해 알고 싶다면 마크 J. 어반의 『변화하는 인권: 안드로이드에게 주어진 권리는 어디까지인가』를 참고할 것.

"웃기는 소리 하시네."

"너 말고! 대답해 봐. 왜지?"

"죽고 싶어요?"

애슐리의 목소리가 착 가라앉았다.

"뭐?"

"아저씬 곧 죽어요."

말문이 막혀버리고 말았다. 머릿속이 더 복잡해지는 기분이었다.

"무슨 뜻이지?"

"죽는다고요, 곧."

"너희야말로…… 뭘 모르는구나."

"알아요. 아저씨가 아까부터 우리를 죽일까 말까 고민하고 있었단 거."

애슐리는 손가락으로 나를 가리키며 덧붙였다.

"거기 왼쪽 가슴 속주머니에 23년형 콜트 레이저를 숨기고 있단 것도요."

그쯤 되니 할 말이 없어졌다. 지갑만 훔치는 게 아닌 모양이었다.

"케이티 윤을 알아요?"

머릿속이 복잡해지고 있는 찰나에 애슐리가 다시 물었다.

"알지."

"케이티 윤에 대해 아는 거겠죠. 케이티 윤을 아는 게 아니라."

"말장난하지 마."

"이름, 얼굴, 취미, 신체사이즈, 좋아하는 음식, 출연한 광고 목록을 알면…… 그 사람을 아는 건가요?"

"말하고 싶은 게 뭐야."

"아저씨가 안다고 생각하는 케이티는 케이티가 아녜요."

"그럼 이 여잔 누구지."

"케이티는 존재하지 않아요. 이 도시 어디에도."

그게 무슨 소리냐고 되물으려는 순간, 여자 품에 안겨 있던 고양이가 갑자기 뛰어내려와 애슐리에게 안겼다. 고양이는 비명 소리 같기도 하고 신음 소리 같기도 한 울음소리를 내며 몸을 비틀더니, 곧 노란 두 개의 눈동자 속에서 눈물을 흘리기 시작했다.

"봤죠?"

애슐리는 서둘러 자리를 정리하더니 방 한쪽의 서랍에서 작은 고양이 한 마리를 꺼냈다. 그녀가 잠시 귀 뒤쪽의 털 속을 만지작거리자, 죽은 것처럼 축 늘어져 있던 고양이가 기지개를 펴며 일어나 걷기 시작했다.

"이걸 가져가요."

"왜지?"

"빨리요. 지금 나가지 않으면 아저씬 죽어요."

"무슨 소린지 통 모르겠군."

"길게 설명할 시간 없어요. 아까 내려오면서 벨을 눌렀으니 곧 올 거예요. 이 캣돌은 딱 두 가지 경우에만 울도록 설계해 놨다고요. 그쪽 사람이 올 때하고……"

"그쪽이라니? 또 하나는?"

"왜 이렇게 답답해요. 죽는다니까! 이 고양인 선물이에요. 케이티! 그 담배도 아저씨 줘."

순간 모두가 잠시 얼어붙었다. 케이티라고 불린, 케이티와 똑같이 생긴 여자가 담배를 들고 멈췄다.

"빨리."

애슐리는 담배를 낚아채듯 뺏더니 고양이와 함께 내 손에 안겼다. 그러고는 들어온 쪽과 반대쪽으로 나를 끌고 달리기 시작했다. 곧 섬광과 함께 바로 옆의 벽에서 엄청난 굉음이 들렸다. 누군가 중형화기 이상의 레이저를 날린 모양이었다. 나는 이를 악물고 뛰었다. 뒤돌아 콜트를 몇 방 갈기기는 했지만 조준 사격은 아니었다. 미행을 당할 때부터 느꼈지만 이건 킬러들의 방식이다. 애초부터 장비며 무기 면에서 나는 비교가 되지 않았다. 정면으로 맞붙었다간 이유도 모른 채 황천길로 가기 십상이었다. 애슐리는 어둠 속에서 잘도 길을 찾아 달렸다. 나는 그녀의 등 뒤에 백만 불짜리 지폐라도 달려 있는 것처럼 그녀를 좇았다.

11

돌아오는 길, 나는 애슐리가 건넨 명함을 들여다보았다.

G&P Entertainment Group
이사 **카톤 밀러**

명함 뒤에는 그의 친필인 듯한 글씨로 적혀 있었다: 누군가 찾아올 때마다, 벨을 누를 것. *"전에도 한 사람 찾아왔었어요."* 다

206

시 지상으로 나가는 출구 앞에서 애슐리가 숨찬 목소리로 말했다. *"그땐 그 사람이 그렇게 죽으리라곤 생각도 못했죠."* *"죽인 사람은 누구지?"* *"그건 몰라요. 이사님과 관련 있겠죠."* 나를 살려준 이유가 뭐냐고 묻자 애슐리는 나를 빤히 바라보았다. 어둠 속에서 그녀의 눈동자가 반짝였다. *"더 이상 누군가 죽는 건 싫으니까……"* 그녀는 한참 후에 덧붙였다. *"아저씨도 우리와 같단 걸 알았으니까."*

불과 몇 시간 전, 나는 작별인사를 나눌 새도 없이 호출해둔 호버크래프트에 올라 시동을 걸었다. 지상으로부터 멀어지기 시작했을 때 아래쪽 애슐리 뒤로 낯선 사내가 나타났다. 예상대로 한 손에는 중형 레이저건을 들고 있었다. 사내가 이쪽을 조준하는 것을 본 순간 재빨리 가속페달을 밟았지만, 사정거리를 벗어나지 못했는지 코너를 돌기 전에 한 방 맞고 말았다. 동체가 크게 휘청거려 하마터면 한 바퀴 돌아 균형을 잃을 뻔했다. 나는 필사적으로 페달을 밟으며 한쪽으로 쏠린 조종레버를 잡아당겼다. 쏟아지는 빗속에서 타는 냄새가 매캐하게 피어올랐다.

소돔을 빠져나와 E구역 다운타운에 들어서자 그제야 마음이 놓였다. 자동운전으로 모드를 전환하고 실내와 외부 상태를 점검했다. 왼쪽 방향지시등 두 개가 완전히 날아가 버리긴 했지만 비행에는 이상이 없는 듯했다. 왼쪽 어깨가 뻐근해 외투를 벗어보니 아까 세게 부딪힌 팔뚝에서 피가 흐르고 있었다. 나는 늘 휴대하고 다니는 비상키트로 상처를 소독한 다음, 피부재생 패치를 붙이고 시트 깊숙이 몸을 묻었다. 저절로 한숨이 흘러나왔다.

사무실이 가까워질수록 몽롱했던 정신이 맑아졌다. 피를 흘리는 것이 논리적 사고에는 도움이 되는 모양이었다. 나는 그녀의 마지막 한 마디를 곰곰이 생각해 보았다. 그리고 그녀가 건넨 명함을 꺼내 한참을 바라보다, 이윽고 전화번호를 누르기 시작했다.

"카톤 밀러 씨?"

"누구요?"

나는 상황을 설명하고, 망막박리가 심해져 더 이상의 조사가 어려울 것 같다고 말했다. 이틀간이나 소돔을 샅샅이 뒤졌지만 비슷한 안드로이드들을 발견할 수 없었다는 말도 덧붙였다.

"원하신다면 선수금의 일부를 돌려드리겠습니다."

그러자 수화기 저쪽의 사내가 *빌어먹을, 형편없는 놈 같으니라고!* 하고 내뱉는 말이 들려왔다. 그 위로 까르르, 하는 여러 여자들의 웃음소리가 겹쳐졌다. 그는 잠시 욕설을 퍼붓더니, 선수금은 모두 가지고 지옥으로나 꺼져버리라고 소리치고는 전화를 끊었다. 하지만 이상하게도 어쩐지 그의 기분은 나빠 보이지 않았다.

나는 다시 조수석의 펫돌, 아니 잿빛 새끼고양이를 바라보았다. 아까의 난리 속에서도 소리 한 번 지르지 않던 녀석이 나와 눈이 마주치자 목을 쭉 빼더니 갸르릉, 하는 소리를 냈다. 반짝거리는 노란색 눈동자 속에 내 얼굴이 비쳤다. 그리고 나는 무언가를 깨달아버렸다.

12

79층에 사는 컴퓨터 프로그래머 데이브가 옥상에 개를 키우고 있다는 소문이 돈 것은 오래 전부터였다. 오지랖 넓은 주위 사람들에게 그 얘기를 들을 때마다 나는 웃어넘기며 말했다. 아니 왜, 안드로이드는 개 키우면 안 된다는 법이라도 있나?

호버크래프트가 빌딩 아래쪽에 있는 주차장에 도착하자마자 엘리베이터를 타고 위층으로 올라갔다. 맨 꼭대기 층인 112층에서부터는 계단밖에 길이 없었으므로 한참을 뛰어야 했다. 도착했지만 옥상으로 통하는 낡은 철제문은 쉽게 열리지 않았다. 덩치가 크고 힘이 좋은 데이브가 일부러 세게 닫아놓았을 거란 생각이 들었다. 어깨를 부딪쳐 겨우 문을 열고 옥상으로 올라갔다. 비로소 비가 그친 하늘은 여전히 잿빛이었다. 도시에는 낮보다 진한 어둠이 내려앉아 있었다.

옥상을 한 바퀴 다 돌기도 전에 배기구 옆에서 작은 철제 우리를 발견했다. 골든 레트리버라고 했던가, 저렇게 생긴 종은. 금빛 털을 가진 개가 나를 보더니 벌떡 일어섰다. 나는 품안에서 고양이를 꺼내 내려놓았다. 개가 고양이에게 호기심을 보이며 짖어댔다. 그러자 고양이는 네 발을 벌리고 꼿꼿이 서서 눈물을 흘리기 시작했다.

역시 그랬군.

나는 그들을 남겨두고 난간을 향해 천천히 걸었다. 주머니에서 뭐가 거치적거려 손을 넣어보니 아까 애슐리가 건넨 담뱃갑이었다. 빌딩 끝에서 내려다본 도시는 눈이 부셨다. 언젠가, 아주 오래전엔 하늘이 빛나고 있었을 테지. 지금처럼 땅이 빛나는 게 아니라. 기억할 수 없을 만큼 아주 오래 전을 기억할 수 있다면, 그것은 내 안의 무언가가 아주 오랫동안 이어지고 축적되어온 어떤 기억과 경험들을 공유하고 있기 때문일 것이다.

나는 난간에 기댄 채 구식 담배 한 개비를 꺼내 들었다.

애슐리, 그리고 케이티 윤.

둘의 이름을 생각하려는데, 바로 눈 앞 전광판의 화면이 바뀌며 광고가 흘러나왔다. 언젠가 보았던 녹차 광고였다. 케이티 윤이 나타나 나를 보며 말했다. Can I walk with you?

소돔을 다시 찾아가기 전 내가 조사한 것은 체이서들끼리 공유하는 사건 기록이었다. 경찰 기록처럼 체계적이고 공식적인 것은 아니지만 우리에게도 나름대로의 룰과 동업자 정신은 있으니까. 거기서 발견한 것은 다름 아닌 카톤 밀러의 흔적이었다. 그가 이 사건을 의뢰한 것은 내가 처음이 아니었다. 처음에는 A구역 체이서에게, 그 다음에는 H구역 체이서에게. 나는 사건을 의뢰받은 세 번째 체이서였다. 물론 나를 포함해 세 명의 체이서 중 누구도 사건을 해결하지는 못했다. 첫 번째 체이서는 아예 비슷한 사람조차 찾지 못한 채 포기했다. 두 번째 체이서는 케이티 윤을 닮은 여자를 찾아내는데 까지는 성공했지만 괴한의 출현으로 총상을 입고 영구 폐기됐다.

그 다음 조사한 것은 케이티 윤과 소속사에 대한 것이었다. 열여덟 살의 케이티 윤은 열다섯 살에 데뷔했지만 너무나 한결같은 모습과 지나친 신비주의로 인해 안드로이드가 아니냐는 의심을 받고 있었다. 카톤 밀러는 군인 출신의 사업가로, 돈벌이와 사업을 위해서는 수단 방법을 가리지 않는 인물로 악명이 높았다. 특히 소문에 따르면 그가 주력하는 사업은 양성화된 엔터테인먼트 사업이 아니라 돈이 되고 현금이 잘 도는 유흥 향락 사업이었다.

타들어가는 담배와 멀어져가는 케이티 윤의 모습을 바라보며 나는 한숨을 쉬었다. 아까 만났던 그 방에 생명 반응을 나타냈던 물체는 없었다. 나도, 애슐리도, 케이티 윤을 닮은 것이 아니라 케이티 윤 자신인 그녀도, 심지어는 그녀 품에 안겨 있던 고양이까지도. 고양이, 아니 캣돌들은 생명 반응을 감지하는 일종의 알람인 것이 분명했다.

나는 생각을 정리했다. 카톤 밀러가 내게 사건을 의뢰한 것은 사건을 해결하고 싶어서가 아니었다. 그는 그저 알리바이가 필요했을 뿐이다. 나 같은 일회용 체이서들을 갈아치우며, 자신의 배우가 안드로이드이며 몸을 팔고 다닌다는 사실을 거꾸로 숨기고 싶었던 것이다. 아마도 카톤 밀러는 케이티 윤을 어딘가에 소량 주문 생산하고 있을 것이다. 두세 명의 전문가들이 운영하는 소규모 공방 같은 곳. 그리고 매체와 미디어에 대한 노출을 최소화하면서, 낮에는 스케줄을 소화하고 밤에는 이 도시의 영혼 없는 사내들을 상대하게 할 테지. 하룻밤에 내 눈 수술비 정도는 족히 지불하고도 남을 금액을 받아가면서.

주머니에 넣어둔 UDC가 요란하게 울려댔다.

손님, 연락이 되지 않네요. 어디 계세요?

열한 시가 넘은 모양이었다. 나는 메시지를 삭제하고 남아 있던 담배를 태웠다. 독하고 매캐한 냄새가 폐 한가운데에서부터 위로 위로 피어올랐다.

어디선가 아기 울음소리가 들려온 것은 그때였다. 주위를 살펴보니 아까 받아온 고양이가 옥상 한가운데에서 소리를 내고 있었다. 생명체와의 대면이 지루해진 건가. 다가가 녀석을 품에 안았다. 기계라고는 믿어지지 않는 따뜻한 감촉이, 그 조그마한 심장 박동 소리가 전해져왔다. 나는 고양이를 안고 난간으로 다가갔다. 전광판에서는 케이티 윤의 또 다른 광고가 시작되려는 참이었다. 어느새 나타나 나를 향해 환한 미소를 날리는 그녀…… 그 순간 그녀가 슬퍼 보이는 이유를 알 것 같았다. 그것은 그녀의 완벽함이었다. 그녀는 완벽하게 아름다웠고, 바로 그 완벽함이 그녀를 슬퍼보이게 만드는 이유였다.

나는 더 이상 그녀를 바라보지 못하고 돌아섰다. 문득 손가락에 물기가 느껴져 내려다보니, 잿빛 새끼 고양이의 노란 두 눈에서 또다시 눈물이 떨어지고 있었다.

그때 그 만화가는 거기 없었다

이대환

1980년 출생. 연세대 교육학과 졸업. 2007년 《계간 미스터리》 신인상을 수상하였다. 한국 미스터리 작가 모임 회원이며, 출판사에서 만화 편집 기자로 일하고 있다. 공동 단편집 『한국 추리 스릴러 단편선』을 출간하였다.

3층이어서 그런지 주차장으로부터 이런 저런 소리가 다 들려왔다.

분명 실내 창문은 모두 닫혀 있었다. 블라인드도 거의 완벽하게 내려져 있었다. 빈틈없이 밀폐되고 감춰진 공간…… 하지만 그런 점 때문에 이 숨 막히는 적막이 진공상태처럼 다른 소리들을 빨아들이고 있는지도 몰랐다.

세 식구 살림치곤 짐이 너무 많다는 얘기, 다른 주민들이 이때다 싶어 무거운 폐가구나 세탁기 등을 치워달라고 한다는 얘기, 그 중에 돈을 쥐어주는 이도 있다는 얘기, 크레인에 실을 때 생긴 가구의 흠집을 가지고 벌어진 작은 실랑이 얘기, 그래서 5층에서 계단으로 몇몇 이삿짐들을 날라야 한다는 얘기.

-그게 뭐 어떻다는 거야?

마지막으로 이럴 바엔 점심까지 먹고 좀 쉬었다가 시작하자는 어떤 선동가의 얘기.

모두가 쫓기듯이 사라지고 쫓기듯이 숨어드는 본격 이사철, 그 어느 날인가에 동훈은 자신과 전혀 상관없는 소음들 속에 서 있었다.

-저 이삿짐센터 인부들은 분명 이 일을 두고두고 떠벌리겠지? 별것도 아닌 작은 흠집 하나를 가지고 소란을 떠는 사람들의 조급하고 인정머리 없음에 대해서. 오히려 서로 기분 좋게 넘겼다면 자기들 쪽에서 고마워서라도 더 열심히 일했을 거라고. 따라서 이사 시간도 단축되고 더 좋았을 텐데, 라고. 바로 자신을 전망 없는 현실로부터 탈출시키는 대단한 습관이지.

그런데 가망 없는, 현실로부터의 탈출. 이 말이 지금 자신보다 더 절실하게 느껴지는 사람이 있을까?

302호의 화장실문을 등지고 선 채 동훈은 생각했다.

다행히 문하생은 심부름을 나가고 없었다. 15분 정도 떨어진 가게라고 했으니까 왕복 30분 정도의 시간은 벌 수 있는 셈이다. 오늘 들어 날씨가 갑자기 더워졌으니 몇 분 정도 더 걸릴지도 모른다. 하지만…… 그렇다고 해서 달라지는 게 뭐가 있을까?

갑자기 엄습한 절망감에 동훈은 화장실문에서 주욱 미끄러졌다. 동훈이 주저앉은 문 앞 깔개 위에는 필터부분을 이빨로 꽉 물어서 핀 담배꽁초 하나가 떨어져 있었다. 거기뿐만 아니라 소파와 테이블 근처에도 대여섯 개가 약간의 재와 함께 떨어져 있었다. 방금 전까지만 해도 이 담배꽁초들 중 하나를 어금니로 열심히 깨물고 있던 만화가 박상수는 지금 이 세상에 없다.

아직 눈앞에서 어른거리는 박상수 때문에 동훈의 경직된 몸이 부르르 떨렸다.

하지만 도수가 높은 안경 너머 움푹 꺼진 작은 눈과 기분 나쁘게 늘어진 턱과 볼의 살, 누런 이 따위를 안 보게 된 걸 생각하면 그렇게 나쁜 일만은 아니었다. 어쨌든 작은 악마 같은, 그런 인간, 선생님으로 깍듯하게 대우해줘 봤자 돌아오는 것이라곤 욕설과 아니면 돈 얘기뿐이지 않았던가?

오늘만 해도 그랬다. 원고를 마감하고 단행본 마케팅 관련 사항을 의논하기 위해 들른 것인데 박상수는 자신을 맞아 너무나 태연스럽게 앉은 채로 인사를 하더니,

"우리 화실 이사한다는 거 알지요?"

……라며 이삿짐을 싸고 있는 게 아닌가. 마감 당일에 원고 마무리와 함께 전개되는 갑작스런 이사 상황에 대해 묻자 오히려 꼬치꼬치 캐묻는 자기를 생리하는 남자 같다며 놀려댔다.

박상수는 툭 불거져 나온 배를 마구 두드리며 웃었다. 굉장히 단순한 성격의 남자. 하지만 어쩌면 자기 만화에 등장하는 남자 주인공처럼 모든 걸 다 꿰뚫어 보고 있는 것일 수도 있겠지?

"그래서 이렇게 난장판이었군요. 이사는 요 밑에 있던 이삿짐 차로 가시는 건가요?"

동훈은 자기도 모르게 '난장판'이란 얘기가 나와 놀랐지만 박상수는 무엇 때문에 기분이 좋은지 우스꽝스럽게 한번 웃고는 얘기를 이어갔다.

"우린 내일 갑니다. 그 차는 아마 오늘 이사하는 5층 차일 거요."

"내일이라. 여기 보니까 짐 정리는 거의 다 된 거 같네요."

"말도 마쇼. 미루고 미루다가 어제 후배 놈들을 불러 안 쓰는 짐들을 좀 치웠는데, 글쎄 한나절이 걸렸지 뭐야. 순간이었지만 내가 느낀 게 하나 있었는데, 내 말 좀 들어봐요."

몸이 좀 불편한지 앉은 채로 움찔움찔 하던 박상수의 눈이 번쩍였다. 그는 형식적인 대화 외에 꼭 필요한 얘기를 할 때면 지금처럼 눈을 크게 뜨고 낮은 톤으로 진지하게 말했다.

"안 쓰거나 쓸모가 없는 것들은 제 때에 처분을 해야 된다는 거요. 그렇지 않으면 그것들이 이만큼이나 쌓여서 다른 중요한 것까지 내 시야에서 가려버리거든. 바로 그것들이. 무슨 말인지 알겠소?"

"아…… 네에?"

"허허허, 이해 못 한 표정인데?"

박상수의 엉뚱한 얘기에 동훈은 애써 난처함을 숨기고 얘기를 계속했다.

"그나저나 이사 하신 다는 얘기 먼저 알려주셨으면 마감 날짜 같은 것도 조정하고 했을 텐데, 수고가 많으셨겠습니다."

"뭐, 수고는. 편집부에 미리 말해 봐야 괜히 민폐나 끼치는 거고. 근데 난 윤 기자가 알고 있는지 알았는데……."

'?'

동훈은 엉뚱한 선문답에 갑자기 목이 확 꺾이는 것처럼 화가 났다.

'도대체가…… 어떻게 된 인간이 저렇게…… 뻔뻔스럽지?'

준비해 온 마케팅 자료는 땀에 젖은 손 안에서 구겨지고 있었고, 동훈은 점점 눈앞이 캄캄해지는 것을 느꼈다.

"선생님, 마실 거 좀 사올까요?"

그때 고양이처럼 음침하게 인기척을 숨기고 있던 문하생이 나타났다. 동훈은 유난히 검은 눈동자가 커 돋보이는 문하생을 볼 때마다 사람을 우습게 여기는 모습이 여지없이 고양이를 닮았다고 생각했었다. 그나저나 지난 번 화실 방문 때, 자기가 준비하고 있다는 작품에 대해 해준 솔직한 얘기 때문에 그런 것일까, 냉랭하게 사람을 반기는 그녀의 비뚤어진 재주는 탄복할 만했다.

"어, 그래. 맞다. 근영아, 날씨도 더운데 가서 음료수나 아이스크림 같은 거 좀 사올래? 요 앞 가게는 공사 중이니까 15분 정도 내려가면 있는 사거리 가게 있지? 거기 가서 사와. 너 먹고 싶은 것도 있으면 사오고."

돈을 쥐어주는 박상수의 표정에서는 어떠한 껄끄러움도 느낄 수 없었다. 저 녀석이 발산하는 음울함이나 음침함을 전혀 못 느끼는 것일까? 살이 찌더니 감각마저 둔해진 것일까?

동훈은 예전 박상수의 모습을 떠올리며 끓어올랐던 화를 애써 가라앉히기로 했다. 지금은 보기 흉하게 배가 툭 튀어나와버렸지만 예전엔 162cm인 키가 커 보일 정도로 길쭉하게 말라 있었다. 확실히 비쩍 마르고 생기 없어 보이던 모습을 생각하니 갑자기 웃음이 터질 것만 같았다. 하지만 그것도 잠시뿐.

"근데 그건 어떻게 됐어요?"

원고료 문제였다.

'그건 여러 상황들을 지켜보면서 좀 더 보류하기로 했잖아?'

"새 연재 작품 건 말이시죠? 소재가 소재이니 만큼 저번에 편집부에서 미팅 한 대로 상황을 조금 더 지켜보자고…… 그렇게…… 결론이 난 걸로 아는데요."

박상수는 습관대로 날숨소리를 크게 내며 담배연기를 길게 내뱉었다. 연기가 고스란히 동훈에게 달려들어 숨이 막힐 지경이었다.

사실 박상수의 새 연재 작품 기획에서 가장 걸림돌이 되는 건 그의 원고료였다. 이번엔 아예 원고료를 백지 위임해 버려 편집부를 엄청 난감하게 만들어버린 것이다.

"이봐, 윤 기자. 내가 우리 사이니까 하는 얘기예요. 요즘 계속 다른 잡지사들에서도 원고 청탁이 오는데 계속 이런 식으로 미루기만 하면 나 곤란해진다고요 내 뜻을 읽고 빨리 결정을 내려줘야지. A사 같은 경우 꼭 돈이 아니더라도 작품 기획이나 진행을 얼마나 타이트하고 준비성 있게 하는지 정평이 나 있지 않소. 근데 우린……."

'우린 뭐? 뭐?'

큰 망치로 가슴을 맞은 것처럼 충격이 전해졌다. 못 견딘 나머지 동훈은 소파에서 벌떡 일어섰다.

거기까지였다. 동훈이 기억할 수 있는 것은.

아마도 테이블을 사이에 두고 소파에 앉아 있던 자신이 테이블 위의 재떨이를 들어 시선을 돌리고 있던 박상수를 내리쳤던 것 같다. 그 재떨이를 집은 게 소파에서 일어서면서부터인지 일어나고 나서인지는 어느 쪽이든 상관이 없는 문제였다.

뒤늦게 감각을 찾은 오른 손이 재떨이를 본능적으로 거부했다. 손을 떠난 재떨이는 마치 도망이라도 치듯이 묵직한 소리를 내며 실내 카펫 위를 굴러갔다.

'A사 같은 경우 꼭 돈이 아니더라도 작품 기획이나 진행을 얼마나 타이트하고 준비성 있게 하는지 정평이 나 있지 않소. 근데 우린……'

'쓸모가 없는 것들은 제 때에 처분을 해야 된다는 거야.'

박상수는 자신의 무능을 꼬집고 싶었던 걸까? 목적이 돈이었다면, 그 돈에 의해 결국 움직일 거였다면 여담 같은 자신의 재능 이야기로 마지막 대사를 낭비할 필요가 없지 않았을까? 사족 같이 끼어드는 작위적인 장면들, 허세만 남은 등장인물들의 겉도는 대사, 그러다보니 타이밍을 놓치고 쏟아지기 일쑤인 장문의 해설식 대사들. 동훈은 갑자기 권수로 30권을 훌쩍 넘어가버린 박상수 만화의 요즘 문제점들이 떠올랐다.

그는 사람들이 어떤 말을 듣기를 원하는지는 전혀 고려치 않고 자기 하고 싶은 말만 하며 사는 구제불능의 인간이었다.

'그런 사족 같은 대사는 안 다는 게 훨씬 좋았잖아.'

동훈은 이마의 땀을 훔치고 태연히 만화 콘티묶음을 집어 들어 부채질했다. 그러면서 박상수를 내려다 봤다.

"없애자."

꼭 이 말을 소리 내서 해야 할 필요가 있을까 싶었지만 누군가 들어주었으면 좋겠다는 그런 막연한 생각이 들었다. 하지만 텅 빈 방에는 아무도 없었고, 잠시 후 끙끙 대는 소리가 화장실 쪽으로 향하면서 나기 시작했다.

내출혈을 입었는지 피를 거의 안 흘린 박상수의 시체는 욕조 속에 넣어졌고, 대나무 살로 만든 덮개 아래로 감쪽같이 감춰졌다.

임시방편인 것이지만, 오랜만에 느끼는 뭔가 해냈다는 뿌듯함이 잠깐 스치고 갔다. 창문을 통해 들어오는 햇살이 유난히 따가웠고, 후끈 달아오른 몸에서는 열이 올라오고 있었다.

그때, 갑자기 인터폰이 울렸다.

동훈은 몸이 뒤집혀질 정도로 깜짝 놀랐다. 무한할 것만 같았던 왕복 30분이었는데 벌써 돌아온 걸까? 안 돼, 안 돼, 안 돼…… 중얼거리며 눈을 뜨지도 못하고 인터폰을 들었다.

"초밥 배달 왔습니다."

인터폰에 부착된 작은 흑백화면 안에 누군가 나타났다. 하지만 화면의 배경은 빌라 현관이 아니라 바로 집 앞 현관이었다. 인터폰이 울려도 안에서 반응이 없자 대신 문을 직접 두드리는 소리가 들렸다. 섬뜩하게 가슴을 두드리는 소리가 끝나자 동훈은 겨우 문 가까이로 다가갔다. 도어스코프 안으로 배달 음식을 들고 배달 전표를 확인하는 남자가 보였다.

"우리 수산에서 초밥 배달 왔습니다. 문 열어 주세요."

다행이었다. 아마 잘못 알고 배달이 온 모양이었다. 잘못을 깨우쳐 주고 그냥 보내기만 하면 되는 것이다. 다만…… 주인인 척을 해야 한다는 것뿐! 그것 외에는 아무것도 아닌 일이다. 다시 인터폰 쪽으로 발을 살금살금 옮겼다.

"잘못 시켰어요. 저희 배달 안 시켰습니다."

"네? 분명히 101동 302호라고 되어 있는데. 이것저것 굉장히 많이 시키셨단 말이에요."

"아니라니깐요. 여기 말고 다른 101동일 수도 있으니 확인 잘 해봐요. 그럼."

"여, 여보세……."

여느 주인이 하는 것처럼 상대방의 말을 끝까지 듣지도 않고 인터폰을 내려놔버렸다. 인터폰 목소리야 어차피 실제 목소리와 다른 것이고, 게다가 배달원 같으면 진짜 목소리 역시 모를 것이다.

동훈은 이제 시체를 어떻게 처리할 것인가와 갑작스런 선생의 부재에 대해 그 암고양이에게 둘러댈 말을 생각해 내기로 했다.

이제 남은 시간은 고작 8분 정도였다.

〔문하생 근영〕

선생님의 심부름을 다녀온 근영은 계단을 올라오다가 사고를 당할 뻔했다. 혹시 선생님이 자신의 원고에 대해 윤 기자에게 좋은 말들을 해주고 있지 않을까, 이런 엉뚱한 기대감으로 앞도 못 보고 가고 있었기 때문이었다.

"아가씨, 비켜요, 비켜!"

5층의 것인지 이삿짐을 이고 계단으로 내려오던 인부가 깜짝 놀라 근영의 코앞에서 고래고래 소리를 질렀다. 순간 불끈했던 근영이지만, 그 뒤로 가구를 나르는 다른 인부들까지 얼핏 보여 얼른 엘리베이터로 뛰어 들어갔다.

하지만 엘리베이터에 타고서도 방금 일 따위는 상관없이 왠지

선생님과 윤 기자가 자신의 원고를 보고 있을 것만 같아 기분이
가라앉혀지지가 않았다. 곧 내일이라도 데뷔를 할 거 같은 느낌이
었다.

"어?"

고양이처럼 예민한 근영은 화실로 돌아오자마자 이상한 분위
기를 느꼈다. 뭐라 말로 설명할 수 없는 어떤 위화감 같은 것이 분
명히 느껴졌다. 엉뚱한 곳에 서서 바보처럼 비지땀을 흘리고 있는
윤동훈을 보자 그런 생각이 더욱 굳어졌다.

"어, 선생님은 어디 가셨어요?"

이삿짐으로 어수선한 때문이었는지 눈치를 못 채고 있었다. 사
람 하나가 없다.

동훈은 창가에 얼굴을 내밀고 처음에는 못 들은 척하다가 두
번을 물어서야 대답해 주었다.

"선생님이 외출 하셨다고요? 진짜 그렇게 말씀하고 나가셨어
요?" "응, 그렇다니까. 누가 찾아와서 잠깐 얘기하더니 급하게 나
갈 일이 생겼다고 너한테 원고 받아서 가라고 하더라."

"정말 선생님이 그랬다고요?"

"으, 응. ……맞아."

말끝을 흐리는 동훈이 의심쩍기는 했지만 이 못난 위인이 선생
님에 대해 거짓말을 할 리는 절대 없었다.

"그럼 제가 핸드폰 한 번 해볼게요."

"뭐?"

불안한 표정의 동훈을 뒤로 한 채, 근영은 다짜고짜 자신의 핸
드폰을 열고 버튼을 눌렀다.

"어? 신호만 가고 안 받으시네? 진짜 무슨 급한 일이 생긴 건가?"

"그렇다니까. 얘, 되게 사람 말 안 믿네. 어디 줘봐."

근영의 전화기를 낚아챈 동훈은 통화 연결 음악을 다 듣고 나서야 돌려줬다. 근영은 자기 전화를 잽싸게 챙겨들고 다시 버튼을 누르기 시작했다.

아직 전화 할 곳이 한 군데 더 있었다.

"거기 횟집이죠? 유래빌 101동 302호인데 주문한 거 취소할 수 있나요?"

근영의 통화 내용을 주시하고 있던 동훈은 흠칫 놀랐다.

"네? 아까 배달을 왔다고요? 그리고……."

배달원이 허탕을 치고 그냥 돌아온 바람에 화가 단단히 난 횟집 사장의 열변에 근영은 전화기로부터 얼굴을 돌렸다. 때마침 이삿짐 때문에 한쪽에 옮겨놓은 거울을 통해 동훈을 우연히 보았다. 동훈의 얼굴이 너무 새빨갛게 달아올라 있었다. 자기 스스로에게 무서울 정도로 몰두해 있는 그 붉은 빛의 표정은 근영에게 뭔가를 얘기하는 것만 같았다.

〔윤동훈 기자〕

동훈은 죽을 맛이었다. 이 얼굴 빨개지는 것만 어떻게 할 수 없을까?

넋이 빠진 것처럼 창밖을 바라볼 수밖에 없는 자신이 너무나 한심하게 느껴졌다.

배달 건에 대해 추궁을 당할 걸 생각하니 아무 생각도 떠오르지 않았다. 그러자 그냥 저 녀석까지 죽이는 건…… 하는 생각마저 들었다.

그건 무리였다. 아직 박상수의 시체를 어떻게 처리해야 할지도 모르는 상황에서 시체를 하나 더 늘린다는 건 너무나 끔찍한 일이었다.

"누가 배달을 취소했다는 거야?"

통화를 마친 근영은 종종걸음으로 돌아다니다가 마치 동훈이 들으라는 듯이 말을 흘렸다.

"누구긴 누구야. 박 선생이 그랬지."

"선생님이 그러셨다고요?"

이 녀석은 아까 선생이 급한 일로 나갔다고 했을 때처럼 이번에도 또 선생의 진짜 의도가 맞는지, 그가 실제로 그랬는지 의문을 갖는다. 이 둘, 도대체 무슨 일을 공유하고 있었던 것일까? 근영은 선생이 급한 일로 뛰쳐나갔다는 얘기를 아직도 완전히 믿고 있지 않았다.

"근영 씨, 오늘 뭐 특별한 일이라도 있었어?"

"뭐 특별한 거라고는……."

근영은 생각하는 척하면서 동훈의 얼굴을 한 번 힐끔 봤다.

'뭔가 있다! 박상수와 문하생, 둘만 아는 뭔가 분명 있다!'

그것도 자신이 지어낸 것처럼 갑자기 없어졌다는 사실을 믿기 힘들 정도의 어떤 일. 게다가 박상수가 전화 한 통 없으니 근영의 의심이 쉽게 풀어질 리 없는 것이다.

"이거 내가 해도 되는 얘기인지 모르겠는데. 박상수 선생 말야,

최근 무리하게 어디 투자라도 했는지 큰돈이 필요했어. 아까 찾아왔던 사람들이 내 생각엔 사채 쪽 사람이 아닌가 싶은……."

"잠깐만요. 전화 한 통만 더 하고요."

"어? ……어, 그래."

근영은 동훈의 말을 제대로 듣고 있지도 않았다.

어디론가 전화를 거는 척을 하며 방 안 이곳저곳을 두리번거리던 근영이 갑자기 화장실로 방향을 잡아 다가갔다. 울퉁불퉁하고 발목이 두꺼운 근영의 다리가 사뿐사뿐 옮겨지고 있었다.

그러나 동훈의 머릿속에서는 쿵, 쾅, 쿵, 쾅 이렇게 울리고 있었다.

'재떨이를 어디에 뒀었지?'

홀린 듯이 근영의 뒷모습을 따라가던 동훈은 무의식적으로 내뱉은 이 말에 스스로 놀랄 새도 없었다.

화장실 문에 코가 닿을 정도로 다가간 근영은 짧은 다리로 멋지게 턴을 해 동훈을 올려다봤다. 뒷짐을 진 손은 이미 화장실 손잡이 위에 자리를 잡았다.

쇠붙이를 긁적이는 기분 나쁜 소리가 작게 나기 시작했다.

"윤 기자님, 선생님을 어떻게 한 거죠?"

〔문하생 근영〕

근영은 어제 이삿짐을 옮기다가 허리를 다친 선생님을 떠올렸다. 도대체 선생님이 어딜 간단 말인가? 아까 자신에게 심부름 돈을 줄 때도 그는 앉은 채였다. 게다가 빚이라니? 설상 그런 게 있다 하더라도 큰 액수는 아닐 것이다. 정말 만화밖에 모르는 사람이라 다른 데 신경을 쓸 시간조차 없지 않았나.

사람에게 조금 무리한 농담을 던지거나 업신여기는 듯한 언행도 사실은 사회성 결여에서 오는 것이지 인간성 자체가 나쁜 사람은 아니었다. 만화가로서는 최고였고.

근영이 봤을 때 정말 재수 없는 사람은 저 윤동훈이었다. 만화에 대한 부족한 소양과 근시안적인 전망을 가지고 작가들을 대한다. 그러니 만드는 작품 족족 처참한 실패의 맛을 보고 있다. 선생님의 이번 새 작품도 기존의 작품과 좀 더 새로운 차별화를 기획 단계에서 준비했다면 분명 뛰어난 성공을 보장받을 것이다. 하지만 보나마나 전작을 답습하는 기획 수준을 벗어나지 못했을 것이 뻔하다. 이른바 안전빵이라는 것이었겠지. 편집부의 의견에 별이의를 달지 않는 선생님이라 허허, 웃으며 받아들였을 것이다. 그 논의의 중심에 윤동훈이 있었을 테지.

추리만화는 국내에서 불가능하다는 그의 단정만 보더라도 그렇다. 그런 자신 있는 단정은 무슨 근거로 할 수 있는 것일까? 당신이 정말 추리에 대해 알기나 해?

'이런 사람을 선생님은……'

근영은 윤동훈 몰래 방 안 곳곳을 살폈다. 자기가 자리를 비운 30여 분의 시간 동안 무슨 일이 일어났는지는 모르겠지만 선생님은 이 건물 밖으로 나가지 않았다. 아니 여기 302호에 있는 게 분명했다.

"선생님이 정말 누군가의 연락을 받고 나갔다면 찾아왔다는 사람이나, 같이 나가는 선생님과 일행이 현관 CCTV나 지하 주차장 CCTV에 찍혔을 거예요. 이래도 자신 있으세요?"

동훈은 아무 말이나 마구 튀어나오려는 것을 참아야 했다. 그런데 근영이 시비를 걸고 있는 얘기도 사실은 즉석에서 자기도 모르게 쏟아낸 말이었다. 'CCTV라……. 아, 그렇지!'

"너, 정말 바보구나."

근영은 동훈의 이 말에 갑작스런 짜증이 일었다.

"현관 CCTV만 먼저 말해볼까? 아까 이삿짐 옮기느라 난리였던 거 알지? 왜 이삿짐이 부피가 큰 건 현관문을 통과 하지 못할 때가 있잖아."

"그걸 누가 모르나요?"

"에헤~ 어른 말은 좀 끝까지 들어봐. 그러니까 현관문 통과를 못 하니까 미닫이식인 자동현관문 두 개를 다 떼어놓을 수밖에 없지. 그러면 자동문 시스템 자체가 정지 되는 거야. 그러니까 거기에 연결된 CCTV는 그때 얌전히 잠자고 있었다는 거지. 심부름 나갈 때, 들어올 때 다 봤었을 텐데 생각보다 주의력이 산만하구나, 너."

그럴지도 몰랐다. 근영은 속이 부글부글 끓어올랐다. 항상 흐리멍덩한 눈을 하고 있는 윤동훈에게 오늘 제대로 당하고 있었다. 이 남자를 너무 얕봤던 것 같았다. 그렇지만 단 하나의 증거! 증거만 있으면 이 사람도 다른 평계를 댈 수 없겠지?

원룸 방 안에는 책이 담긴 박스더미 외에는 없다. 이곳엔 베란다도 원래 없으며, 가구 같은 건 어제 계단참에 내다 났다.

그럼 이제 남은 곳은 단 한 곳, 문이 닫힌 화장실뿐이었다.

〔윤동훈 기자〕

이번 역시 급조해 아무렇게나 둘러댄 얘기였지만 CCTV 얘기는 좀 먹힌 모양이었다. 굉장히 똑똑한 것 같은데 때에 따라서 또 어수룩해 보이기도 한다. 어딘가 취향이랄까 사물을 보는 시각 같은 것들이 한쪽으로 치우친 부분이 많아 그런 것 같았다. 숲을 못 보고, 나무만 본다든지 하는 이런 타입은 역시 대중적인 만화를 만들기 힘든 타입이다. 이 생각에까지 이르자 동훈은 혼자 실없는 웃음을 터트릴 뻔했다.

그러나 변함없는 자세로 근영이 아까의 자신처럼 화장실문을 등지고 서 있는 모습을 다시 보고는, 그만 온몸의 털이 곤두서고 말았다.

동훈이 우물쭈물 하고 있는 사이에 화장실문이 벌컥 열려버리고 제일 눈에 띄는 욕조 덮개가 화장실 바닥으로 내팽겨졌다.

촤르륵 실로 묶인 대나무 살들이 쏟아지는 소리가 시원하게 들렸다.

동훈은 이 순간을 참을 수 없다는 듯이 다른 곳으로 시선을 돌렸다.

눈을 감고 입을 비죽거리면서 얼굴 전체가 한순간 무섭게 뒤틀렸다. 그리고 어느새 동훈의 입 꼬리가 부들부들 떨리며 올라가고 있었다.

근영의 좁은 어깨가 실룩이는 게 멀리서도 확연했다.

'놀랐지? 내가 그 정도로 바본 줄 아냐? 이 못난아! 하하!'

동훈은 순간적인 판단이었지만 박상수의 시체를 옮겨놓기를 정말 잘했다고 생각했다.

'내가 도대체 어디에 숨겼을까?'

"이제 말도 안 되는 추리 같은 거 그만 둬 줄래?"

여유를 찾은 동훈은 시치미를 떼고 얘기했다.

그리고 나선 이번엔 동훈이 근영에게 천천히 다가가고 있었다. 화장실 입구를 막고 서자 캄캄해진 화장실 내부에서 잔뜩 겁을 집어 먹은 근영의 동공이 커졌다.

절대적으로 좁은 공간, 위협적인 무기가 될 만한 것은 아무것도 없다. 게다가 상대적인 힘의 크기에서 게임이 되지 않는다.

'두 번째는 더 쉬울 거야.'

'하지만 넌 내 증인이 되어 줘야 하잖아.'

잔뜩 웅크린 근영을 동훈은 몸으로 슬쩍 밀고 지나쳐 세면대의 수도꼭지를 잡았다. 그리고 살짝 비틀었다.

쥐가 났는지 다리를 절면서 우스꽝스런 모습으로 화장실을 빠져나가는 근영, 그녀가 들었는지 모르겠지만 물소리 속엔 왠지 기분 나쁜 웃음소리가 섞여 있었다.

아주 시원했다. 처음 보는 비누의 향도 좋았고, 긴장으로 달아오른 몸을 식혀주기에 물도 충분히 차가웠다. 부드러운 타월로 얼굴을 가볍게 두드려 주며 물기를 닦았다.

근영은 언젠가 동훈이 그랬던 것처럼 방 안 어딘가 어색한 곳에 자리를 잡고 못 박힌 듯이 서 있었다.

"요즘에도 그때 말했던 추리 만화 준비하고 있어? 자기가 예전에 얘기했던 설정이 나빴던 건 아니야. 다만 추리만화답게 좀 더 구체적인 상황들이 제시가 되어야 했고, 주인공 캐릭터가 너무 진부하다는 결점이 있었던 거지. 그래도 논리적인 정합성이나 구성은 아주 좋았어. 일단 단편으로 먼저 구성해 보는 것도 좋을 거 같은데 어때?"

당시 일거에 평가 절하했던 기획 건을 들추는 게 조금 겸연쩍 긴 했어도, 막상 이 말을 들은 근영은 자기도 모르게 얼굴에 화색을 띠었다.

"정말 선생님을 어떻게 하신 거 아니죠?"

'멍청한 계집애. 추리만화를 하겠다는 애가 이런 엉터리 질문이나 하다니. 꼭 추리물에서 탐정이 *용의자들한테 당신께서 죽이신 거 아니죠?* 라고 하는 거랑 똑같잖아.'

"내가 말했잖아. 다른 사람들 방문을 받고 나갔다고. 내게도 쉬쉬하는 걸 보면 역시 그쪽 사람들이 아닐까 싶어. 박상수 선생, 요즘 돈이 많이 궁했다고. 원고료 인상에 대해서도 지나치게 어필하고 말이지. 오죽했으면 백지위임을 했겠어. 그건 주는 대로 받겠다는 표시가 아니라 할 수 있는 한 최고의 대접을 원한다는 의미거든."

"……."

근영은 한동안 말이 없었다.

"그동안 나를 어떻게 생각했는지 모르겠지만 설마 내가 선생을 어떻게 하기라도 했다는 건 아니지? 자네 편집자들의 마인드를 너무 모르는 거 아냐? 작품을 위해서라면 간에 쓸개까지 빼줄 수 있는 사람들이 우리라고."

"……네, 아무래도 제가 잘못 생각했던 거 같아요. 제가 심부름에서 돌아왔을 때 기자님 표정이나 분위기가 너무 이상해서 그만."

근영은 딱딱한 표정을 풀고 동훈에게 투항했다. 줄곧 자신을 압박했던 긴장감에 지쳤는지 약간 비틀거리기도 했다. 양쪽 관자놀이를 주무르면서 자기 자리에 겨우 엉덩이를 붙였다.

동훈은 벽에 난 창을 마주 보고 앉은 그녀를 주시하면서 뭔가 이상한 점이 없는지 방 곳곳을 샅샅이 확인했다. 허나 워낙 지저분한 편이기도 했고, 이사 전이라 온갖 물건들과 커다란 비닐들에 정신없이 난장판이 된 곳이라 아무것도 건드리지 않는 편이 더 자연스러웠다.

'그럼 오늘의 일과를 종료해 볼까.'

자신감이 붙은 동훈은 괜히 원고 더미를 들추는 척하면서 근영에게 말을 걸었다.

"박 선생이야 원래 도깨비 같은 사람이니 곧 연락이 올 거야. 그나저나 이번 화 마감 된 원고를 가져가야 하는데 이정도면 실어도 문제는 없을 거 같거든. 좀 정리해서 줄래?"

근영이 아무 대답이 없다.

"근영 씨?"

창밖으로 뻗은 근영의 손가락이 건물 아래를 가리켰다.

"기자님, 저기…… 경찰이 왔어요."

그리고 경찰은 302호의 인터폰을 울렸다.

[마감의 문제]

"그럼 문제는 박상수 씨에게 있는 거군요. 우리 수산에서 아주 난리가 났어요. 특별히 주문한 거라서 아주 공을 들였답니다. 배달 초밥집 주제에 뭐 대단한 건 없었겠지만. 아무튼 별일은 아닌 거 같으니까 전화를 기다려보기로 하고 일단 마무리를 짓는 게 좋을 거 같습니다."

역시 문제의 초밥 정식이 경찰까지 불러오고 말았다.

그러나 처음에는 못 마땅한 표정을 짓고 떽떽거리던 경찰관도 벽에 걸린 만화그림들과 책상 위에 널린 만화 원고들을 보고는 굉장히 부드러워졌다. 아니나 다를까 박상수의 열성 팬이라는 이 경찰관은 책장에서 만화책을 한 권 집더니 자리를 잡고 아예 들어앉았다.

귀찮은 혹이 달라붙은 격이어서 동훈은 초밥 배달 사건 보다 박상수의 만화에 관심이 더 많은 경찰관을 꾀어 이 상황을 빨리 종결시키고 싶었다.

"박상수 선생의 만화를 아주 좋아하시는군요."

"그럼요. 영화로도 만들어진 걸 봤는데, 아주 형편없어서 보던 중에 욕을 크게 하고 친구들하고 나온 적도 있는 걸요. 물론 경찰이 되기 전에 일이지만."

"혹시 주소를 적어주실 수 있습니까? 이렇게 만나게 된 것도 인연인데 최신 책이 나오면 제가 좀 보내드리지요."

"진짜요? 이거 영광이군요. 그런 걸 바란 건 아닌데."

주소를 적는 척하면서 동훈은 경찰관을 일으켜 세웠다. 수첩에 주소를 메모하고 그가 현관을 나서기를 기다렸다.

하지만 이 경찰관 퇴근시간까지 여기서 때울 요량인지 다시 책꽂이로 달려가 이것저것 끄집어 내 보는 것이 아닌가.

동훈은 시계를 봤다. 마감 건도 있고, 여기에 더 머무르기는 죽기보다 싫었다. 어디 가서 이 끈적거리고 냄새나는 몸도 산뜻하게 씻고 싶었다.

그때까지 말이 없던 근영이 원고 뭉치를 하나 들고 다가왔다. 아까 탐정놀이의 주인공이었을 때와는 사뭇 다른 누그러진 표정으로 부끄러워하는 느낌마저 가질 수 있었다.

"요즘 새로 준비하고 있는 단편 원고예요. 이왕 오신 김에 한 번 봐주세요."

이런 상황에 원고 상담이라니. 불쑥 내밀어진 원고는 여전히 불쾌했지만 왠지 외면을 하기는 힘들었다.

"그래? 그럼 내가 보고 있는 동안, 박 선생 마감 원고랑 대사 콘티를 찾아서 좀 가져다주겠어?"

근영의 단편 원고는 역시 본격 추리물이었다.

내용은 본격 추리물로서 품격을 가지고 있었지만 그것만으로 조금 부족했다. 게다가 한 페이지 안에서 너무 잘게 나뉜 칸들과 넘쳐나는 대사량이 만화의 회화적인 측면을 거의 무시하고 있다고 할 만큼 만화로서는 꽝이었다. 차라리 소설을 써보라고 하는 건 어떨까?

상처받지 않을 정도로 이렇게 저렇게 둘러댈 말을 궁리하고 있을 때 근영이 동훈을 불렀다.

"기자님, 여기 마지막장 콘티가 안 보이는데요? 분명 기자님 오시기 바로 전에 다 된 것 같다고 하셨는데. 어디 갔지?"

"무슨 소리야? 좀 알아듣게 얘기를 해봐."

"이번 화 마지막장 콘티가 그림은 없고 대사만 3칸이 들어가거든요. 그래서 괜찮은 대사를 생각하신다더니 오늘 기자님이 오시기 바로 전에서야 다 썼다고 하는 얘기를 분명히 들었어요."

낭패였다. 내용에 대해 전혀 사전 정보가 없을뿐더러 글재주가 없는 자기는 겉멋이 잔뜩 든 박상수의 대사발을 흉내 내기도 역부족이다. 일본 수입 만화의 번역어투를 가지고 불평하는 독자의 시대인 만큼 적당히 하는 건 금방 드러나기 마련이었다. 마지막화의 마지막 페이지가 없다는 건 도무지 말이 안 되는 상황이었다.

"그거 큰일이군요. 마지막 대사가 적힌 콘티가 없어졌다니 팬의 한 명으로서 찾는 데 도움이 되고 싶습니다."

'어이구~ 아주 건수를 잡았구면, 경찰 양반.'

"하나 짚이는 데가 있긴 있어요. 선생님은 콘티를 이런 연습장을 찢어서 가지고 다니다가 아무데서나 아이디어가 떠오르면 즉석에서 콘티를 그리시는데 가끔 다 된 콘티를 주머니에 넣고 깜빡 잊으실 때가 있어요. 오늘도 기자님이 오시기 전에 막 끝냈다고 했으니까 두 분이서 계속 대화를 했다는 걸 생각해 보면 아직 선생님의 주머니 어딘가에 있을 가능성이 있어요."

"그거 참 안타깝게 됐네요. 지금 부재중이신데 연락도 안 되는 처지니 기다릴 수밖에 없겠어요."

"윤동훈 기잡니다. 여보세요."

갑작스럽게 걸려온 전화에 동훈은 슬쩍 손짓을 하며 창가 쪽으로 빠져나왔다. 다름 아닌 편집장이었다.

"윤 기자, 아직 원고 못 받았어? 이번화가 마지막이잖아. 잡지 제일 앞에 자리 잡아놨으니까 빨리 처리하자고. 언제 들어올 거야?"

편집장에게 뭐라고 말했는지 잘 기억이 나지 않았다. 대신 동훈은 자기가 선택의 순간에 섰다는 걸 알았다.

하지만 뼛속 깊이 새겨진 일의 처리 과정과 명령 체계를 어긴다는 것, 그것은 사람을 죽이는 것보다 더 힘든 일이었다.

'나중에 이 사건의 전모가 밝혀지게 된다면 나의 이상 행동으로 인해 이 살인사건은 사람들로부터 재미없고 시시한 사건으로 분류되겠지? 도대체 이 시점에서 마지막장의 콘티를 얻기 위해 그런 위험을 감수하는 게 합리적인가 이 말이지.'

"저는 이만 가봐야겠습니다. 그리고 근영 씨, 그 마지막 장 대사는 예전에 얘기를 들었던 적이 있어. 어디 메모해 뒀는데 그거랑 크게 다르진 않을 테니 그걸로 일단 쓰지. 걱정 말라고."

"네."

근영은 자신의 원고를 끝까지 보지도 않고 내려놓는 동훈의 손이 미웠다.

"기자님은 가셔야 하는군요. 아쉽지만 그럼 저는 조금 더 박상수 씨의 연락을 기다려 보기로 하겠습니다."

아주 느긋한 자세로 만화책을 집어든 경찰관의 천진난만한 얼굴을 보니 박상수를 죽인 게 좀 후회되었다. 저렇게 사람들에게 꿈과 희망을 줄 수 있는 사람이었는데.

동훈은 이를 꽉 깨물고 302호의 현관을 나섰다. 느린 걸음으로 혹시 호기심 많은 근영이나 할 일 없는 경찰관이 따라붙는지 확인까지 했다. 계단 현관문을 마지막으로 나서기 전 인기척을 살폈지만 아무도 따라오지 않은 게 확실했다. 지하 1층으로 나온 동훈은 차가 주차되어 있는 곳이 아닌 전혀 다른 방향으로 뛰어갔다. 그곳은 분리수거 된 쓰레기들이 모여 있는 곳이었다. 그곳에는 칠이 벗겨지고 군데군데 깎여나갔지만 원목으로 돼 한 눈에도 묵직해 보이는 한 칸짜리 낡은 옷장이 TV받침대며, 어린이 책상, 서랍장들 사이에 우뚝 서 있었다. 동훈이 찾던 것은 바로 그 안에 있었다.

〔마감후기〕

선생님을 대신해서 마감후기를 쓰게 된 걸 팬 여러분들께 죄송스럽게 생각합니다. 불의의 사고로 인해 세상을 뜬 선생님의 죽음에 대해 많은 의문점들을 제기해 주셔서 잡지 편집부의 허락 하에 이번 마감후기를 통해 약간이나마 궁금증들을 해소시켜 드리고자 합니다.

알고 계신 것처럼 선생님의 죽음을 이끈 장본인은 담당기자인 Y씨입니다. 하지만 그가 선생님의 시체를 숨긴 기가 막힌 방법에 대해선 다들 잘 모르실 거라고 믿습니다. 평소 고지식하고 순발력이 부족하다는 평이 있는 Y씨가 순간적인 판단 하에 어떻게 그런 기지를 발휘했던 것인지에 대해선 밝혀진 바가 전혀 없습니다. 다만 경찰에서 집 수색 결과 발견한 몇 권의 추리소설로 짐작해 볼 뿐이지요.

본론으로 들어가서 제가 선생님의 심부름을 다녀올 30분의 시간 동안 그는 선생님을 살해하고 먼저 시체를 화장실 욕조 안에 두었다고 합니다. 너무 당황했던 나머지 그랬던 것인데 찬찬히 생각해 보자 곧 제가 돌아올 것이고, 눈에 띄지 않는 곳에 숨겨야겠다고 생각한 것 같습니다. 언론에 알려진 것처럼 저희 화실은 이사를 준비 중이었으므로 방 안은 무언가를 숨길 수 있는 가구라든가 하는 은폐물이 전혀 없었습니다. 책들은 책장에 있는 책을 제외하곤 전부 이삿짐센터의 박스 속에 밀봉되었고, 장롱이나 옷장 같은 것도 미리미리 처분을 해둔 상태였죠. 화실은 그냥 포장지 부스러기나 숨어 있던 먼지조각들, 기둥처럼 높이 쌓인 책 박스들만 있었습니다.

저는 30분 후 심부름에서 돌아와 가장 먼저 Y씨의 이상한 동태를 감지해 그를 추궁하려 했었으나 화실 안 어디에서도 선생의 흔적을 찾을 수 없었습니다.

아무리 생각해도 따라 갈 수 없는 악마적인 지혜에 저는 그만 두 손 두 발을 다 들기 직전이었죠. 그래도 어떻게 해서든 시간을 벌어야겠다는 생각에 풀이 죽은 척하며 자리에 앉아 창밖의 광경을 넋 나간 듯 쳐다보고 있었습니다. 그 때, 인테리어 공사 중인 가게 안에서 일꾼 둘이 큰 진열장 하나를 들고 나오지 않았겠어요? 노란 색의 '대형 폐기물 처리비 납부 필증'이 붙은 그 진열장은 예전 구닥다리 동네 구멍가게 시절일 때 주인 할머니가 주로 담배 같은 것들을 넣어두었던 거랍니다. 이젠 주인이 바뀌고 리모델링을 하면서 쓸모없는 것들을 버리는 거였겠죠. 바로 그때, 머리를 스치고 가는 무언가 있었답니다. 하지만 쉽게 형상화 되지 않아 이맛살을 찌푸리고 있을 수밖에 없었답니다.

그러다가 화실을 떠난 Y씨가 다 보지 못한 제 원고를 전해주러 뒤늦게 뛰어 나가다가 알고 말았습니다. 3층과 4층 계단참에 치워두었던 옷장이 없어졌다는 걸. 그리고 제가 선생님의 심부름을 다녀올 때 마주쳤던 이삿짐 인부들 말이에요. 혹시 그 때 같이 가져가진 않았을까, 라고요. 그렇다면 자기는 아무런 힘을 쓰지 않고도 시체를 감쪽같이 옮길 수 있는 방법은 존재했습니다.

그날은 5층에서 이사가 있던 날이었습니다. Y씨가 3층인 저희 화실을 왔을 때는 아침부터 시작된 5층의 이사가 거의 마무리 단계였습니다. 이때 시체를 현관 밖으로 들고 뛰쳐나온 Y씨는 3층과 4층 사이에 놓인 한 칸짜리 옷장에 선생의 시체를 밀어 넣고, 테이프로 주위를 여러 번 둘러 아예 밀봉해 버린 것이죠. 그것은 모두 선생님이 후배들과 전날 낑낑대며 3층과 4층 사이, 2층과 3층 사이의 계단참에 임시로 치워놓은 가구들 중 하나랍니다. 그 옷장은 원목으로 되었고, 따라서 크기도 좀 큰 편이어서 사람을 숨기기에는 제격이었을 겁니다. 넓은 공간과 무게 역시 원래 꽤 나가는 편이어서 의심 받을 일도 없을 테고요. 모두 버릴 것들로 노란 색의 '폐기물 처리증'이 붙어 있었죠. 그날 실제로도 이런 일이 있었는데, 5층의 일이 거의 끝난 이삿짐센터 직원들에게 돈 몇 푼 쥐어주면 이것들을 지하 1층의 처리장까지 치워버리는 것은 굉장히 쉬운 일이었을 겁니다. Y씨는 어찌나 깔끔한 편인지 2층과 3층 사이에 있던 것들까지 깨끗하게 처리했더군요. 일종의 물타기라고 할까. 이로써 시체를 최대한 현장으로부터 멀리 보내버리는데 Y씨는 성공했습니다.

그의 마지막 계획은 화실을 빠져나와 바로 폐기물 처리 업체에 전화를 걸어 폐기물을 수거해 가도록 연락한 뒤, 차로 뒤따라가서 폐기물을 다시 찾아오는 것이었다고 합니다. 이것의 성공 여부는 추리 마니아인 제 입장에선 조금 어렵다는 것이고요.

한 가지 덧붙이자면 언론으로 보도된 Y씨와 제가 나눴다는 CCTV관련 얘기는 제 기억에 없는 대화입니다. 그리고 사실 현관 출입구 천정에 붙어 있는 작은 카메라가 현관출입문 시스템과 별개로 돌아가느냐, 아니냐 하는 건 이 사건 해결에 그렇게 중요한 요소도 아니었고요.

자칫하면 이 범죄의 진상은 밝혀지지 못할 뻔했으나 다행히 경찰관의 우연한 등장과 저의 끈질긴 관찰과 추리가 있었기 때문에 선생님의 원혼을 달랠 수 있게 됐다고 생각합니다. 사족이지만 한편으로 아쉬운 것은 Y씨가 제 단편을 끝까지 읽어주었으면 어땠을까 하는 점입니다. 제 단편의 마지막 대사가 '당신이 범인이지?' 였는데 그가 그 박력 있는 대사를 어떻게 받아들일까 하는 게 당시 제 마지막 시험이었기 때문입니다.

사건이 잘 해결된 지금 만약 그랬다면 더 극적인 상황이 만들어지지 않았을까 생각할 뿐입니다. 하늘나라에 계신 선생님을 그리며 ── 근영 올림

(이 후기 밑에 김근영의 단편 '당신이 범인이지?'가 다음 호에 실린다는 작은 광고가 있다.)

〔경찰관 인터뷰〕

(그는 길거리 인터뷰 당시에 박상수의 만화책 한 권을 들고 있었다.) "그 초밥 정식 말이죠? 제가 알기로는 박상수 씨가 시킨 게 맞고, 3인 정식을 시켰더라고요. 죽은 박상수 씨의 마음이야 아무도 알 수 없는 것이겠지만 실제 박상수 씨는 Y씨를 많이 신뢰했

다고 하더군요. 글쎄요. 신작 원고료에 대해서 백지위임을 한 것
도 지금 작품이 크게 성공을 못 했으니 정해주는 대로 받겠다는
뜻일 수도 있다는 얘기가 있어 이 상황을 좀 새롭게 보게 되더군
요. 그러니까 세간에 알려진 대로 만화가 박상수 씨가 그렇게 괴
팍한 사람은 아니었다는 거예요. 그 여자 문하생이 그렇게 선생의
얘기를 떠벌리고 다니는 것도 나쁜 쪽에선 자기 후광을 얻으려고
한다지만 사실 선생에게서 받은 애정이 없다면 쉬운 일이겠어요?
……여기서 애정은 사제지간의 것을 말하는 겁니다. 그러니까 박
상수 씨가 그날 몇 년 간 수고해 준 Y씨를 위해 조촐한 회식 자
리를 마련했다고 생각하면 쉬울까요? 새 작품에서도 잘 부탁한다
고. 근데 왜 편집부에서 일 추진을 안 하는 것이냐. 이런 식의 얘
기들 아니었을까요? 잘 이해가 안 되신다고요? 에헤~ 잘들 모르
시는구먼! 만화가라는 사람들에 대해. 엉뚱한 듯 보이지만 알고
보면 속이 깊은 것이고, 반대를 하는 것처럼 보이지만 실은 당신
의 의견을 물어보기 위한 것이라고 하더군요. ……에, 또 뭐라고
하더라? 글쎄, 더 기억이 안 나네요. 그 여자 문하생이 해 준 얘기
인데. ……아, 우리 둘이 혹시 사귀냐고요? 아니면 어떻게 그런
얘기들을 준비해 주었냐고요? 무슨 말씀! 정말 어처구니가 없는
말이네요. 이만 가겠습니다."

좋은 친구

송시우

1979년 출생. 고려대학교 철학과를 졸업하고 현재 순천대학교 문예창작학과에 편입하여 수학중이
다. 2008년《계간 미스터리》신인상에 당선된 뒤 작품활동을 시작했다. 단편 추리소설「착한 사마
리아인의 법」,「사랑합니다, 고객님」을 발표했다. 한국 추리 작가 협회와 한국 미스터리 작가 모임에
서 활동하고 있다.

1

인간의 좋은 친구.
현대인의 사막여우.
반려견과 함께 하는 삶.

　내가 운영하는 좋은친구동물병원의 표어이다. 좋은친구동물병원은 서울 용산구 어느 한 도로변에 위치한 작은 동네 병원이고, 나는 병원 원장이자 유일한 수의사이다. 이곳에 처음 개원하던 날 맞춘 저 작은 현수막 표어는 병원 유리창에 붙여져 7년째 낡아가고 있다.
　오래된 주택과 작은 상점, 주택 지하에 딸린 소규모 제조 공장이 그저 낡아갈 뿐 한결 같던 이 동네가 용산 뉴타운 개발계획이 발표되고 난 후 많이 바뀌었다. 골목골목 오래된 주택들이 하루아침에 헐리기 시작했다. 짧은 골목 하나에도 서로 마주본 채 건물을 부수고 땅을 파는 공사가 이어졌고, 몇 달 사이 그 자리엔 신축빌라가 빽빽이 들어섰다. 식당과 슈퍼는 하나씩 부동산중개업소가 되어 이제 상가 중 세 집 걸러 하나는 부동산중개업소가 차지하고 그 커다란 노란 간판을 밤까지 끄지 않았다. 거주민은 늘었지만 점심 먹을 곳은 점점 마땅치 않아졌고, 개를 키우는 사람은 하나도 늘지 않은 것 같았다. 외로워도 귀찮은 것은 싫은 사람들이 포장이사 트럭으로 부지런히 신축빌라의 빈 공간을 채웠다.

바깥 환경은 매일 변하고 손님은 늘지 않았지만, 동물병원 안의 일상은 그만그만했다. 동물간호사는 7시에 퇴근했고, 나는 홀로 밤 9시까지 병원에 남아 일했다. 입원했거나 주인의 사정에 따라 며칠씩 맡겨지는 동물들이 늘 있기 마련이어서 지루하지는 않았다.

오늘도 저녁 8시가 넘은 시간, 나는 홀로 접수대에 앉아 어두워지는 바깥 풍경과 접수대 탁자에 올려놓은 슈나우저 '나박이'를 번갈아 바라보고 있다. 육포를 찢어 내밀자 나박이는 먹는 시늉만 하다 뱉어 놓는다. 병원 문이 열릴 때마다 큰 목청으로 떠나가라 짖고, 부어 준 사료를 다 먹고도 모자라 밥그릇까지 씹어 대던 평소 모습과는 뭔가 다르다. 살진 뱃살을 늘어뜨리고 무심한 듯 고개를 몸속에 묻는 모습을 보니 확실히 어디가 아프긴 아픈 것 같은데, 일요일 오전에 찾으러 온다던 주인은 월요일 밤까지

246

아무 소식이 없다.

"오늘 어디 놀러 갈 건데, 내일 밤 늦게 와서요. 나박아! 얌전하
게 있어야 해! 일요일 오전에 찾으러 올게요."

금요일 저녁 나박이를 맡기러 온 연경의 얼굴은 상기되어 있었
다. 버둥대는 나박이를 내게 넘겨주기 위해 몸을 숙일 때, 하나로
묶은 머리카락 몇 올이 이마로 흘러내렸다. 굵은 분홍색 테 안경.
여드름에 얽은 왼쪽 뺨. 검은색 민소매 셔츠와 딱 붙는 블랙 진.

"짖는 버릇은 좀 나아졌나요?"

내 질문에 연경은 어깨를 으쓱해 보였다.

"안 고쳐져요. 옆집은 이미 포기한 것 같고. 지난주엔 윗집에서
까지 따지러 왔지만…… 뭐, 일단 잘 무마시켰어요. 나박아! 짖지
말고 조용히 있어! 그럼 수고하세요."

그러나 나박이는 연경이 나가자마자 짖기 시작했다. 녀석을 사
각장 안에 우겨 넣어 놓고, 병원문 앞에 빈 상자를 내놓기 위해
나갔을 때, 연경은 조금 앞에 세워놓은 빨간 마티즈의 운전석에
올라타고 있었다.

차 뒷창문으로 조수석에 앉아 있던 어떤 사람이 연경의 가방
을 받아주는 것이 보였다. 야구 모자를 눌러 쓴 남자였다.

나는 급히 시선을 돌리고, 골판지 상자의 접힌 부분을 괜히 손
으로 눌러 폈다.

연경이 경쾌하게 웃으며 시동을 걸었고, 곧 떠나갔다.

일요일에 연경은 오지 않았다.

휴대전화로 몇 번이나 연락을 해도 받지 않았다. 그리고 오늘. 낮에는 환자견이 많아 미처 신경 쓰지 못하고 있었는데, 저녁 7시 동물간호사 조 양이 퇴근하면서 염려스러운 얼굴을 하고는 아직도 연경이 나박이를 찾아가지 않았으며, 오늘은 아예 연경의 핸드폰이 꺼져 있고, 또 나박이가 아침부터 사료를 잘 먹지 않고 왠지 힘이 없어 보인다고 말했던 것이다. 그 후부터 나는 나박이를 진료대에 올려놓고 바라보며 커져가는 걱정을 누르고 있다.

나는 나박이의 진료기록을 컴퓨터 화면에 띄우고 보호자 유연경의 주소를 메모지에 적어 들고 밖으로 나온다.

그리고 좋은친구동물병원 바로 옆에 있는 '금명자 부동산' 문을 열고 들어간다.

"안녕하세요. 사장님."

혼자 책상에 앉아 인절미를 베어 먹고 있던 금명자 사장이 바지에 손을 털며 일어선다. 풍성한 곱슬머리 단발. 기미를 감춘 짙은 화장. 흰색 반팔 라운드 티셔츠. 은색 십자가 목걸이.

"개 의사 선생이 무슨 일이여?"

"저, 여기 주소가 어디쯤인지 알 수 있을까요?"

나는 메모지를 내밀었다. 금 사장은 책상 위에 올려놓은 안경을 집어 쓰며 받아 읽더니,

"이잉. 평화빌라. 우정부동산 사택이구먼. 여기여."

하며 벽에 붙은 커다란 지도의 한 부분을 손으로 짚어 준다. 대로변을 따라 내려가다가 골목을 두 번 꺾어 들어간 곳에 있다. 걸어서 한 15분 정도 걸릴까.

"어딘지 알 것 같네요. 근데 우정부동산 사택이라뇨?"

"여기 올해 새로 지었는데 건물주도 업자도 다 그 부동산 관련된 사람들이라 거기 실장들이 다 한 호씩 분양받아 살아. 그래서 그냥 우리들끼리 하는 말이지 뭐. 근데 거긴 왜?"

"어떤 아가씨가 개를 맡겨놓고 이틀 넘게 찾아가질 않아서요. 전화도 안 받고. 한번 가볼까 어쩔까 하고 있어요. 그럼 그 아가씨도 우정부동산에서 일하는 건가……"

"거기 실장들 중에 개 키우는 사람 없을 텐데? 아! 맞다. 거기 3층에 세 들어 사는 아가씬가 보네."

메모지를 다시 힐끗 본다. 평화빌라 302호라고 쓰여 있다.

"네. 그러네요. 근데 그 아가씨 아세요?"

"에이. 내가 어떻게 알아. 여기 통해 세 든 것도 아닌데."

금 사장이 웃으며 인절미를 담은 접시를 내민다. 짧고 뭉툭한 손가락. 통통한 손등 위에 그어진 볼펜자국. 나는 인절미 하나를 집어 우물거린다.

"우정부동산 실장들이 만났다하면 3층에서 개 짖는 소리 땜에 죽겠다 해. 낮이고 밤이고 짖어 대서 잠을 못 자겠데. 나가줬으면 하는데 요새 세상에 쫓아낼 수도 없고. 차라리 자기들이 세놓고 나가고 싶다고 죽는 소리 하는데 그게 되나."

금 사장은 팔짱을 끼고 책상 끝에 기대어 선다. 무료했던 참에 수다가 길어질 태세다.

"그 빌라 한 호 분양받겠다고 다들 살던 집 빼고 빚까지 얻었는데. 근데 나도 한번 가봤는데 거기가 평수가 넓게 안 빠졌어. 방도 작은 거 두 개라 애들하고 같이 가족이 살기는 영 좁게 생겼더라고. 그래도 개중에는 처녀도 있고, 어떤 사람은 애 유학 보내

놓고 부부만 살아. 사장도 남편 자식 다 있는 여잔데, 딸은 시집
갔지 아들은 군대 보냈지 해서 부부 둘이 살기는 괜찮나 봐⋯⋯
근데 개 안 찾아가서 직접 갖다 주러 간다고? 개 의사 선생이 원
래 그런 것도 하는 거여?"

2

나는 평화빌라를 올려다보며 잠시 숨을 고른다.

이마에 맺힌 땀을 손수건으로 훔치며 어깨에 맨 이동장을 바
닥에 잠시 내려놓는다. 나박이는 12키로나 되는 비만견. 매고 오
려니 힘에 부친다.

평화빌라는 대로변에서 조금 들어간 곳의 평지에 있는데, 개발
효과가 아니었다면 저런 곳에 저렇게 빌라를 세우지는 않았을 법
한 그런 조건에 서 있다. 베란다가 있는 면은 길가 쪽으로 트여 있
지만, 다른 세 면은 비슷한 시기에 지어졌을 것 같은 다른 빌라가
거의 틈을 주지 않고 들어 차 막혀 있다. 그래도 일층은 계단으로
통하는 입구만 남겨둔 채 뚫어 주차장으로 넓게 사용하고 있고,
외관 벽을 주황색으로 깔끔하게 칠한 것이 세련되어 보인다.

주차장에 연경의 빨간 마티즈는 없다.

그래도 여기까지 온 이상 주차장만 들여다보고 갈 수는 없어
다시 이동장을 매고 위층으로 통하는 좁은 계단을 오른다.

내가 지금 뭘 하고 있는 거지?

개를 찾아가지 않은 사람에게 직접 개를 배달해 주는 수의사?

"쓸 데 없는 짓 하고 있네."

내가 수의학과에 가겠다고 했을 때, 아버지는 대뜸 이렇게 말하며 고개를 돌렸었다. 어차피 비싼 돈 들이는 것은 마찬가진데 사람 의사가 아닌 동물 의사가 되겠다는 아들이 아버지는 마음에 차지 않았을 것이다. 많은 사람들을 만나고 부대끼면서 한 단계씩 올라가는 것이 남자다운 삶이라 했다. 평생 개나 고양이만 주무르며 살 거냐고 호통이 컸다. 그러나 그렇게 말하는 아버지는 동물은 물론이고 자기 외에는 단 한 명의 사람도 좋아한 적이 없는 분이셨다.

"쓸 데 없는 짓 하고 있네."

겨우 열두 살인 내가 집 나간 어머니를 그리워하는 표정만 지어도 아버지는 이렇게 말하며 신문 따위를 집어 던졌다. 그럴수록 나는 마지막 어머니의 모습을 기억하려 애썼다. 잠깐 시장에 갔다 오겠다고 말하던 입술에 맺힌 상처. 그 상처를 덮기 위해 애써 바른 빨간 립스틱. 반쯤 뜬 눈에 비친 피로와 슬픔. 마지막으로 나를 힘껏 안았던 가느다란 팔. 회색 털실로 직접 뜬 카디건을 걸치고 돌아서며 보인 동그랗게 굽은 등. 아버지가 어머니의 물건을 모두 마당에 내동댕이치고, 어머니의 사진도 앨범 채 태워버렸기 때문에 나는 그 마지막 모습을 열심히 기억하는 것밖에는 어머니를 잊지 않을 다른 방법이 없었다.

약 넉 달 전, 좋은친구동물병원에 처음 나타난 연경은 아버지의 말을 빌린다면 쓸 데 없는 짓은 하나도 하지 않을 것 같이 생겼었다. 새까만 눈은 말하는 상대의 눈을 똑바로 보고 있었고, 립

글로즈를 발라 광택이 나는 분홍색 입술을 당차게 다물고 있었다. 그런 연경이 뚱뚱하고 지저분한 슈나우저를 안고 진료를 접수하며 이미 빨간 손톱자국이 선명한 팔뚝을 계속 긁어댔다. 슈나우저는 길게 자란 회색 털이 걸레짝처럼 엉켜 뭉쳐 있었고, 음식쓰레기를 뒤져 먹었는지 입가의 털이 고춧가루와 과일즙 등으로 붉게 물들어 있었으며, 연경의 품속에서 쉬지 않고 비대한 몸을 계속 버둥거려 썩은 냄새를 풍겼다.

"이름은 나박이에요."

연경이 말했다. 어젯밤 퇴근길에 집 앞 공원에서 아이들이 둘러싸고 돌을 던지고 있는 것을 보고 불쌍해서 데려왔다고 했다.

"밖에서 오래 생활했나 봅니다. 피부병이 있어요. 그새 보호자분도 옮으신 것 같아요. 계속 긁으시는 것 보니."

내 말에 연경은 팔뚝을 긁던 손을 멈추고 얼굴을 찡그렸다. 주름이 콧등까지 세 줄로 잡혔다.

"이름은 어떻게 지은 거예요?"

진료가 계속 되는 동안 말이 없어진 연경에게 묻자 그녀가 입을 오므리고 작게 한숨을 쉬었다.

"다시 버려도 주워갈 사람이 없을 것 같아서요. 애한텐 나밖에 없잖아요. 그래서 나박이에요."

그 날 연경은 피부병 치료를 위해 며칠 간 나박이를 입원시켜 놓고, 자신도 피부병을 치료하기 위해 황급히 병원으로 갔다.

연경은 꾸준히 찾아왔다. 예방접종을 빠짐없이 챙기고, 다이어트 사료를 사가고, 목에 채우는 짖음 방지 기계를 대여해 갔다. 나박이가 아무거나 주워 먹다가 설사를 하면 데려왔고, 한밤중에도 나박이가 플라스틱 펜 뚜껑을 삼켰다고 전화를 해서 잠을 깨웠다. 다음 날에는 나의 조언대로 나박이의 대변을 뒤져 발견한 펜 뚜껑을 그대로 휴지에 싸서 들고 와 보여주기도 했다. 짖음 방지 기계나 입마개를 해도 짖는 버릇이 고쳐지지 않아 이웃의 원성이 자자할 때면 맡겨두고 며칠 후 찾아갔다. 손님이 많은 주말이면 인형같이 깜찍한 말티즈나 푸들, 요크셔 테리어를 안고 자기들끼리 서로 자랑하며 감탄하고 있는 손님들 틈에 무심히 앉아 자꾸만 무릎 아래로 흘러내리는 나박이를 푸짐하게 끌어안고 있는 연경의 모습을 자주 볼 수 있었다.

그런 연경이 이틀이나 나박이를 찾아가는 것을 잊을 리 없었다.

폭이 좁은 계단을 사이에 두고 한 층에 네 가구가 일자로 붙어 있다. 3층에 이르자 바로 302호의 문이 눈에 들어온다.

이동장을 바닥에 내려놓고 초인종을 누른다.

딩동. 초인종 소리가 울리자마자 이동장 안에서 나박이가 짖기 시작한다. 컹컹. 빌라 복도에서 나박이의 목소리가 매우 크게 울린다. 그러나 문 안에서는 아무 대답이 없다.

내친 김에 초인종을 세 번 더 누르고 반응을 기다린다.

딩동. 딩동. 딩동. 컹. 컹. 컹.

그때 왼쪽 301호의 문이 살짝 열리고,

"이게 뭔 소리야?"

파마머리 여자가 머리를 쑥 내민다. 파마머리는 방금 감은 듯 젖어 있다. 쌍꺼풀이 없는 작은 눈. 두껍고 긴 입술. 여자는 나를 보더니 놀란 표정이다.

"302호 찾아 왔어요?"

"아. 네. 개를 맡겨놓고 찾으러 오시질 않아서……"

여자는 휘둥그레진 눈으로 나박이와 나를 번갈아 바라보더니 곤란한 표정으로 손가락을 문에서 뗐다 붙였다 한다.

"302호 아가씨 어디 갔습니까? 혹시 아세요?"

"아니, 그게…… 어떻게 말해야 하나…… 여기 아가씨, 죽었어요."

"네에?"

순간 평화빌라가 지면 밑으로 한 번 내려앉았다 올라온 듯하다. 입술이 차가워진다.

"여기서 사건 난 거 모르세요? 경찰이 어젯밤부터 내내 있다가 오늘 아침에야 철수했는데……"

골판지 상자가 내 상체를 민다. 멍청히 서서 301호 여자의 입만 쳐다보고 있던 나는 어정쩡하게 한 발 비껴난다. 고개를 드니 한 중년 남자가 커다란 상자를 앞에 들고 4층으로 이어지는 계단을 올라가고 있다. 튀어나온 배 밑으로 내려 입은 검은색 등산바지. 허리춤에서 짤랑거리는 자동차 열쇠…… 연경이 죽었다고? 왜? 어떻게?

이어서 상자를 들고 올라온 젊은 남자가 다시 나를 밀고는 계단을 오른다. 계단입구를 멍청히 막고 있는 내가 못마땅하다는 듯 흘겨보는 눈. 군인처럼 짧게 각은 머리. 갈색으로 그을린 얼굴과 뾰족한 턱. 상자를 받히고 있는 왼쪽 손의 손가락엔 약국봉투가 끼워져 있다. 컹. 컹. 컹…… 나박이의 짖는 소리를 배경으로 방 안에서 죽어 있는 연경과 어깨를 부딪으며 오가는 커다란 덩치의 경찰들이 연상된다. 죽어 하얗게 된 얼굴과 나박이를 맡기러 왔을 때 밝게 웃던 얼굴이 반쪽 화면으로 대비된다.

남자들에 이어 중년 여자가 포도 상자를 손에 들고 올라오다가 3층에 섰다. 큰 키에 금테안경. 날씬한 갈매기 모양의 눈썹.

"302호 개래요. 아가씨가 어디 맡겨 놨나본데 안 찾아가서 오셨데."

301호 여자가 중년 여자에게 말한다. 중년 여자는 어머머, 놀라다가 쯧, 혀를 차고 나박이를 내려다본다.

"평소 그렇게 시끄럽게 짖던 개가 얘구먼……. 주인이 그렇게 된 것도 모르고……"

"무슨 사고가 있었나요? 어떻게 죽은 겁니까? 지난주 금요일에 저희 병원에 왔었는데…… 경찰은 왜 왔다 갔나요?"

쏟아지는 내 질문을 받으며 두 여자가 서로의 얼굴을 바라본다.

"사고인지 아닌지…… 아직 모르지…… 어쨌든 아가씨는 이제 이 세상 사람이 아니고 이 집엔 아무도 없어. 이 개는 데려가셔야겠네."

중년 여자가 말끝을 흐리며 천천히 4층으로 이어진 계단으로 발을 옮긴다. 301호 여자는 내 눈을 피하며 중년여자를 보고 말한다.

"들어가세요, 대표님. 가족끼리 마트 갔다 오시는 건가 봐요?"라는 301호 여자의 물음에 중년 여자는, "응. 오늘 아니면 또 언제 가. 그나저나 큰일이네. 이런 일 소문나면 안 되는데……"라고 301호 여자에게 말하며 눈으로는 나를 본다.

더 이상 무엇을 물을 것 없이 이제 주인이 없어진 나박이를 들고, 빌라 밖으로 나온다.

주차장 끝에 건장한 두 남자가 서서 담배를 피고 있는 것이 보인다. 남자들은 나를 보고 담배를 던져 끄더니 바지 주머니에 손을 찌르고 다가온다.

앞서 다가온 다소 나이가 든 축의 남자가 말한다.

"좋은친구동물병원 김동표 원장님이시죠?"

흰머리가 듬성듬성 섞인 짧은 머리. 주먹코에 옆으로 째진 작은 눈. 회색 폴로셔츠의 반팔 소매가 터질 듯 꽉 들어찬 굵은 팔뚝.

그 뒤에 허리를 꼿꼿이 세우고 선 젊은 남자는 입술을 굳게 다물고 나를 주시하고 있다.

그들은 비닐로 단단히 코팅한 경찰 신분증을 눈앞에 들이민다.

일요일부터 피해자의 휴대전화로 연락을 한 것을 보고, 안 그래도 나를 만나러 갈 생각이었다고 하며.

3

나는 형사들의 차를 타고 동물병원으로 돌아오고, 종이컵에 커피를 타서 그들에게 대접한다. 피곤했는지 맛있게 커피를 홀짝거리며, 그들은 무슨 이유에서인지 사건의 개요를 얘기해 주기 시작한다. 주로 고참인 정한기 형사가 얘기를 하고, 인턴사원 같이 긴장된 표정을 한 최동민 형사가 가끔씩 뒤를 받쳐준다.

그들의 설명에 따르면, 연경은 일요일 오후 4시경 집 안에서 시체로 발견되었다.

연경은 2년째 건축설계 사무실의 사무보조 직원으로 일하고 있는데, 일요일에도 출근해 일을 하던 같은 사무실의 어떤 설계사가 연경에게 맡겨둔 설계도면이 필요하여 전화를 했으나 받지 않자 연경의 집으로 찾아 왔다. 그는 초인종을 눌러 보다가 문이 잠겨 있지 않은 것을 알게 되어 집 안으로 들어선 순간 거실 중앙에 죽어 누워 있는 연경을 보았다.

텔레비전을 올려놓은 협탁 모서리에 머리카락과 피가 묻어 있고, 연경은 그 밑에 고개를 꺾고 바로 누워 있었다. 머리 밑으로 피가 흘러나와 고여 있었으며, 오른쪽 광대 부근에 멍이 들었고 입술이 터져 피가 배어 나와 있었다.

몇 차례 얼굴을 가격 당하고 밀쳐졌는데 하필 뾰족한 협탁 모서리에 뒷머리를 부딪히며 쓰러져 사망에 이른 것으로 추정되었다. 타살인 것은 분명했지만 계획된 것은 아니었다. 범행 후 증거를 인멸하기 위해 깨끗하지 않은 걸레로 거실과 침실 바닥, 물건들을 급히 닦아낸 흔적이 있었고, 욕실 바닥에도 물을 뿌려 청소를 한 것으로 보였다. 죽기 전 강간은 없었고, 현금이나 귀중품도 그대로 집 안에 남아 있었다.

사망시간은 대략 토요일 밤 9시부터 일요일 새벽 4시 사이로 추정되었다. 옆집(301호와 303호)에서는 늘 들리던 개 짖는 소리도 들리지 않아 푹 잤다며, 전날 아무 소리도 듣지 못했다고 말했다. 301호에는 30대 부부가, 303호에는 30대 여자가 혼자 살고 있었는데 확인해 보니 토요일에 모두 밤 11시 이후에 귀가했다. 범행이 그 전에 발생했을 가능성도 있었다.

강도가 침입하였다가 살인을 하게 된 것인지, 면식범의 범행인지 판단하지 못하던 차에 주변을 탐문하다가 동네 피자가게 주인의 진술을 하나 얻어냈다. 피자가게 주인은 그 주 목요일 저녁 8시경 302호로 피자배달을 갔는데, 연경이 현관에서 돈을 치르며 욕실에 대고 '피자 왔으니 빨리 나와.'라고 소리쳤고 욕실에서 어떤 남자가 '알았어.'라고 대답하는 것을 들었다고 했다.

형사들은 오랫동안 살인사건을 수사해 본 결과 가지게 된 감으로 이것은 강도의 범행이 아니라, 연경과 사적 관계가 있던 남자가 무슨 이유인지는 몰라도 연경과의 다툼 끝에 우발적으로 살인을 한 것이라고 판단했다. 그리고 피자가게 주인이 들었던 그 목소리의 주인공을 찾기 위해 수사력을 집중했다.

"피해자의 직장동료나 친구들의 말을 들어보니 피해자는 꽤 자유분방한 연애를 즐기고 살았던 것 같아요. 여기저기 많은 남자들을 짧게 만나고 다녔답니다. 최근 남자는 누군지 아는 사람이 없어요."

그 때 나는 금요일 저녁 연경이 나박이를 맡기러 왔을 때의 상황을 말해 준다.

빨간 마티즈 조수석에 앉아 있던 야구 모자를 쓴 남자 얘기에 형사들은 솔깃해 하며 질문을 쏟아내기 시작한다.

어떻게 생긴 남자였습니까?

그 전에 본 적이 있나요?

나이는 어느 정도?

복장 등 인상착의는?

나는 어느 질문에도 대답하지 못한다. 내가 본 것은 야구 모자를 눌러 쓴 남자의 뒤통수밖에 없다는 사실을 알고 형사들은 실망감을 감추지 못한다.

나 역시 의아하다. 내 스스로 원하든 원치 않든 누군가의 모습을 기억하는 것은 나의 특기이다. 누구를 만날 때마다 그 사람의 얼굴생김, 옷가지, 들고 있던 물건을 문장으로 새겨 기억했고 그것은 꽤 오래 머리에 남았다. 오늘 저녁 만났던 금명자 사장만 해도 화장의 색조와 목걸이의 형태까지 떠올리려면 얼마든지 떠올릴 수 있다. 그 버릇은 당황하거나 긴장된 순간일수록 더 심해졌다. 평화빌라 복도에서 졸지에 연경의 죽음에 관한 소식을 듣고 허둥대고 있을 때 나를 밀치고 스쳐지나간 세 가족의 모습조차 세세히 들어왔었다. 중년 남자의 허리춤에 달린 자동차 열쇠에 찍힌 로고가 대우나 삼성이 아니라 기아였다는 것. 젊은 남자의 손가락에 끼워진 약국봉투에 나도 써 본 적이 있는 무좀연고가 들어 있었던 것. 중년 여자가 물결무늬 티셔츠를 입고 있었고 들고 있던 포도 상자에 적힌 포도품종이 무엇이었는지까지.

그런데 야구모자 남자의 모습은 전혀 머릿속에 남아 있지 않다. 그가 연경의 가방을 받아줄 때 옆얼굴을 보았던가. 무슨 옷을 입었는지 어떤 색깔인지 볼 수 없었던가. 뚱뚱했는지 말랐는지 인상이 남았던가. 그저 남자인 것 같았다는 것 말고 그는 아무 색깔도 표정도 없었다.

양해를 얻고 담배를 빼 물은 정 형사가 한탄한다.

"남녀관계란 것이 말입니다. 어떻게든 흔적이 남게 되어 있어요. 주변사람들이야 눈치 못 챈다 해도 둘이 만나려면 서로 전화를 하든지 문자를 치든지 연락을 해야 할 것 아닙니까? 같이 놀러 다니다가 서로 카드를 쓰거나 하다못해 식당예약을 하더라도 기록이 다 남기 마련인데 이번 경우엔 그게 전혀 없어요. 피해자의 차까지 가져다가 감식해 봤지만, 범인이 거기도 청소를 해놓은 건지 건질 게 하나도 없다고요. 아 나. 미치겠네!"

"그러시군요……."

"어쨌든 지금 우리는 피해자의 직장동료에게 혐의를 두고 있어요. 서로 연락할 것 없이 낮에 약속하고 밤에 만났다고 하면, 낮에 하루 종일 얼굴을 보고 말할 기회가 있는 직장동료 중에 있지 않을까요?"

"글쎄요……"

"살인사건이란 게 말입니다. 발생 후 3일이 가장 중요해요. 3일! 늦어도 7일 안에 범인을 검거하지 못하면 한없이 늘어지고 미제로 남기 십상이죠. 특히나 이번 사건의 경우에는……"

"저 그런데요……."

나는 정 형사의 말을 끊는다.

"그런데 왜 이런 말씀을 제게 하시는지……."

정 형사는 옆에 앉은 최 형사의 얼굴을 바라본다. 한동안 말이 없던 최 형사는 마뜩치 않은 얼굴이다. 정 형사의 행동이 마음에 들지는 않지만 말리지는 않겠다는 표정. 갑자기 정 형사는 껄껄 웃는다.

"다름이 아니고, 원장님께 부탁이 있어서요."

"저에게요?"

정 형사는 사각장 안에서 잠들어 있는 나박이를 가리킨다.

"저 개는 범인의 얼굴을 알고 있을 거란 말입니다."

4

다음 날.

새벽에 겨우 잠들었다가 일어나니 오전 10시다. 이틀 전 한 솥 끓여놓은 된장국에 식은 밥을 말아 떠 넣는다. 입 안이 깔깔하다. 맙소사. 어젯밤의 일을 생각하니 가슴이 답답하다.

어젯밤. 나는 잠든 나박이를 끌어내어 형사들 앞에 부려놓고 말했다.

도대체 이 개를 뭐라고 생각하십니까? 얘는 영화에 나오는 명견이 아니에요. 천리 길을 걸어 주인을 찾아오는 개도 아니고, 잠든 주인 옆에 붙은 불을 끄겠다고 뒹굴다 주인 대신 죽는 개도 아니라고요. 몇 번 본 사람을 기억하고 뭔가 정확한 반응을 보일 거라 생각하면 오산입니다. 사람 손에 길러지다 보니 본능은 약해지고 꾀만 늘었어요. 게다가 얘는 오늘 아침부터 어디가 아픈 것 같은데. 보세요.

뚱뚱하고 못생긴 데다가 힘없이 늘어져 있기까지 해 명민한 구석이라고는 하나도 없어 보이는 나박이를 잡고 흔들며 얘기를 해봐도 정 형사는 꺾이지 않았다. 사람 좋아 보이는 웃음을 지으며 달래듯이 부탁을 하는데 도무지 당해낼 수가 없었다.

나는 그만 거절하는 것이 귀찮아지고 말았다. 사실 내가 할 일이라는 것이 대단한 일은 아니었다.

이미 피해자의 직장동료들에게 한 번씩 진술을 받아 보았다. 그 중 의심이 가는 두 남자를 내일 경찰서로 소환해 놓았으니, 원장님이 경찰서로 개를 데리고 와서 혹시 개가 둘 중 누구를 알아보는 것 같거든 말해 달라. 정 형사가 말했고, 최 형사는 이 계획이 탐탁하진 않으면서도 내가 거절하는 것은 싫은지 끊임없이 고개를 주억거리며 맞장구를 쳤다.

그럴 거면 그냥 개를 경찰서로 가져가 해보라고 말했더니 두 형사가 동시에 도리질을 쳤다.

저나 최 형사나 개를 길러본 적이 없어요. 개가 어떤 반응을 보여도 그게 뭔지 모르거든요. 이런 일은 전문가에게 맡겨야지요. 비공식적으로 참고하려고 하는 거니까 너무 부담 갖진 말고요. 그냥 우리가 두 용의자 중 누구에게 집중해야 하는지 알고 싶은 겁니다.

경찰이 수사가 막히면 무당도 찾아간다더니. 나박이를 찾아오다니.

나는 동물간호사 조 양에게 전화를 걸어 오늘 사정이 있으니 출근하지 말라고 말하고, 칫솔을 입에 문 채 와이셔츠를 팔에 꿴다.

경찰서 현관에서 전화를 했더니 최 형사가 뛰어 나와 사무실까지 안내한다. 평생 경찰서 출입은 안 할 줄 알았다. 사람들이 복도마다 앉거나 서서 악다구니를 쓰고, 핸드폰을 귀에 대고 다급한 용건을 전하고 있다. 서류봉투를 옆구리에 끼고 초조하게 거니는 사람들은 내가 지나칠 때마다 고개를 들고 나를 확인한다. 모두 이물스러웠다.

나는 '조사실'이라고 쓰인 방 안으로 들어간다. 조사실이라고 해서 어두운 방 안에 탁자와 의자 두 개만 덜렁 놓인 곳은 아니다. 사무용 철제 책상이 두 개 있고 그 위에 컴퓨터와 서류철이 있다. 책상 맞은편에는 소파와 응접용 탁자가 있고, 응접용 탁자 밑에는 배달시켜 먹은 음식 그릇이 신문지에 쌓여 있다.

책상에 앉아 이를 쑤시고 있던 정 형사가 일어나 맞는다.

"아이고. 오셨습니까? 식사는 하시고? 원장님은 저기 소파에 앉아 신문이나 보고 계시지요. 아. 개는 꺼내 놓으시고. 그냥 가만히 앉아 계시면 저희들이 다 알아서 합니다. 하하."

나는 소파에 앉아 이동장에서 나박이를 끄집어내어 무릎에 놓는다. 나박이는 오늘 아침도 먹기를 거부하고 몸을 오그렸다 폈다 하며 잠만 자고 있다. 신문을 펼쳐 들었지만 어떤 기사도 눈에 들어오지 않는다.

연경의 일은 신문에 났을까. 혼자 사는 여자 한 명 살해당한 것 정도는 일간지에 실리지 않을 것이다. 이 형사들 외에 연경의 죽음에 관심이 있는 사람은 몇 명이나 있을까 싶다.

"계장님. 이진명 지금 왔다 합니다."

내가 들어온 지 약 10분 후 걸려온 전화를 받은 최 형사가 말한다. 정 형사가 고개를 끄덕이며 최 형사에게 나가서 데려오라고 지시하고는 내게 말한다.

"지금 오는 이진명이란 사람은 피해자의 시체를 발견한 설계사입니다. 피해자와 분명 사적인 관계가 있는데, 최근까지 이어졌는지는 모르겠어요."

조사실 문이 열리고 최 형사와 함께 남자가 들어온다.

180센티미터는 되어 보이는 훤칠한 키. 재킷은 손에 들고, 빨간

단추가 달린 연분홍색 와이셔츠를 입었다. 숱 많고 새까만 머리가 귀를 덮고 있다.

나박이가 고개를 들고 컹 짖는다.

이진명이란 남자가 놀란 듯 나박이를 바라본다. 경찰서에 웬 개냐는, 딱 그런 표정이다.

최 형사가 흥미로운 듯 내 쪽을 보았으나, 나박이는 단지 문이 열리고 닫히는 소리에 반응한 것일 뿐이다. 이미 나박이는 관심을 잃고 앞발을 뻗어 기지개를 켜고 있다.

정 형사가 이진명에게 저 개는 사정이 있어 여기 잠시 두는 것이니 신경쓰지 말고 앉으라며 자기 책상 옆에 접이식 철제 의자를 펴준다.

이진명은 대충 수긍했는지 내 쪽으로 향하던 눈을 거두고 의자에 앉고, 형사들은 그를 둘러싸고 이것저것 묻기 시작한다.

나박이는 형사들의 질문에 대답하는 용의자를 바라보지도, 꼬리를 흔들지도, 코를 씰룩이며 냄새를 맡지도 않는다. 몸을 몇 번 꼬고 뒷다리로 귀 언저리를 정신없이 긁더니 다시 몸을 길게 늘여 잔다. 이럴 줄은 알았지만, 어리석게도 실망감이 느껴진다.

최 형사가 서류를 팔랑팔랑 넘기는 소리가 들린다.

"유연경 씨 통화기록을 보니 올해 2월과 3월에 이진명 씨랑 통화한 기록이 많네요?"

"아 네…… 그 때 좀 친했죠. 우리가."

"사귀었다는 말인가요?"

이진명의 얼굴을 볼 수는 없었지만 일순간 그가 머뭇거리고 있는 것이 느껴진다.

"그냥 몇 번 같이 놀았어요. 영화도 보고, 술도 마시고, 밥도 먹고. 근데 뭐 사귄 건 아니라던데요?"

"······아니라던데요?"

"유연경 씨가요. 죽은 사람에 대해서 이런 얘기하는 내 입장 이상한데요. 나는 진솔하게 만났어요. 그 쪽도 날 좋아하는 것 같고. 그런데 어느 날 갑자기 냉랭해지더니 그만 만나면 좋겠다고 하더군요. 우리가 뭐 사귀자 한 적이나 있냐고."

"그게 언제였죠?"

"3월말인가 그랬어요. 그 뒤 개인적인 만남은 절대 없었습니다."

지금은 8월말. 연경이 나박이를 키우기 시작한 것은 4월말.

"화 나셨겠어요?"

"뭐가요?"

"갑자기 돌변해서 여자가 헤어지자고 했으니까요."

이진명이 신경질적인 웃음을 웃는다.

"도대체 뭘 생각하시는지는 몰라도. 저는 미친놈이 아니에요 형사님. 그리고 유연경 씨 치고 빠지는 덴 선수였다고요. 어제까지 좋다고 웃으며 놀다가도 별 이유 없이 오늘은 세상에서 가장 지겨운 놈 보듯이 남자를 차는 여자였어요. 그 중에 혹 원한 품을 놈이 있을지는 모르죠. 근데 제가 뭐가 부족해서 여자에게 차였다고 아직까지 한 품고 있겠습니까. 사무실에서 문서보조하고 경리 보는 여직원에게요."

"유연경 씨 집에 가 본 적 있습니까?"

"두 번 갔었어요. 집이 어딘지 아니까 엊그제 가 볼 수 있었던 거죠."

"그런데 그게 꼭 집까지 찾아가야 할 정도로 급한 일이었나요? 듣자하니 이번에 맡은 설계 일정이 그렇게 빡빡하지도 않다던 데……"

"나 참. 열심히 일하는 게 뭐 잘못입니까? 일 하려고 나왔는데 분명 유연경 씨가 내 캐비닛 안에 넣어 놨다던 자료가 없으니 짜증났죠. 유연경 씨 집이 회사랑 가깝기도 하고. 집에 들러서 있으면 자료가 어디 있는지 물어보고 회사로 가고, 없으면 그냥 집으로 갈 생각이었다고요. 몇 번을 말씀드립니까?"

이진명이 돌아가고 두 번째로 들어온 남자는 정 형사가 연배가 비슷해 보이는 중년 남자이다.

나박이는 이번에는 문 여닫는 소리에 한 번 쳐다보기만 했을 뿐 짖을 생각도 하지 않는다. 남자도 처음부터 내 쪽에 아예 눈길을 주지 않는다.

그는 아랫배만 툭 불거져 나온 마른 몸매에 머리는 정수리까지 벗겨져 있다. 입고 있는 회색 여름양복은 구겨지고 때가 타 있다.

"지금 들어올 남자는 김태화라고, 피해자가 일했던 개발1실 실장이에요. 마누라랑 애 둘은 1년 전부터 캐나다에 가서 지금 기러기 아빠라네요."

남자가 들어오기 전 정 형사가 내게 설명한 것이었다.

"유연경 씨는 어떤 직원이었나요? 일은 잘 했습니까?"

정 형사의 물음에, "뭐…… 그럭저럭. 별 문제 없이 잘 했습니

266

다. 성실했고요." 라고 김태화는 탁한 목소리로 대답한다.

연경은 사무보조 여직원. 아마도 부서에서 가장 끄트머리에 달린 책상을 쓰고 있었을 것이다. 직속 상사인 이 사람과는 가장 먼 자리에. 일은 특별히 잘 할 것도 못 할 것도 없지 않았을까.

최 형사가 프린터로 뭔가를 출력하더니 대화중인 두 사람 사이에 불쑥 내민다.

"6월에 유연경 씨에게 이메일을 보내신 게 있더군요."

나는 신문을 살짝 내리고 김태화 실장의 얼굴을 본다. 정수리까시 시뻘게져 있다.

"이…… 이건……"

"상당한 구애의 편지네요. '연경. 지난 번 말한 그 별장으로 너와 꼭 한 번 가보고 싶다. 지금쯤 그 곳 풍경이 얼마나 좋은지 몰라. 네가 나에게 위로가 되고, 그리고 내가 너에게 위로가 될 수도 있지 않을까?' 하! 글 솜씨 좀 있으시네."

이메일을 읽는 최 형사의 목소리에 조롱이 가득 담겨있다. 김태화는 모욕감을 참지 못하고 벌떡 일어선다.

"이거 사생활 침해 아니요? 당신들 이래도 되는 거야?"

"앉아요."

정 형사가 나직한 목소리로 말하며 이메일을 인쇄한 종이를 손가락으로 탁 튀긴다.

"이 양반아. 지금 살인사건 수사하느라 뻥이 치고 있는 거 안 보여? 그리고 누가 당신 이메일 뒤졌어? 피해자 컴퓨터에 이런 게 남아 있는데 우리가 지금 당신에게 안 물어보게 생겼냐고?"

정 형사가 반말조로 추궁하자 김태화는 파르르 했던 기세를 누르고 의자에 털썩 앉는다. 그리고 그는 이렇게 된 이상 더 숨길 것도 없다는 태도로 쏟아내기 시작한다.

"이봐요. 내가 이래 보여도 같은 회사에서 건축밥 17년 먹은 사람이요. 설계 일이란 게 어떤 건 줄 아시오? 매일 낮밤을 새며 일해서 뼛골을 뽑아내야 내 나이에 겨우 이 자리 차지하고 있는 팔자요. 그래도 뭐 알아주는 사람이 있나. 그래, 그러다 실성했다 칩시다. 술 먹고 실성해서 한 번 보내본 거요. 나도 다 듣는 말이 있다 이거요."

"뭔 말을 들었는데?"

"체. 유연경이. 여러 남자들 만났다 말았다 한다고들 하더만요. 그냥 내가 미쳤어. 보내놓고 땅을 쳤수다."

"하긴. 유연경 씨가 답장은 안 보낸 것 같네."

"그냥 그게 끝이었다니까요. 당신들은 남자 아니요? 이쯤 해둡시다!"

5

용의자들이 돌아가고 형사들은 뭔가 소득이 있느냐고 내게 물어온다. 나는 아무것도 없다고 말했는데, 그 순간 화가 치밀어 올랐고, 그것이 얼굴에 드러난 것 같았다. 최 형사는 멋쩍어 하고, 정 형사는 입을 열어 뭔가 설명하려고 하는 찰나, 나박이가 내 무릎에서 뛰어내린다. 그리고 그 자리에서 등과 뒷다리를 굽히더니 똥을 쏟아낸다. 피가 섞인 진 똥이 조사실 바닥에 철퍽 쏟아지자 형사들이 질겁하고 물러난다.

나는 나박이를 챙겨 경찰서를 나온다. 죽은 자는 말이 없고, 개도 말을 하지 못한다. 그러나 나박이는 어제부터 계속 아프다는 신호를 보내고 있었다. 아무것도 하지 않고 있었던 것이 미안해져 나는 서두른다.

좋은친구동물병원 문을 열고 들어가니 안에 있던 몇 마리의 개들이 짖고 꼬리치며 반긴다. 하나하나 비어 있는 밥그릇에 사료를 부어주니 조용히 얼굴을 그릇에 박고 먹기 시작한다. 나는 진료실로 들어가 엑스레이 전원을 켠다.

뜻하지 않게 어제 오늘, 연경을 알고 있었던 사람들의 이야기를 들었다. 그들은 연경이 그렇게 죽어 싸다는 정도까지는 아닐지라도, 그렇게 죽을 만한 이유가 조금이라도 있었던 것처럼 느끼게 했다. 당연히 연경에게는 한 마디 해명의 기회도 없었고, 해명해주는 사람도 없었다.

배를 보이게 나박이를 뒤집고 엑스레이를 찍는다.

잠시 후 엑스레이 사진을 형광판에 붙이자마자 나박이의 위속에 심상치 않은 뭔가가 있는 것이 보인다. 금속조각 같아 보이는 것이 위 속을 돌아다니며 상처를 내고 있는 것 같다.

개들은 가끔 주인이 생각도 못한 것들을 삼키곤 한다. 대부분 변으로 배출되지만, 이것은 장으로 넘기지 못할 만큼 크기가 크다. 나박이가 어떻게 이것을 삼킬 생각을 했는지 나로서는 상상할 수 없다. 개복수술이 필요하다는 진단을 어렵지 않게 내린다.

나박이를 데려갈 사람을 구할 수 있을까. 다시 버려도 주워갈 사람이 없다고 얘에게는 나밖에 없다고 했는데. 나박이의 주둥이에 마취가스를 흘려 넣고, 손을 씻고, 라텍스 장갑을 끼고, 수술 부위의 털을 깎으며 생각한다.

수술실 문을 닫으며 문득 보니 병원 유리창 앞 현수막의 한 귀퉁이가 떨어져 바람에 흔들리고 있다. 연경의 좋은 친구…… 연경의 사막여우…… 고요하게 숨 쉬고 있는 나박이의 배를 메스로 가르려 할 때 나는 문득 불길한 생각이 든다. 어쩌면 나박이가 뭔가 해명해 줄 수도 있지 않을까.

잠시 메스를 내려놓고 수술대 앞에 카메라를 장착한다. 녹화가 잘 되는지 확인하고 다시 메스를 든다.

나박이의 위장을 쨰고 벌려 그것을 꺼내어 그릇에 떨어뜨린다.

은단알을 연결한 듯한 줄에 달린 양철 조각 두 개.

군인 인식표였다. 군번과 이름, 혈액형이 똑같이 두 개 새겨진.

이름은 이진명도 김태화도 아니었다.

한우정.

나는 정 형사와 짧은 통화를 한다. 그는 곧 이곳으로 오겠다고 하고 흥분했는지 먼저 전화를 끊는다.

나는 천천히 수화기를 내려놓고, 나박이의 배를 꿰매기 시작한다.

우정부동산의 '우정'은 친구 간의 따뜻한 정을 의미하는 게 아니라 기껏 사장 아들 이름이었다.

어제 밤, 평화빌라 302호 앞에서 마주쳤던 골판지 상자를 든 청년.

아버지로 보이는 중년 남자 뒤에 이어서 올라와 길을 막고 있는 나를 밀고 올라가던 '군인같이' 짧게 깎은 머리의 남자.

'사장도 남편 자식 다 있는 여잔데, 딸은 시집갔지 아들은 군대 보냈지 해서 부부 둘이 살기는 괜찮나 봐.'

그는 휴가 중이었을 것이다. 긴 휴가를 나와 집에 머무르고 있었을 것이다.

저녁에 혼자 집에 있다가 아래층의 개 짖는 소리에 신경이 날카로워진다. 성큼성큼 계단을 내려가 302호의 초인종을 누른다. 연경이 나온다. 그는 개 짖는 소리에 대해 항의한다.

'지난주엔 윗집에서까지 따지러 왔지만…… 뭐, 일단 잘 무마시켰어요.'

나박이를 맡기러 왔을 때 연경은 이렇게 말했다.

연경은 가볍게 남자들을 만났다. 개 짖는 소리를 따지러 온 남자도 가벼운 연애의 대상이 된다. 남자도 마찬가지다. 남자는 임시로 평화빌라에 머물 뿐, 계획도 약속도 필요 없는 존재. 잠시 사회 안으로 풀려난, 휴대전화가 없는 남자. 연락은 필요 없다. 남자가 찾아온다. 남자의 부모를 비롯하여 평화빌라에 사는 다른 사람들은 이 관계를 눈치 챌 리가 없고 눈치 채고 싶어 하지도 않는다. 평화빌라 대부분의 호수를 차지한 우정부동산 여자들. 자기들끼리는 어땠을지 모르나, 다른 세입자들이 어떻게 사는지는 관심이 없다. 그들이 연경에게 관심 가질 때라고는 개가 짖어 자신들의 삶에 불편을 초래할 때뿐이다.

남자는 연경의 집 어딘가에 인식표를 풀어 놓는다. 펜 뚜껑을 비롯하여 먹을 수 없는 것을 덥석 삼키곤 했던 나박이. 아무도 모르게 그것을 삼킨다.

　연경과 남자는 남자의 귀대를 앞두고 여행을 가기로 한다. 금요일 저녁 나박이를 좋은친구동물병원에 맡기고, 연경의 빨간 마티즈를 타고. 남녀는 토요일 밤에 돌아온다. 그 사이 남자는 연경의 집에 인식표를 두고 온 것을 알게 된다.

　여행의 피로에 지친 연경은 다시 찾아온 남자가 반갑지 않다. 여행을 끝으로 유효기간이 다한 관계가 다시 이어지는 것이 짜증스러웠거나, 그 동안 보았던 남자의 사소한 말과 행동이 이미 지겨워졌을 수도 있다. 둘은 다투기 시작한다.

　남자는 화가 난다. 연경을 때린다. 폭력은 군대에서 늘 배우는 것이기에 익숙하다. 화가 날 때는 익숙한 방법을 쓰기 마련이다. 그러나 몇 번 때리다 밀친 연경이 뒷머리를 협탁 모서리에 부딪히며 쓰러져 그만 죽어버린다.

　남자는 자신의 흔적을 없애고 연경의 집을 나온다. 생각해 보면, 자기가 연경을 만났다는 건 아무도 모른다는 것을 알고 안심하고, 그는 태연히 남은 휴가기간 가족들과 마트에 가서 장을 보고, 죽은 여자에게 개를 돌려주러 온 수의사를 상자로 밀치고 지나간다.

　이야기는 이렇게 된 것일까.

　연경은 그렇게 죽은 것일까.

　나박이는 자신의 몸이 마음대로 움직여지지 않는 상황을 어쩔 줄 몰라 하며 고개를 흔들고 있다. 나는 그런 나박이를 조심스레 들어 올린다.

그리고 연경이 그랬던 것처럼 접수대 앞 의자에 앉아 나박이를 한껏 끌어안고, 좋은친구동물병원 안에서의 연경의 모습을 하나하나 새로이 기억에 담기 시작한다.

나박이의 엉덩이를 추켜세우며 진료를 기다리던 연경의 모습이 떠오른다. 나박이를 건네줄 때 이마 위로 머리카락 몇 올이 흘러내리던 모습. 처음 왔던 날 팔뚝을 긁으며 입술을 오므리던 모습. 주홍색 립글로스를 바른 그 입술. 그리고…….

당신의 데이트 코치

한상운

1977년 서울에서 태어나 한양대 전기전자공학부를 졸업했다. 초, 중, 고, 대학교, 군대에 이르기까지 계속 모범생으로 살았다. 복학 후에는 취직을 위해 학점 관리에 들어갔다. 그리고 삼성 입사 원서를 받기 위해 뙤약볕 아래서 한 시간 넘게 줄을 섰다가, 이십여 년 동안 꾹꾹 눌러 오기만 하던 짜증이 폭발, 이제부터라도 하고 싶은 일만 하며 살기로 결심한다. 그 후로 무협소설도 쓰고 영화 시나리오도 쓰고 빈둥대며 살았다. 『무림사계』를 비롯해 일곱 종의 무협 소설을 썼고 손예진, 고수 주연의 영화 「백야행」을 각색했고 kbs드라마스페셜 「텍사스안타」의 각본을 썼다.

열 번 찍어 넘어가지 않는 나무 없다. 내가 학창시절을 보낸 90년대 초반에는 끈기보다 유용한 연애 전략이 없었다. 이상형인 여자가 당신을 싫어한다면 어떡해야 할까? 따라다니면 된다. 연락을 끊고 전화번호를 바꾼다면 어떡해야 할까? 계속 따라다니면 된다. 바뀐 전화번호를 알아내서 전화하고 틈이 날 때마다 회사로 찾아가고 계속해서 선물을 보내고 여자의 부모님을 찾아가 따님을 행복하게 해주겠다고 큰소리친다. 너 없이 세상을 사느니 차라리 죽겠다고 협박편지를 보내고, 달리 만나는 남자가 있으면 찾아가서 당장 헤어지라고 겁을 준다. 그러다보면 결국 여자는 모든 걸 포기하고 당신에게 넘어오게 되어 있다.

반쯤은 더는 못 견디겠다는 체념으로, 반쯤은 저 남자가 날 너무 사랑해서 그랬을 거라는 착각으로.

그 시절 돈도 꿈도 직장도 없는 얼간이들이 테이프가 너덜너덜 해지도록 돌려본 작품이 더스틴 호프만의 「졸업」이다. 미국에서야 아메리칸 뉴웨이브로 호평을 받았을지 모르지만 한국에서는 쪼다들에게 쓸데없는 희망을 주는 작품이었다. 풍채도 변변치 않고, 그럴 듯한 직장도 없고, 밤일을 잘할 것 같지도 않은 더스틴 호프만이 어떤 식으로 여자를 사로잡았을까? 끝없는 스토킹이다. 신분을 속여 가며 여자 주위를 맴돌다가 결국은 남의 결혼식장까지 들이닥쳐 신부의 아버지를 때려눕히고 신부를 탈취, 미녀를 손에 넣었다.

　이십 년 가까운 시간이 지난 지금, 세상은 달라졌다. KTX를 타면 서울에서 부산까지 세 시간밖에 안 걸리고, 티브이 채널은 케이블방송 포함해서 백 개가 넘으며, 중고등학교 두발은 자유화되었다.

　하지만 달라지지 않은 것도 있다. 연애도 그중 하나다. 여전히 열 번 찍어 안 넘어가는 나무 없다는 연애론을 믿는 남자들이 있고, 거절에 서툴고 마음이 여린 여자가 있다. 과거에 이런 남자를 끈기 있는 남자, 진짜 사나이 등으로 불렀다면, 지금은 스토커라 부르며 법적인 제재를 가한다는 점 정도가 달라졌을 뿐이다.

　스토커는 눈치가 없고 자기애로 가득 찬 인간이라 부드러운 거절을 이해하지 못한다. 아니, 이해할 생각 자체가 없다. 바빠서 곤란하다고 말하면 나중에 만나자는 뜻으로 알아듣고, 좋은 친구로 지내고 싶다고 하면, 이 여자가 날 너무 사랑한 나머지 겁을 먹은 모양이라 믿는다.

　스토커의 표적이 되지 않으려면 독해져야 한다. "너 같은 놈은 꼴도 보기 싫다고!"라고 외쳐서 네놈과 절대로 자지 않을 것이고 앞으로도 잘 생각이 없음을 알려줘야 한다. 하지만 마음 약한 아가씨들이 하기 쉬운 말이 아닌 건 나도 안다.

이것이 내가 데이트코치라는 직업을 택한 이유다. 옳은 일을 한다는 자부심을 느낄 수 있고 일거리는 넘쳐난다. 물론 합법적인 직업은 아니다. 은행 대출은커녕 4대보험 가입도 안 되고 대다수의 사람들은 내 존재조차 알지 못한다. 오직 의뢰인과 의뢰인을 괴롭히던 스토커만이 내가 누군지 안다. 존중받아 마땅한 일을 하고 있음에도 백수 취급을 받는다는 사실 때문에 답답할 때도 있지만, 괜찮다. 정의를 지키는 길은 언제나 외로운 법이니까.

내가 하는 일이 정확히 뭐냐고? 스토킹 당한 아가씨들을 다독이고 정신 나간 스토커를 음…… 그러니까, 설득하는 일이다. 그래서 남녀 모두 제대로 된 데이트를 할 수 있도록 돕는다.

스토커는 정서가 불안하고 남의 말을 귀담아듣지 않으며 때때로 매우 폭력적이 된다. 그렇기 때문에 녀석들을 설득하려면 특별한 기술이 필요하다. 나는 그런 일에 능숙하다.

이번 의뢰인은 '초콜릿케이크'라는 아이디를 쓰는 아가씨로 석 달 가까이 같은 오피스텔에 사는 남자에게 스토킹을 당하고 있었다. 그녀는 자신이 운영하는 블로그에 지금까지 겪은 일을 적었다. 나는 그녀가 블로그에 쓴 글을 읽고 내가 할 수 있는 일과 할 수 없는 일을 고민했다. 그런 다음 그녀에게 비밀 댓글을 남겼다.

＊ ＊ ＊

약속장소는 강남의 잘 나가는 프랜차이즈 카페다. 나는 삼십 분 일찍 약속장소로 나가 수상한 자가 없는지 살폈다. 악명 높은 스토커 몇 명을 앉은뱅이로 만든 일 때문에 경찰에서 날 쫓고 있다. 그나마 다행인 건 경찰이 뿌린 몽타주가 나와 안 닮았다는 점이다.

내가 손을 봐준 놈들은 갱생의 여지가 없는 중증 스토커들이었다. 벽에 똥칠할 때까지 불쌍한 아가씨들을 괴롭히고 다닐 게 분명해 병신으로 만들 수밖에 없었다. 놈들은 퇴원 후에 전화스토킹으로 돌아섰다.

나는 입구가 보이는 카페 안쪽 자리에 앉아 여자를 기다렸다. 약속시간을 오 분 남기고 그녀가 나타났다. 155센티미터 정도의 키에 긴 생머리, 예쁘장한 얼굴에 화장기는 없고, 루이비통 스피디 가방에 분홍색 메리제인 구두를 신고 있었다.

나는 여자를 보자마자 감을 잡았다.

스토커가 좋아할 타입이군.

스토커에게는 여자를 고르는 공식이 있다. 긴 생머리에 조그맣고 마르고 하얀 이십대 초반의 아가씨. 착하고 청순한 이미지면서 불가피한 상황이 닥쳤을 때 쉽게 제압할 수 있는 여자다. 스토커의 사랑은 자기애로 타인과의 소통은 힘과 서열의 문제다. 그들은 자신보다 약한 여자가 아니면 사랑하지 않는다.

나는 그녀를 향해 가볍게 신문을 흔들었다. 그녀는 주춤주춤 내 앞에 다가서며 물었다.

"혹시 불칼 님……?"

bulkal, 불칼은 충청남도 방언으로 벼락을 말한다. 악인들에게 정의의 벼락을 내리겠다는 의미로 만든 ID다. 의뢰는 이메일로만 받고, 거래가 끝나면 아이디와 핸드폰, 통장까지 전부 폐기한다. 데이트 코치, 나름 전문직이다.

나는 부드럽게 웃으며 맞은편 의자를 가리켰다.

"이리 앉으시죠. 초콜릿케이크 님 맞으시죠?"

오래 전 여자 친구는 내가 웃을 때 매력적이라고 말했다. 그녀와는 불쾌하게 헤어졌지만 그 후로도 꾸준히 웃는 연습을 해 지금은 이병헌이나 톰 크루즈와 비교해도 손색이 없을 만큼 멋진 미소를 지을 수 있게 되었다. 자랑을 하는 건 아니지만 대부분의 아가씨들은 내 미소를 보는 순간 사르르 녹아버린다. 그래서 의뢰인을 만날 땐 일부러 많이 웃기 위해 노력한다. 그렇잖아도 우중충한 이야기를 해야 할 텐데, 분위기까지 무거워지면 곤란하니까.

그녀는 의자에 앉아 잠시 망설이다 입을 열었다.

"저기……"

"일단 차부터 한 잔 드시죠. 뭐 드시겠어요?"

"초콜릿 라테요."

아이디는 초콜릿케이크, 음료는 초콜릿 라테.

초콜릿에 환장했군. 커피 본연의 향과 맛을 즐기지 않고 초콜릿을 섞어먹는 여자를 보면 기분이 나쁘다. 달아서 미칠 정도로 크림에 시럽에 초콜릿을 뿌려먹는 여자가 과연 커피 맛을 알까? 시내에 있는 커피전문점마다 여자들로 바글거리지만 그중 커피를 즐길 줄 아는 사람은 극소수에 불과하다.

된장녀야. 된장녀.

나는 다시 한 번 그녀의 옷차림을 살폈다. 흔하디흔한 핸드백에 싸구려 구두. 취향도 싸구려다. 이런 여자들이 진짜 뉴욕엔 가보지도 못했으면서 꼭 뉴요커인 척 흉내 내며 브런치를 먹고 커피를 마신다. 나는 여자가 불쌍해졌지만 꾹 참았다. 의뢰에 개인적 감정을 섞으면 안 된다는 생각에서다. 나는 커피를 주문했고 그녀가 한 모금 마실 때까지 기다렸다가 말을 꺼냈다.

"정확히 무슨 일이 있었는지 말씀해 보세요. 직접 이야기를 듣고 싶네요."

"저기…… 댓글 보고 혹시나 하고 나와 보긴 했는데요. 정말 이런 이야기를 나눠도 될지…… "

"저를 믿으십시오. 제가 이런 일을 한두 번 처리해 본 게 아니에요. 간단하게 상황 설명만 해주시면 나머지 일은 제가 알아서 처리합니다. 돈은 일이 끝난 다음에 주시면 됩니다."

그녀는 망설였다. 나는 미소를 지으며 말했다.

"밑져야 본전 아닙니까. 일이 잘 풀리면 골칫거리를 떼어낼 수 있고, 일이 잘 안 풀리더라도 더 나빠질 게 없는데요. 편하게 말씀주세요."

"대충 석 달 정도 됐네요. 그날따라 늦잠을 자는 바람에 평소보다 십오 분 정도 늦게 나왔어요. 지각하지 않으려고 미친 듯이 뛰는데, 차 한 대가 제 앞에 멈췄어요. 가끔 엘리베이터에서 마주치는 청년이 얼굴을 내밀더니 회사까지 태워주겠다고 하지 뭐예요. 처음에는 싫다고 했어요. 잘 알지도 못하는 사이에 실례인 것 같기도 하고…… 그랬더니 지하철 있는 데까지만 태워다준다는 거예요. 근처 사는데 성의를 무시하기도 그래서 차에 탔죠."

5분 걷기 싫어서 스토커의 품속에 들어가다니, 한심한 아가씨다. 나는 짜증을 감추기 위해 커피를 한 모금 마셨다. 여자는 한숨을 내쉬더니 말을 이었다.

"그 후로도 계속 차를 얻어 탔어요. 제가 출근하는 시간에 맞춰 항상 차가 나와 있는 거예요. 처음에는 우연인가 싶었죠. 지금 생각해 보면 아닌 것 같지만. 며칠 간 지하철까지 태워주다가 어느 날 갑자기 카풀을 하자고 제의하는 거예요. 혼자 회사까지 나가기 적적하다나요? 처음엔 망설였어요. 제가 남자친구가 있었거든요. 사내커플이라 남들에게 말한 적은 없지만…… 그 친구가 다른 남자 차타고 다니는 걸 좋아할 것 같지 않았어요. 하지만요, 아침마다 콩나물시루 같은 지하철 타고 회사 가는 것도 힘든 건 사실이고…… 또 그 아저씨도 저 남자친구 있는 거 알고 있으니까. 괜히 집적거릴 사람 같진 않았어요."

"대부분의 스토커가 인상은 좋습니다."

"정말 그랬어요. 그런데 회사까지 이틀 태워주더니 이상한 소리를 하는 거예요. 남자친구가 밤일은 잘 하냐는 둥, 외롭지 않느냐는 둥. 그러더니 갑자기 가까운 모텔에서 쉬었다가 가자고 하지 뭐예요. 깜짝 놀랐죠. 카풀도 끊고 다시 지하철을 탔어요. 그랬더니 매일 전화하고 밤마다 집에 찾아와서 벨을 눌러요. 시간도 정해져 있어요. 새벽 1시에서 2시 사이. 문을 안 열어주면 문을 두들기고 소리를 지르고. 경비아저씨를 불러서 해결해 보려고 해도 그때뿐이에요. 다음 날이면 다시 전화하고 집에 찾아오고. 나중에는 경비아저씨까지 사랑싸움 그만하고 잘 해보라는 소리나 하

고. 어떻게 해야 할지 모르겠어요. 출근할 때 퇴근할 때 그 인간
이랑 마주칠까봐 겁나고, 벨이 울릴 때마다 가슴이 덜컹 내려앉
아요. 이사를 가고 싶어도 워낙 싸게 구한 집이라서요, 비슷한 금
액으로는 경기도까지 나가야 해요. 거기다가 제가 왜 도망쳐야
하나 싶기도 하고…… ”

“잠깐만요.”

나는 손을 들어 그녀를 제지했다.

“그 남자가 무슨 차를 몰죠?”

“마티즈요.”

“차가 후져서 맘에 안 드셨군요.”

내 예리한 질문에 여자는 눈을 치켜떴다.

“지금 무슨 소릴 하시는 거예요?”

“괜찮아요. 솔직히 말해도 됩니다. 초콜릿케이크 님이 어떤 사
람인지가 중요한 게 아니잖아요. 스토커를 처리하는 게 중요하
죠.”

“차가 어떤 종류든 뭐가 중요해요? 전 남자친구가 있었단 말이
에요.”

“하지만 BMW나 벤츠였으면 그냥 만나셨을 테죠?”

“뭐예요!”

초콜릿케이크가 벌떡 일어섰다. 난 꿈쩍도 하지 않았다. 속셈
을 들킨 것이 부끄러워 화난 척하는 거란 사실을 알기 때문이다.

“걱정 마세요. 말씀드렸다시피 초콜릿케이크 님의 사생활에는
관심 없으니까요. 제 임무는 스토커를 처리하는 겁니다. 그래서
어떻게 됐죠?”

내 예상대로 초콜릿케이크는 못 이기는 척 자리에 앉아 뽀로통한 어조로 말했다.

"저희 집에만 찾아오는 게 아니에요. 부모님 댁에도 찾아가고 남자친구한테 전화해서 저랑 동거하다가 헤어진 사이라고 거짓말까지 쳤대요. 제가 허벅지에 점이 있거든요. 그 이야기까지 꺼내니까 남자친구가 그 남자가 하는 말을 믿어버린 거죠. 대판 싸우고…… 결국 헤어졌어요."

"허벅지에 점이 있다는 걸 그 남자가 어떻게 알았죠?"

"모르겠어요. 차에 탈 때 본 건지. 아니면 언제 훔쳐본 건지."

"일부러 보여주신 건 아닌가요?"

"그런 걸 왜 보여줘요!"

나는 다시 미소를 지어 그녀를 진정시켰다.

"화낼 사람은 제가 아닙니다. 스토커죠. 분노를 억누르세요. 정확하게 스토커에게 분노를 내쏴야 합니다. 차를 태워준다는 말에 혹해 남의 차를 얻어 탄 것부터가 실수이긴 합니다만……"

"지금 불난 데 부채질해요?"

"비슷한 일이 재발하지 않도록 충고를 드리는 겁니다. 어떤 남자가 차까지 얻어 타는데 마음이 없다고 생각하겠어요? 초콜릿케이크 님이 먼저 빈틈을 보인 거죠. 이제 바로잡을 때입니다. 그래서 제가 온 거고요. 그 남자 이름이 뭡니까?"

"형규요. 박형규."

나는 수첩에 이름을 적었다.

"직업은요? 돈도 못 벌고 미래도 없는 직업이었겠죠?"

"아 진짜…… 인터넷을 믿고 이런 데까지 나온 내가 미친년이지."

"양약은 입에 쓰나 몸에 좋다는 말이 있죠. 기분이 나쁘시더라도 옳은 말이라면 겸허하게 수용할 줄 아셔야 합니다."

그녀는 백 미터 달리기를 한 것처럼 숨을 몰아쉬었다. 나는 그녀의 건강이 걱정되었다. 나는 여동생을 걱정하는 오빠의 마음으로 말했다.

"마음을 편히 가지세요. 나머지 일은 제가 다 알아서 처리할 테니까."

여자는 벌떡 일어서며 말했다.

"찻값은 제가 낼게요. 다시는 저한테 연락하지 마세요."

그녀는 순진한 얼굴에 어울리지 않는 말투로 몇 마디 욕설을 덧붙인 후 카페를 나섰다. 나는 그녀를 잡지 않았다. 스토커에게 시달려서 정신적인 여유가 없다는 걸 알기 때문이다.

그녀는 대로변에 있는 오피스텔에 살았다. 로비를 지키는 경비에게 담뱃값을 주고 그녀가 204호에 살고, 704호에 사는 박형규라는 남자와 사이가 좋지 않다는 이야기를 들었다.

"박형규 씨, 아주 멀쩡한 사람이에요. 회사도 잘 다니고 인사성도 밝고. 가끔 나한테 담배 선물도 준다니까? 그런 사람이 따라다니면 좋다고 해야지. 왜 그렇게 싫어하는지 모르겠어."

주변 사람에게 좋은 인상을 심어주는 게 악질 스토커의 특징이다. 항상 웃는 낯에 말투에는 자신감이 넘치고, 입만 열면 거짓말이기 때문에 누구나 능력 있는 사람이라고 생각한다. 하지만한 번 친해지면 문제가 시작된다. 나는 차로 돌아가 장비를 챙긴다음, 밤이 될 때까지 기다렸다.

　　　　＊　＊　＊

　　시계가 새벽 1시를 가리켰다. 나는 검은 두건을 뒤집어쓰고
목장갑을 낀 다음, 초콜릿케이크의 집으로 갔다. 복도에 설치된
CCTV는 작동이 되지 않도록 미리 손을 봐두었다. 일이 끝난 후
경찰의 추적을 받고 싶지 않아서다.

　　문에는 디지털 도어락이 설치되어 있다. 열쇠가 필요 없어 편
리하고 일반적인 자물쇠보다 문을 따기 어려울 거란 생각에 요즘
유행하는 물건이다. 편리한 건 맞지만 문을 따기 어렵다는 건 사
실이 아니다.

　　초콜릿케이크의 집에 설치된 도어락은 그중에서도 최악으로
일 년 전에 시장에서 퇴출된 제품이다. 건전지가 나갔을 때 임시
로 전원을 켤 수 있도록 도어 위쪽에 +, −전극이 붙어 있는데, 거
기에 과도한 전기를 흘려 넣으면 순간적으로 쇼트가 나면서 문이
열린다.

　　'내일 당장 도어락을 바꾸라고 얘기해 줘야겠군.'

　　박형규가 팔푼이라 다행이지, 머리가 있는 놈이라면 벌써 문을
따고 잠입했을 것이다. 전기충격기를 개조해서 만든 만능열쇠를
전극에 대고 스위치를 누르자 작은 금속성과 함께 문이 열렸다.

　　집 안은 캄캄하고 또한 고요했다. 나는 문을 닫고 현관에 쪼그
려 앉아 어둠속에 눈이 익을 때까지 기다렸다. 모기장이 쳐진 창
문 밖으로 자동차의 헤드라이트 불빛이 보였다가 사라졌다. 약간
의 시간이 지나자 서서히 거실이 눈에 들어왔다. 삼단짜리 책장
위에는 작은 브라운관 TV가 놓여 있었고, 맞은편에 곰돌이 무늬

가 그려진 패브릭소파가 있었다.

신발을 신은 채 거실로 올라섰다. 내 신발은 암벽등반용의 기능성 신발로, 바닥까지 질긴 천으로 되어 있어 뛰어다녀도 소리가 나지 않는다. 밑창이 없으니 족적이 남지 않아 만일의 경우에도 경찰의 추적을 피할 수 있다.

나는 손전등 겸용 볼펜을 꺼내 불빛이 멀리까지 퍼지지 않도록 손바닥으로 가린 채 거실 전체를 살폈다. 냉장고와 에어컨, 그리고 책이 거의 없는 책장이 보인다. 소파 아래 아직 물이 차 있는 세븐라이너 족열기가 놓여 있었다.

화장실 문틈으로 하얀 타일과 변기가 보였다. 손전등으로 문을 밀고 들어가자 변기 옆에 뱀이 껍질을 벗어놓듯 속옷이 널브러져 있는 것이 보였다. 팬티를 집어 냄새를 맡아보았다. 시큼한 냄새가 나는 것으로 보아 제법 오랫동안 입고 다닌 것이 분명하다. 화장실 청소를 언제 했는지 변기 주위가 지저분하고 쓰레기통에 휴지며 생리대가 넘쳐나도록 쌓여 있었다.

이러고선 된장녀 행세를 했단 말이지. 다시 분노가 치민다. 시간이 나면 집 안 청소나 할 것이지. 요새 여자들은 내면의 아름다움을 가꿀 줄 모르고 겉모습에만 신경 쓴다.

책장 옆에 침실이 있었다. 조심스럽게 문을 열고 들어가자 핑크빛 잠옷을 입은 채 잠들어 있는 여자가 보였다. 잠버릇이 고약한지 이불은 바닥에 떨어져 있다. 여자에게 다가가 어깨를 흔들었다.

"초콜릿케이크 님. 일어나세요."

여자가 깜빡깜빡 눈을 떴다. 처음에는 잠이 덜 깨 멍한 얼굴이

었지만 내 얼굴을 확인하고는 비명을 지르기 시작했다. 목장갑을
낀 손으로 여자의 입을 막았다.

"조용히 하세요. 스토커가 도망가면 어떡하려고 이러세요."

여자의 저항이 약해졌다. 이제야 상황이 이해가는 모양이다.
나는 살짝 웃으며 작은 목소리로 말했다.

"손을 뗄 테니까 입 다무세요. 알았죠? 초콜릿케이크 님, 흥분
하면 안 됩니다. 스토커가 도망갈 수 있어요."

초콜릿케이크가 고개를 끄떡이는 걸 보고 여자의 입에서 손을
뗐다. 기다렸다는 듯 그녀가 소리를 질렀다. 반사적으로 여자의
관자놀이를 후려쳤다. 여자는 일격에 축 늘어졌다. 맥을 짚어 그
녀가 죽지 않았음을 확인하고 안도의 한숨을 쉬었다. 이래서 여
자는 곤란하다. 그렇게 차근차근 설명해 줬는데도 소리를 지르려
하다니 정신이 나간 걸까? 까딱 잘못했으면 일을 그르칠 뻔했다.

가방에서 노끈과 청 테이프를 꺼내 여자의 팔다리를 묶고 입
을 막았다. 작업 도중에 방해 받는 건 질색이다. 무슨 일이든 깔
끔하게 처리하는 게 제일이다.

결박을 끝내고 테이프가 코를 막고 있지 않은지 확인했다. 전
에 한 번 실수로 의뢰인을 질식사 시킨 적이 있기 때문이다.

그날, 시체를 치우다 죽는 줄 알았다. 한겨울이라 땅은 얼어붙
었지, 날은 밝아오지, 새벽부터 순찰차가 지나가질 않나, 그 추운
날 본드를 불겠다고 산중턱까지 올라온 정신 나간 애새끼들까지
있어 피똥을 쌀 만큼 고생했다. 결국 몇 가지 해프닝을 겪은 후
에 땅을 다시 파기 시작했는데, 그때 이미 시체는 세 구로 늘어
있었다.

그 뒤로 빈틈없이 일처리를 하기 위해 노력한다. 내 고생도 고생이지만 죽은 사람은 얼마나 억울하겠나. 좋은 의도로 시작한 일인 만큼 결과까지 좋아야 의미가 있는 거니까.

나는 여자를 침대에 똑바로 눕혔다. 손가락 끝에 닿는 부드러운 살갗의 느낌이 마음에 들었다. 자신이 하는 일을 즐기는 건 결코 나쁜 일이 아니다. 나는 그녀의 허벅지를 몇 번 쓰다듬다가 가방에서 카메라를 꺼내 여자의 사진을 찍었다.

정면사진, 측면사진, 얼굴사진, 가슴과 다리 사진.

내 침실에는 일을 맡긴 아가씨들의 사진이 붙어 있다. 직업의 특성 때문에 내가 한 일을 자랑하고 다닐 수는 없지만 의뢰인의 기뻐하는 모습을 사진으로라도 남기고 싶어서다.

이번 아가씨가 스물두 번째였던가?

나는 열심히 사진을 찍다 동작을 멈추고 여자를 유심히 바라보았다. 뭔가가 마음에 안 드는데 그게 뭔지 알 수 없었다. 잠시후 이유를 깨달았다. 머리카락이 너무 길고 부스스하다. 가방에서 가위를 꺼내 그녀의 머리를 잘랐다. 사진은 무엇보다도 중요하다. 십 년 뒤에 이 아가씨는 젊음과 아름다움을 잃고 중년의 아줌마로 변해 있겠지만 내 방에 걸린 사진은 영원할 것이기 때문이다.

가능하다면 로마의 휴일에 나온 오드리 헵번처럼 머리를 잘라주고 싶었지만 솜씨가 시원치 않아 고등학교 때 바가지머리라고 부르던 모양으로밖에 만들 수가 없었다. 그래도 꽤 예뻤다. 여자도 깨어나면 기뻐할 것이다. 여자들이란 모험심이 부족해 쉽게 헤어스타일을 바꾸지 못한다. 누군가 옆에서 해줘야 한다.

290

몇 장의 사진을 더 찍었다.

흠. 아직 부족해.

그녀의 셔츠 단추를 몇 개 풀고 가슴을 드러냈다. 이제 좀 괜찮군. 여자란 적절히 노출을 할 때 진짜 매력을 드러내는 법이다. 순식간에 1기가짜리 메모리카드를 몽땅 써버리고 말았다. 이렇게 사진을 찍어도 집에 가서 확인하면 써먹을 수 있는 사진은 얼마 되지 않는다.

"휴우 ―"

열정을 다해 사진을 찍었더니 몸이 땀으로 끈적끈적해졌다. 거실로 나와 에어컨을 켜고 냉장고를 뒤져 맥주를 꺼냈다. 소파에 앉아 맥주를 마시니 한결 마음이 평온해졌다. 거실은 캄캄했고 시계는 1시 40분을 가리키고 있었다.

스토커 놈이 1시에서 2시 사이에 온다고 했지?

곧 들이닥치겠군.

다 먹은 맥주를 가방에 넣고 (경찰이 타액검사라도 하면 귀찮아지기 때문이다.) 가방에서 나이프를 꺼냈다. 청계천의 허름한 상가에서 구입한 독일제 식칼이다. 데이트 코치가 된 이후로 여러 종류의 칼을 써봤지만 독일제가 제일 낫다. 일제는 날카롭지만 얇아서 갈비뼈에 걸려 부러지기 쉽고 미제는 단단하지만 너무 무겁고 투박하다. 그에 비해 독일제는 그립감도 좋고 날카로우며 단단하다.

마지막으로 침실에 가서 여자의 상태를 살폈다. 그녀는 언제 깨어났는지 바닥으로 내려와 핸드백을 향해 기어가고 있었다. 열린 핸드백 틈으로 핸드폰이 보였다. 이래서는 곤란하지. 그녀를 안아 침대에 눕히고, 좀 더 세게 팔다리를 묶었다. 그녀는 간질 환자처럼 발버둥 쳤지만 청테이프가 입을 막고 있어 말을 하진 못했다. 그녀가 안쓰러워져 머리를 쓰다듬어주며 말했다.

"이제 스토커 걱정은 할 필요가 없어요. 제가 책임지고 해치울 테니까요."

그녀는 미친 듯이 고개를 흔들었다.

"하고 싶은 말씀이 있으세요?"

그녀는 고개를 끄떡였다.

"테이프를 떼더라도 소리를 지르진 않겠죠?"

그녀는 더욱 열렬히 고개를 끄떡였다. 어떻게 할지 고민할 때, 밖에서 벨소리가 들렸다. 놈이 온 모양이군. 그녀 머리에 이불을 씌우고 말했다.

"잠깐만 기다려요. 금방 다녀올 테니까."

* * *

"미숙아! 문 좀 열어봐라! 우리 얼굴 보고 얘기해 보자!"

박형규는 고래고래 고함을 질러댔다. 인터폰으로 녀석의 얼굴을 확인했다. 이십대 후반 정도? 180이 조금 안 되는 키에 제법 근육질로 몸에 딱 붙는 하얀색 티셔츠와 청바지를 입고 있다.

"그래. 내가 너 차지하려고 이것저것 실수 많이 했어. 그래도 다 네가 좋아서, 널 사랑하니까 그랬던 거야. 조금이라도 날 이해해 주면 안 될까? 이런 식으로 이별을 통보하는 건 너무하잖아. 한 번 제대로 얘기하자. 터놓고 확실하게. 그래도 내가 싫으면 사나이답게 물러나줄게."

쥐새끼 같은 놈. 나는 코웃음이 나오려는 걸 참았다. 저걸 말이라고 하나? 새벽 두 시마다 찾아와서 벨을 누르는 놈과 터놓고 이야기하고 싶은 여자가 몇 명이나 될지 궁금하다.

신발장 뒤에 서서 자물쇠를 풀고 살짝 문을 밀었다. 막상 문이 열리자 박형규는 입을 다문 채 움직이지 않았다. 매일 문을 열어달라고 난리를 피웠으면서 실제 문이 열리는 것을 보니 겁이 나는 모양이다.

스토커는 기본적으로 겁쟁이다. 정상적인 연애를 할 자신이 없으니까 여자를 괴롭히는 것이다. 상대가 용기를 내는 순간 바람 빠진 풍선처럼 쪼그라든다. 도망가고 싶겠지. 하지만 여태 한 말이 있어 이대로 물러나지는 못할 뿐이다.

나는 신발장에 등을 댄 채 놈이 들어오길 기다렸다. 녀석이 안으로 들어오면 문을 닫고 목덜미에 칼을 꽂을 생각이다. 피를 닦을 걸레며 냄새를 지울 유한락스, 놈의 시신을 싸갈 바디백 모두 준비했다. 완벽하게 정리를 끝내려면 대략 세 시간이 걸린다. 데이트코치라는 직업, 보통 고달픈 게 아니다.

박형규가 조심스럽게 문을 밀고 안으로 들어왔다.

"미숙아. 거기 있니?"

의뢰인 이름이 미숙이었군.

박형규는 전등 스위치를 찾아 벽을 더듬었다. 슬그머니 문을 닫고 녀석의 등 뒤에 섰다. 불이 켜지는 순간, 녀석의 목에 칼을 꽂아 넣었다. 지금껏 한 번도 실패한 일이 없는 나만의 특기다. 지금까지 손봐줬던 스토커들 모두 배를 가른 개구리처럼 경련을 일으키며 쓰러져 다시는 일어나지 못했다.

그런데 박형규는 달랐다. 녀석은 빙그르르 돌아서 칼을 피하고 내 손목을 잡았다. 놈과 시선이 마주쳤다. 녀석은 전혀 겁먹은 기색 없이 날 노려보며 말했다.

"너 뭐냐? 미숙이는 어디 있어?"

뭐지. 이 자식. 무술이라도 배웠나? 뿌리치고 싶었지만 형규의 손은 강철프레스로 만든 것처럼 단단했다.

"아, 그게 말이죠⋯⋯ "

나는 우물쭈물 변명을 늘어놓다가 발끝으로 녀석의 사타구니를 걷어찼다. 박형규는 무릎으로 내 공격을 막고 손목을 꺾었다. 칼이 바닥에 떨어졌다. 나는 벽에 어깨를 부딪치고 엉덩방아를 찧었다. 간신히 일어서며 다리에 감춘 두 번째 칼을 꺼냈다.

"거기 가만히 있어라!"

다리가 후들후들 떨리고 입 안 가득 쇠맛이 느껴졌다. 이빨이 최소한 두 개는 부러진 것 같다. 개자식, 내가 누군지 알고⋯⋯ 화가 머리끝까지 치밀었지만, 놈과 정면으로 붙어서 이길 가능성이 없다는 점은 확실했다. 킥복싱이든 종합격투기든 뭔가 하나 제대로 배운 놈이다. 이런 놈을 상대로 흥분해서 칼을 휘둘렀다가는 너덜너덜해질 때까지 얻어맞을 뿐이다.

오늘은 이대로 물러나 다시 계획을 짜는 편이 낫다. 이보 전진을 위한 일보 후퇴. 진짜 훌륭한 인간은 패배를 부끄러워하지 않는다. 나는 위협적으로 칼을 휘두르며 현관을 향해 뒷걸음쳤다.

박형규가 말했다.

"너 강도냐?"

"개소리 말고 거기 가만히 있어! 나 갈 테니까 그냥 있어!"

박형규는 코웃음을 치더니 허리춤에서 권총을 꺼냈다.

"좋은 말로 할 때, 칼 버리고 무릎 꿇어라. 미숙이 어디 있어? 설마 미숙이한테 이상한 짓 한 거 아니지? 그럼 넌 내 손에 죽어. 인마."

그는 침실을 돌아보며 크게 소리쳤다.

"미숙아! 괜찮니? 안에 있어?"

처음에는 장난감 총일 거라 생각했다. 아니면 가스총이거나. 악질 스토커 대부분이 가스총이나 전기 충격기를 가지고 다닌다. 연약한 여자조차 맨손으로 해치울 자신이 없기 때문이다. 하지만 녀석이 들고 있는 것은 진짜 권총, 그것도 경찰이 쓰는 M10 38구경 리볼버였다.

순간적으로 감이 왔다.

이 새끼, 경찰이구나.

마음속으로 욕설을 내뱉었다. 초콜릿케이크가 제정신이 아닌 건 진작부터 알아봤지만 이 정도일 줄은 몰랐다. 이 멍청한 여자야. 남자 직업이 경찰이면 경찰이라고 얘기를 했어야 할 거 아냐.

나는 천천히 칼을 내리며 억지로 미소를 지었다.

"혹시 박형규 씨?"

"너 내가 누군지 알아?"

"알다마다요. 이 집에 사는 아가씨가 박형규 씨를 깔끔하게 처리해달라고 부탁해서 여기 있었던 건데요. 그렇게 심하게 괴롭히셨다면서요. 사람이 그러시면 안 되죠."

박형규의 얼굴이 벌겋게 변하며 내게 삿대질을 했다. 녀석이 권총을 휘두를 때마다 잘못해서 방아쇠가 당겨지지 않을까 걱정이 됐다.

"내가 뭘 어쨌다고? 네가 나랑 미숙이에 대해 뭘 아는데? 너야말로 뭐하는 놈이야? 네가 살인청부업자라도 돼?"

나는 신중하게 말을 골랐다.

"데이트코치인데요."

"뭐? 데이트코치? 이 새끼 정말 수상하네. 데이트코치란 새끼가 왜 칼을 들고 설쳐. 너 미숙이랑 어떻게 — 아냐. 그건 됐고. 미숙이 어디 있어? 네가 어떻게 한 거 아냐?"

"저 그런 사람 아닙니다."

"미숙아! 안에 있으면 말 좀 해봐! 미숙아!"

형규는 내게 총을 겨눈 채 버럭버럭 소리를 질렀다. 꽁꽁 묶인 초콜릿케이크가 대답을 할 수 있을 리 없다. 나는 형규의 어깨 너머에 사람이 있는 것처럼 손을 흔들었다.

"미숙 씨, 잘 나왔어요. 이 사람한테 얘기 좀 해주세요."

내 인생 최고의 연기였다. 형규가 침실 쪽으로 고개를 돌리는 순간, 나는 돌아서서 현관을 향해 뛰었다. 아무리 제정신이 아닌 놈이라도 민간인의 등을 향해 총을 쏘지는 못하겠지. 설사 총을 쏘더라도 이 거리에서는 맞추지 못할 것이다.

하느님, 제발 맞지 않게 해주세요.

나는 초등학교 이후 해본 적 없는 기도를 하며, 있는 힘을 다해 뛰었다. 막 복도로 나갈 때 등 뒤에서 탕! 소리가 들렸고 거의 동시에 정강이를 곡괭이로 내리찍는 듯한 통증이 느껴졌다.

나는 새처럼 날아올라 복도 맞은편에 머리를 박고 고꾸라졌다.

다리를 내려다보니 정강이에서 피가 뿜어져 나오고 있었다. 세상에, 무슨 피가 이렇게 많이 나는 거지? 부들부들 떨리는 손으로 상처를 눌렀지만 피는 멈추지 않았다. 통증이 지독했지만, 그보다는 겁이 나서 견딜 수 없었다. 그동안 내가 죽인 놈들도 이 정도로 피를 흘리진 않았던 거 같은데. 피를 많이 흘려선지 눈앞이 흐릿해진다.

박형규가 총을 든 채 다가와 나이프를 멀찍이 걷어찼다.

"다른 무기 있으면 꺼내라."

"아저씨, 구급차나 불러줘요. 피 나는 거 안 보여요?"

나는 피범벅이 된 손바닥을 보이며 말했다. 녀석은 코웃음을 쳤다.

"다리에 총 한 방 맞았다고 안 죽어. 인마."

그는 가까운 지구대에 전화해 지원을 요청하고는 내게 수갑을 채워 벽에 붙은 소화전 밸브에 고정했다. 박형규는 상처를 누르고 있으라며 티셔츠를 벗어주고는 집 안으로 들어갔다.

티셔츠로 상처를 누르자 조금씩 피가 잦아들기 시작했다. 정신이 말똥말똥한 것으로 보아 출혈과다로 죽을 것 같지는 않다. 조금 전까지 호들갑을 떤 것이 부끄럽다. 나는 손바닥에 묻은 핏물을 바닥에 문지르며 한숨을 쉬었다. 지금껏 완전무결하게 데이트 코치를 해오던 내가, 동네 경찰에게 이런 꼴을 당하게 될 줄이야.

집 안에서 박형규의 놀란 목소리가 들렸다.

"세상에! 미숙아! 이게 무슨 일이야! 머리는 또 왜 이래. 어디 다친 데는 없니? 잠깐만, 내가 금방 풀어줄게."

기대와 희망으로 심장이 두근거렸다. 이제 초콜릿케이크 님이

박형규를 때려눕히고 날 구해줄 거다. 함께 놈을 죽이고 시체를
버리러 가겠지. 어쩌면 그녀와 사귀게 될지도 모른다.

그녀가 박형규의 부축을 받고 거실로 나왔다. 형규에게 몸을
기댄 채 다리를 질질 끄는 모습이 루게릭병에 걸린 스티븐 호킹
박사를 연상시켰다. 그녀는 소화전 아래 주저앉아 있는 날 가리키
며 소리쳤다.

"저 미친 새끼! 저 새끼가 그랬어! 정말 죽는 줄 알았어요."

박형규는 여자를 토닥이며 말했다.

"걱정 마. 이제 감옥에 보낼 테니까. 잠깐 여기 앉아서 쉬어. 금
방 구급차 올 거야. 저 새끼, 안 보이게 문 닫고 있을까?"

나는 안타까운 마음에 목소리를 높여 대답했다.

"초콜릿케이크 님. 지금 옆에 있는 자는 스토커예요. 마음을 빼
앗겨선 안 됩니다."

미숙의 얼굴이 험악하게 변했다. 그녀는 어디서 그런 힘이 났는
지 형규를 밀치고 나는 듯이 달려와 내 머리를 걷어찼다. 나는 소
화전에 머리를 부딪쳤다가 대자로 뻗었다. 그녀가 소리쳤다.

"넌 사이코패스잖아! 이 새끼야!"

나는 숨을 헐떡이며 천장을 바라보았다. 노란색 형광등 주위로
날벌레들이 날아다니고 있었다. 형광등도, 날벌레도 빙글빙글 돈
다. 숨이 쉬어지지 않는 걸로 보아 코뼈가 부러진 모양이다.

나는 마지막 힘을 모아 상큼한 미소를 지었다. 약간 실수가 있
긴 했지만 그럭저럭 만족스러운 결말이다. 스토커를 처단하는 일
에는 실패했지만, 의뢰인을 달라지게 만드는 데는 성공했으니까.
그녀는 이제 정상적인 데이트를 할 수 있을 것이다.

처음 보는 남자에게 예의를 지킬 필요는 없다. 마음에 들지 않으면 화를 내고, 모욕을 당했다고 느끼면 화를 내야 한다. 섣불리 건드렸다간 큰 코 다칠 거란 사실을 알려줘야 한다. 앞으로 어떤 스토커를 만나도 지금 내게 한 것처럼 발길질을 날린다면 귀찮은 일은 절대로 생기지 않을 것이다.

난 데이트코치다. 성공률 100퍼센트의.

문제가 있다면 당분간 감옥에서 나갈 수 없을 거란 점이다. 하지만 언젠가 이 좁은 방에서 나가게 되면 세상 모든 아가씨들을 돕겠다고 약속한다.

화성 성역 살인사건

한 이

1973년 출생. 장르를 넘나들며 9000권의 책을 읽었다. 노점상, 막노동, 시장 야간경비, 세차, 자동차 사이드 미러 세일즈맨, 영어 교재 판매원, 도장공, 논술 강사 등 다양한 직업을 거쳤다. 현재 한국 추리 작가 협회 회원, 한국 미스터리 작가 모임에서 활동하고 있다. 작품으로는 게임의 원작이 된 장편소설 『아스가르드』, 단편 「금연」, 「시리얼 킬러 만들기」, 「수면 아래에서는」, 「공모」, 「새로운 사업」, 「체류」 등이 있다. 이 외에 공동 단편집 『한국 추리 스릴러 단편선』을 출간하였다.

'재수 옴 붙었군.'

김여선은 속으로 투덜거렸다. 하지만 하늘같은 종사관 앞이라 드러내놓고 싫은 낯빛을 할 수도 없었다.

"김 서리(胥吏), 특별히 이번 일에 자네를 추천한 것이니 손님을 모시는데 한 치의 소홀함도 없도록 최선을 다해주게."

종사관이 굳은 낯빛으로 말했다. 아무래도 화성 축성 완공일이 다가오는 시점에서 조정에서 내려온 손님이란 것이 마뜩찮을 리가 없는 것이다. 여선은 속으로는 '이건 말이 서리지 관노(官奴)와 다를 바가 없다'고 투덜거리면서도 입으로는 한껏 공손한 대답을 내뱉었다.

"여부가 있겠습니까."

여선은 화성유수부(華城 留守府)에 소속된 98명의 서리 가운데 한 사람으로 유수부의 실제 사무를 처리하는 일을 하고 있었다. 하지만 서리 가운데서도 알게 모르게 차등이 존재했는데, 화성행궁에서 업무를 보는 60명은 상대적으로 이아(貳衙)에서 일하는 서리들 보다 우월감을 갖고 있었다. 불행하게도 여선은 이아에 속해 있어, 오늘처럼 특별하게 부름을 받기 전에는 관아의 동헌인 장남헌에 올 일이 별로 없었다.

여선이 장남헌을 나오자 손님이 뒤를 따랐다.

"어디부터 뫼실까요?"

여선이 물었다.

"마방부터 들릅시다."

손님이 우렁우렁한 목소리로 대답하며 발걸음을 옮겼다.

여선은 힐끔거리며 손님의 모습을 살폈다. 여선보다 머리 하나는 클 정도로 기골이 장대했고 수염이 성성한 얼굴이긴 했지만 흰머리가 희끗한 것이 오십대는 되어보였다. 그리고 갓의 재질이나 갓끈이 그리 고급스럽지도 않은 것이 아무래도 조정의 고관은 아닌 것 같았다. 어쩌면 이 사람도 여선처럼 말직을 전전하는 신세인지도 모른다. 그런 생각이 들자 어딘지 모르게 친근감이 느껴지는 것 같았다.

팔달산에서 불어온 바람이 동헌 마당을 스치고 지나갔다. 바람은 팔월의 기운을 머금고 있어 후텁지근했다.

손님은 걸음이 빨랐다. 천천히 걷는 것 같은데 삼십대 초반인 여선이 따라가기에 버거울 정도였다.

"함자가 어찌 되시는지……."

여선이 물었다.

"이름은 무슨. 벗들은 그저 백 선달(先達)이라고 부른다네."

'까칠하긴.'

여선은 아무래도 오늘 하루가 피곤하게 흘러갈 것 같은 예감이 들었다.

"저기로 가보세."

백 선달이 가리킨 곳은 축성 현장이었는데 많은 사람들이 모여서 웅성거리고 있었다.

"무슨 일이오?"

여선이 공사 인부 중 하나를 붙잡고 물었다.

"사람이 죽었소."

"이런."

여선은 말에서 황급히 뛰어내렸다. 거중기(擧重機) 옆에 거적으로 대충 덮어 놓은 것이 눈에 띄었다.

거중기는 대략 13자(尺)의 높이에 도르래를 달고 본체 가운데, 가로막대 아래에 있는 함환을 동아줄로 연결해 잡아당김으로 무거운 돌을 들어 올리는 기구였다. 거중기는 서른 명 정도가 달라붙으면 1만 2000근이나 나가는 돌도 움직일 수 있었다.

"어떻게 된 거요?"

"밑에 깔린 것 같네."

정 검률(檢律)이 작성하고 있던 검안 서류에서 눈을 떼며 거중기를 가리켰다. 검률은 종9품 벼슬아치로서 사법·행정의 업무를 담당하고 있었다. 그가 가리킨 거중기에는 피 묻은 돌이 매달려 있었다. 화성을 축성하면서 단 한 건의 사망 사고도 일어나지 않았다는 것이 커다란 자랑거리였는데 그것이 깨어진 것이다.

'조심태 어른 귀에 들어가면 난리가 나겠군.'

조심태는 화성유수이자 장용외사로서 화성 축성의 실질적인 책임을 맡고 있었다.

"걷어 보게."

어느새 옆에 다가온 백 선달이 말했다.

"사고 같습니다."

"그래도 걷어보시게."

"누구신가?"

정 검률이 의아한 표정으로 물었다.

"도성에서 오신 분일세."

그제야 검률은 저고리에 잠방이를 입고 있는 이십대 청년에게 눈짓을 보냈다. 그는 화성유수부에 속한 오작사령으로서 조실부모하고 어린 동생과 함께 살고 있었다.

오작 청년이 거적을 들추자 가슴이 뭉개져 피투성이가 된 시체가 드러났다.

참혹한 모습에 여선은 숨을 멈추었다. 비릿한 피 냄새가 공기 중으로 퍼지면서 욕지기가 올라왔다.

"우웩 ━ !"

여선은 결국 욕지기를 참지 못하고 토악질을 하고 말았다. 신물이 올라올 때까지 토하고 나서야 허리를 폈다.

"그만 가시죠."

여선이 소매로 입을 훔치면서 말했다.

"사내가 그렇게 비위가 약해서야 원."

백 선달이 빙그레 웃음을 지으며 말했다.

"제가 비위 약한데 뭐 보태주신 것 있습니까?"

"시신이 누군지 아는가?"

"워낙 많은 백성이 일을 하는지라 잘 모르겠습니다."

"오작사령, 호패가 있는지 보시구려."

"네."

오작이 허리를 굽히며 대답했다.

"둘러 봐야 할 곳이 많습니다. 그냥 가시죠."

여선은 땀을 훔치며 말했다. 해가 떠오르면서 달아오른 지열에 냄새가 점점 지독해지고 있었다. 하지만 백 선달은 도무지 움직이려고 하지 않았다.

"여기 있습니다."

그러는 사이 오작이 시체의 허리춤을 뒤져서 호패를 찾아 내밀었다.

호패에는 '김혹불(金或不)'이라는 이름이 적혀 있었다. 백 선달은 호패를 유심히 들여다보더니 직접 무릎을 꿇고 시신을 여기저기 더듬기 시작했다. 입을 열어 보기도 하고 머리를 돌려보기도 했다. 그리고 잠시 생각에 잠긴 표정을 짓더니 몸을 일으켰다.

'비위가 좋기도 하군.'

여선은 시신을 뒤적이는 백 선달의 모습을 보자 간신히 가라앉힌 욕지기가 다시 올라오는 것 같았다.

"다리를 싸맨 것은 무엇인가?"

"아마 성역 중에 다쳐서 근처 의원에게 치료를 받은 듯합니다."

"치료를 받던 자가 왜 성안까지 내려왔을까?"

"아마 주막이라도 들리고 싶었던가 보죠."

여선이 냉큼 대답했다.

"자네가 보기에는 사인(死因)이 무엇이라고 생각하는가?"

백 선달이 오작에게 물었다.

"압사가 아닌가 합니다."

오작이 대답했다.

"무릇 압사로 판명이 나려면 혀가 나와 있거나 눈동자가 튀어 나오든지 아니면 귀, 코, 입 안에 피가 난 상처가 있어야 하지 않는가. 하지만 이 시신은 그러한 증험이 전혀 없는 것 같은데."

오작은 땀을 흘리며 서 있었다.

"송구합니다."

"다시 한 번 검험을 해 보시게."

오작은 땀을 흘리면서 법물을 다시 꺼내놓았다. 먼저 조각수(皂角水)로 시신의 입을 씻어낸 다음에 백반(白飯) 한 덩이를 목구멍에 집어넣었다.

"반계법(飯鷄法)을 쓰시려나?"

"그러합니다."

"한지(韓紙)는 내가 덮어두지."

백 선달은 시신의 얼굴 위로 몸을 숙였다.

"한 시진 정도는 걸리겠군. 잠시 다녀올 곳이 있으니 내가 돌아올 때까지 반계를 시행하지는 마시게나."

"알겠습니다."

여선은 백 선달의 마음이 바뀔까 서둘러 말에 올랐다.

"참, 자네는 저 돌이 몇 근이나 나갈 것 같은가?"

백 선달이 물었다.

여선은 눈을 가늘게 뜨고 거중기에 매달린 돌을 가늠해 보더니 대답했다.

"한 천 몇 백 근은 나가지 않을까 싶습니다."

"알겠네."

"어서 가시지요."

여선이 채근했다.

시체에서 어느 정도 멀어져 숨을 좀 쉴 수 있게 되었을 때 백 선달이 입을 열었다.

"다친 인부들이 치료를 받는 곳이 어딘가?"

"팔달산 부근에 공 의원이라는 자가 있습니다."

"그럼 거기로 가세."

팔달산이 가까워질수록 청량한 바람이 불었다. 팔달산은 높이는 그리 높지 않으나 정상에 오르면 사통팔달(四通八達)의 경치를 볼 수 있다하여 그와 같은 이름으로 불리고 있었다.

"여기서부터는 땀도 식힐 겸 걸어가세."

백 선달이 말을 소나무 둥치에 비끄러매면서 말했다.

"말을 타고 가야 땀이 식지 힘들게 걸어 올라가면 어떻게 땀이 식습니까?"

여선이 부루퉁하게 대답했다.

"젊어서 몸을 움직여야지 늙어 편하다네."

"어련하시겠습니까."

비탈길을 오르려니 땀이 줄줄 흘러 내렸다. 다리가 천근만근처럼 느껴지는 것이 요즘 밤마다 청루에만 드나든 것이 후회가 되었다.

"자네 법서나 병서는 좀 읽는가?"

"선비가 법서를 가까이 해서 뭐하겠습니까?"

여선이 헉헉거리는 숨을 참으며 말했다.

"자네도 '무릇 만권의 책을 읽어도 법서(法書)는 읽지 않는다.'는 생각에 빠져 있는 것인가?"

"법서를 안다고 출세를 할 수 있습니까, 돈을 만질 수 있습니까?"

"출세만을 말하는 것이 아니라 '경학(經學)'만을 우선시하는 고리타분한 태도에 대해 말하는 것일세. 그런 태도 때문에 백성들의 삶에 도움이 될 얼마나 많은 지식들이 사멸되어 가는지 생각해 보게."

"저는 잘 모르겠습니다."

"저 오작만 봐도 그렇네. 실제로 시신을 수습하고 검안을 하는 사람은 오작인데 대부분의 오작이 글을 모르니 누가 저것을 기록하는가? 실제 현장에 있는 사람이 아니라 글을 읽은 선비들이 한단 말일세. 하지만 그들은 평생을 가야 자네처럼 법서를 읽는 일도, 시신을 만지는 일도 없을 것이네. 그들이 기록한 것이 얼마나 사실에 근거해 있겠는가. 조선에 제대로 된 '무학서(武學書)', '병서(兵書)', '역서(易書)', '의서(醫書)'가 없는 것이 다 일맥상통하는 것이야. 서얼이니 뭐니 하면서 사람을 위·아래로 가르고 그 이상을 뛰어넘지 못하게 만들어 놓았단 말일세."

그렇게 말하는 백 선달의 얼굴에 쏠쏠함이 스쳐 지나갔다.

"법도가 그러한 것을 어떻게 하겠습니까. 그저 세상이 그러하니 어쩔 수 없다고 생각해야지요."

여선은 한숨을 내쉬었다.

"공연히 말이 길어졌네. 저기인가?"

백 선달이 물었다.

공 의원의 거처가 가까워질수록 짙은 약초 냄새가 풍기고 있었다.

너른 마당이 있고 평상 위에 여남은 명이 눕거나 앉아 있었다. 장기를 두고 있는 사람들도 있었고 투전판을 벌이고 있는 사람들도 있었다. 머리를 싸매고 있는 사람, 다리를 절고 있는 사람 등 증상도 각양각색이었다.

"공 의원 계신가?"

여선이 물었다.

"약초 캐러 가셨수."

한쪽 눈을 붕대로 감고 있는 사십대 장한이 대답했다. 대답을 하면서도 남자의 눈은 장기판에 꽂혀 있었다.

"둘 건가, 말 건가?"

"아, 거참. 좀 기다리게."

팔에 부목을 대고 있는 남자가 말했다. 남자는 키가 훤칠하고 기골이 장대한 것이 한 눈에 보기에도 힘깨나 쓰게 생긴 모습이었다.

"자네는 어떻게 다쳤나?"

백 선달이 물었다.

"행궁 지붕을 고치다가 재수가 없어서 떨어졌수다."

"생각보다 많이 다치지 않았구먼."

"그럼 내가 모가지라도 똑 부러져야 했단 말이오?"

장한이 험악하게 눈을 부라리며 벌떡 일어섰다.

"도성에서 내려오신 분일세. 진정하라고."

분위기가 험악해지자 여선이 나섰다.

"퉤. 도성에서 오면 다인가."

"낄낄. 그래도 왼팔이 부러져서 다행 아닌가. 밤마다 용두질은 잘도 하더구먼."

눈에 붕대를 하고 있는 자가 너스레를 떨었다.

"뭐라고, 이 잡놈아. 네 놈 마누라 궁둥이 만지는 일은 한 손으로도 충분하다."

"이런 상놈이."

두 사람은 투탁거리면서 난전이라도 벌일 것처럼 설쳐대더니, 그런 농은 예사로 해왔던지 다시 장기에 빠져들었다.

"차를 움직이시오."

여선이 짝눈에게 속삭였다. 짝눈의 얼굴이 금방 환해졌다.

"에라이, 장이나 받아라, 이놈아."

짝눈이 차로 포를 잡아먹으면서 소리쳤다.

"이런 니미럴. 볼일 있으면 보고 가고 말 것이지 훈수는 왜 두고 지랄이야."

팔에 부목을 댄 자가 장기판을 뒤집어엎으면서 벌떡 일어났다. 그리고 장기판을 들고 여선을 후려치려 하였다. 보기에도 단단한 나무로 만든 것이라 맞으면 바로 의원 신세를 져야만 할 것 같았다.

그때, 백 선달이 장기판을 손바닥으로 막고 교묘하게 흘려버렸다. 부목은 자신의 힘을 주체하지 못하고 앞으로 쓰러졌다. 백 선달이 부목의 목덜미를 잡아 앉혔다.

"조심하게. 잘못해서 다른 쪽 팔까지 마저 부러지면 밥은 어떻게 먹으려고 그러는가."

부목은 씩씩거리기만 할 뿐 얌전히 평상에 앉았다.

"김혹불이라고 아는가?"

백 선달이 물었다.

"글쎄, 잘 모르겠습니다."

"정말 모르는가?"

"그렇다니까요."

"흠, 이상하군. 이곳에 있었다는데."

"그 사람은 왜 찾는 겁니까?"

"죽었네."

"죽어요?"

"그래. 살해당했네."

"살인? 어떻게요?"

"모르던 사람인데 관심이 있는가?"

"대답해 주기 싫음 관두시구려."

"호패 좀 보세."

"이런 우라질, 내 호패는 왜 보자는 거요?"

"녹봉 때문에 하는 일상적인 점검일세."

여선이 나서며 말했다.

"거참, 별꼴을 다 보겠수."

남자가 내민 호패에는 '박자근노미(朴者斤老味)'라고 적혀 있었다.

"됐수?"

"그래, 고맙네. 여선, 가세나."

여선은 서둘러 백 선달의 뒤를 따랐다. 두 사람은 천천히 산을 걸어내려 갔다.

"아까는 왜 그렇게 말씀하신 것입니까?"

"무엇을?"

"아직 증좌가 분명한 것도 아닌데 살인이라고."

"조금만 지나면 알게 될 것일세."

백 선달은 빙긋 미소를 지었다.

여선과 백 선달은 팔달산을 내려와 축성 현장으로 돌아왔다. 한 시진 전보다 훨씬 더 많은 사람들이 몰려 있었다. 사람들 사이로 흥분과 기대감이 떠돌고 있었다. 중인을 뚫고 앞으로 나가자 사람들 입에서 육두문자가 섞인 원성이 터져 나왔다.

"오작사령은 검험을 시행하라."

검률이 명을 내렸다.

"예."

저고리에 종아리가 드러나는 잠방이를 입고 있는 오작이 허리를 숙이며 대답했다. 그의 품에는 중닭 한 마리가 꽥꽥 소리를 지르고 있었다.

오작이 거적을 들추자 시신이 드러났다. 입을 덮어 놓은 흰 종이가 미동도 하지 않는 것으로 숨결이 끊기었음을 대변하고 있었다.

여기저기서 숨을 삼키는 소리가 들렸다.

오작은 봉해 놓았던 종이를 떼어내고 입 안의 백반을 끄집어
내었다.

그 순간, 오작의 품에 있던 닭이 푸드득거리며 중인을 향해 튀
어 올랐다. 숨을 죽이며 검험 과정을 바라보고 있던 사람들은 혼
비백산해서 날뛰는 닭을 피하기 위해 우왕좌왕하기 시작했고, 닭
을 잡으려는 오작과 부딪혀 나뒹구는 사람까지 생겨났다. 마침내
오작이 닭을 품에 안고 새끼줄로 목줄을 만들고 나서야 소동이
일단락되었다.

"이 무슨 미욱한 짓인가."

검률이 준엄한 목소리로 호통을 쳤다.

"죄송합니다."

오작은 연신 허리를 조아리며 손에 든 백반을 땅에 흩어 놓고
목줄을 느슨하게 해서 닭이 쪼아 먹기 편하도록 해주었다.

백 선비가 날카로운 눈빛으로 닭을 노려보았다.

닭은 바닥에 떨어진 백반 주위를 맴돌고 있었다. 중인들은 숨
을 멈춘 채 닭이 어서 백반을 삼키기를 바라고 있었다. 얼마의 시
간이 흘렀을까, 닭이 백반을 콕콕 쪼아대기 시작했다. 사람들은
이제 곧 닭이 고통스러운 괴성을 토해내면서 쓰러질 것을 의심치
않고 있었다.

"꼭, 꼭, 꼬꼬댁 ― !"

하지만 닭은 아무리 기다려도 멀쩡한 모습으로 거리를 활보하
고 다닐 뿐이었다.

검률이 백 선달을 노려보았다.

"보시다시피 초검(初檢)과 복검(覆檢) 모두 중독의 소견은 없으니 압사로 결론지어도 되겠습니까?"

그의 질문에는 불쾌한 심사가 그대로 드러나 있었다.

"매사를 확실히 하자는 뜻이었네. 불쾌했다면 사과함세."

백 선달이 말했다.

검률이 목을 가다듬고 말했다.

"나졸들은 무엇을 하는가!"

검률의 호통에 나졸들이 나서서 들것에 시신을 옮겼다. 무엇인가 극적인 사건이 일어나서 무료한 일상에 자극제가 되기를 기대했던 사람들 역시 실망감을 안고 하나 둘씩 사라졌다.

"백 선달님 고집 때문에 공연히 아까운 쌀밥만 버렸습니다."

여선이 투덜거렸다.

하지만 백 선달은 여선의 말을 듣지 못한 듯 수염을 만지작거리면서 생각에 잠겨 있었다.

"자네는 여기서 잠깐 기다리게."

그리고 번개 같은 걸음으로 흩어지는 무리 속으로 스며들었다.

백 선달은 오작 청년의 등을 쫓고 있었다. 청년은 팔작지붕이 늘어선 번화가를 지나 사람들로 북적거리는 저잣거리로 접어들더니 주패(酒旆)가 걸려있는 주포(酒鋪) 안으로 들어갔다. 그는 평소에 주모와 안면이 있었던 듯 농을 주고받더니 부엌으로 사라졌다.

백 선달은 소피 볼 곳을 찾는 척 하면서 부엌을 엿보았다. 청년은 도마 위에 있는 부엌칼 한 자루를 행주로 감싸 허리춤에 감추었다. 청년은 식사나 하고 가라는 주모에게 급한 인사만을 남기고 허둥지둥 발걸음을 옮겼다.

팔달산 중턱에 오래 전에 성황당으로 쓰이던 폐가가 있었는데 청년이 발걸음을 멈춘 곳은 바로 그곳이었다. 폐가 주변으로는 대숲이 울창하게 자라나 행인들의 시야를 가리고 있었다. 백 선달은 대숲 사이로 몸을 숨겼다.

"아무도 없습니까?"

오작이 소리쳤다.

"아무도 없어요?"

대나무들이 바람에 서로의 몸을 비비면서 쏴아하고 울었다.

"형아!"

갑자가 어린 아이의 목소리가 터져 나왔다. 두건으로 하관을 가리고 눈만 내놓은 건장한 장한이 열 살 정도 되어 보이는 소동의 목덜미를 움켜쥐고 나타났다. 아이의 얼굴은 눈물범벅이 되어 있었다.

"소남아 ―!"

"형 ―!"

"몸은 괜찮아?"

아이가 고개를 끄덕였다.

"약속을 지켰으니 어서 동생을 돌려주시오."

"확실하게 처리했겠지?"

"그렇소. 검률은 전혀 눈치 채지 못했소."

"잘했어. 그런데 말이야, 같은 유수부에 살면서 너하고 내가 주포 같은 곳에서 딱 마주칠 수도 있지 않겠어? 오늘처럼 말이지.

그러다가 아, 저 사람을 어디선가 본 것 같기도 하다라는 생각이 들면 어떻게 하지?"

"난 당신을 한 번도 만난 일이 없고 얼굴도 모릅니다. 절대 그런 일은 없을 겁니다."

"이러면 내 얼굴을 알잖아."

사내가 얼굴을 가렸던 두건을 벗어버렸다.

청년은 사내의 얼굴에 시선을 두었다가 황급히 얼굴을 돌렸다. 하지만 어느 새 협도를 든 세 명의 사내가 그를 에워싸고 있었다.

"자네에게 다른 감정은 없어. 비밀을 지키는 가장 확실한 방법이 이것밖에 없어서."

"동생이라도 풀어주시오. 아무것도 모르는 아이잖소."

"미안하네."

사내가 담담한 어조로 말했다.

"악독한! 하지만 혼자 죽진 않을 것이다."

오작 청년이 이를 갈면서 허리춤에서 칼을 꺼냈다.

"하하. 무 썰던 칼로 뭘 하려고?"

사내가 비릿한 웃음을 지었다.

"무슨 좋은 일 있나? 시커먼 사내들끼리 모여서."

그 때, 백 선달이 그들 사이로 휘적휘적 걸어 들어가면서 말했다.

"큰놈인지 작은놈인지는 벌써 팔이 다 나은 모양이네?"

"공노인의 실력이 워낙 뛰어나서. 지나던 길 가시지요."

두건을 벗은 박자근노미가 말했다.

"공의원이 천하의 명의인가보군. 보아하니 짝눈도 눈이 다 나은 모양인데."

"괜한 호기심으로 몸 상하지 마시고, 나리들이 대접하는 주안상에 기생년들 궁둥이나 좀 두들기시다가 노잣돈 넉넉하게 채워서 도성으로 올라가시지요."

"늙어 비루한 몸이지만 아직 내 몸 하나는 건사할 수 있으니 너무 걱정 마시게."

"정 그렇다면……."

자근노미가 눈짓을 하자 짝눈이 오작을 향해 협도를 그었다. 백 선달은 오작 청년을 끌어당겨 협도를 피하면서 청년의 손에 들린 칼을 낚아챘다. 그리고 몸을 굴려 다음 공격을 피하면서 대나무의 밑동을 그었다. 무딘 칼이지만 대나무가 깨끗하게 잘려나갔다. 백 선달이 쓰러지는 대나무의 밑동을 잡아챈 다음 좌우로 휘둘러 공간을 마련했다. 놈들도 살기어린 시선만 던질 뿐 쉽사리 달려들지 못했다. 백 선달은 야연이라도 나온 것처럼 한가로운 모습으로 칼로 대나무의 아래 마디를 훑어 손잡이로 쓸 부분의 잔가지를 제거했다.

"제법 쓸 만하군."

백 선달이 대나무를 휘두르자 후웅 바람 소리가 일었다.

"자네는 동생을 챙기게."

백 선달이 청년에게 말했다.

말이 끝나기도 전에 백 선달이 던진 칼이 자근노미의 어깨에 박혔다. 오작은 몸을 날려 동생을 감싸 안았다. 백 선달은 왼발을 내딛고 대나무를 뒤로 뽑으며 앞을 낮췄다. 짝눈의 협도가 대나무 가지에 막히면서 바닥을 때렸다. 백 선달이 오른발을 들어올리며 대나무의 뒤를 낮추고 앞을 치켜드니 협도가 하늘을 날았다. 백 선달은 비어있는 짝눈의 가슴을 대나무로 후려치면서 오른발로 뒤축을 걸었다. 짝눈이 요란한 소리를 내면서 땅에 쓰러지자 백 선달은 쓰러진 녀석의 관자놀이를 후려쳤다. 백 선달은 짝눈의 의식이 날아간 것을 확인할 틈도 없이 대나무를 일직선으로 찔러갔다. 대나무 가지에 눈이 찔린 한 놈이 비명을 지르며 얼굴을 감쌌다. 손가락 사이로 뭉클거리면서 피가 배어 나왔다. 다시 왼 손으로 대나무를 뒤로 뽑아 들어 낮추고 바닥을 후려 갈겼다. 돌조각들이 비산하면서 다른 한 놈의 시야를 가린 순간 대나무를 휘감아 놈의 옆구리를 강타했다. 놈이 허리를 꺾자 발을 엇갈려 방향을 바꾸면서 대나무를 우에서 좌로 바닥을 쓸듯이 걸어 젖혔다. 협도를 빼들고 오작의 등을 찌르려던 자근노미가 대나무에 걸리면서 허공을 날았다. 백 선달은 쓰러지는 자근노미의 손목을 차서 협도를 날려버리고 대나무의 밑동으로 명치를 찍었다. 숨을 들이마시는 소리와 함께 자근노미의 눈이 뒤집혔다.

모든 것이 한순간에 벌어진 일이었다.

"자, 먹어라."

백 선달이 아이에게 손을 내밀었다. 그의 손바닥에는 육포 몇 조각이 있었다. 아이는 냉큼 백 선달의 손에서 육포를 채가서 오물거렸다. 아이의 형은 쓰러진 녀석들을 묶고 있는 중이었다.

"맛있니?"

"네. 근데 이게 뭐예요?"

"그건 산저포(山猪脯)라는 것인데 멧돼지를 잡아서 말린 것이란다."

"정말 맛있어요."

"그럼 더 줄 터이니 잠깐 앉아있어라. 아저씨는 형하고 잠깐 할 얘기가 있단다."

백 선달이 다가오는 기척을 느낀 오작 청년이 물었다.

"어떻게 아셨습니까?"

"그저 눈썰미가 좀 있다고 해두세. 닭을 놓친 것도 일부러 그런 것 아닌가? 사람들의 시선을 돌린 다음 독이 묻지 않은 밥으로 바꿔치기 할 시간을 벌기위해서 말이야."

"네. 검험 과정을 조작하지 않으면 동생에게 해를 끼치겠다고."

"알았네. 나머지는 내가 알아서 함세. 자네는 동생과 함께 돌아 가게나."

백 선달은 그 말을 끝으로 몸을 돌렸다.

"저, 선비님."

청년이 그를 불렀다.

"왜 그러는가?"

"왜 저를 징치하지 않으십니까."

"송근백피(松根白皮)로 구황조차 제대로 하지 못하는 백성들에게 무슨 잘못이 있겠는가. 있다면 금준미주(金樽美酒)에 배를 두드리면서도 제 욕심을 놓지 못하는 자들에게 있겠지."

"감사합니다."

"어쩌면 자네 눈빛이 작년에 죽은 내 아들과 닮았기 때문인지 도……"

"네?"

"혼잣말일세. 동생이 많이 놀랐을 걸세. 잘 다독여 주게나."

백 선달이 돌아오자 여선은 나무 그늘에서 쉬고 있는 인부들 틈에서 늘어지게 코를 골면서 오수에 빠져 있었다.

"일어나게."

"끙차. 볼 일은 다 보셨습니까?"

"대강은."

"어디 더 보셔야 할 곳이 있으십니까?"

"서포루 쪽으로 가보세."

"거기는 말이 들어가기 힘듭니다."

"그럼 걸어가면 되지 않겠는가. 운동도 되고."

"그러시죠."

여선은 부채를 소리 나게 펼쳐 화다닥 부쳐대는 것으로 자신의 심사를 표현했다. 하지만 백 선달은 이미 저만치 앞에서 휘적휘적 걸어가고 있었다.

"공역(工役)이 많이 남은 듯 보이는데."

공사장 여기저기를 둘러보더니 백 선달이 말했다.

"워낙에 삼복더위인지라 인부들이 일하기 힘들어 합니다. 잘못하다가 일꾼들이 난장이라도 부리는 날에는 꼼짝없이 열흘은 쉬어야 합니다."

"그거야 관리들의 무능함을 대변하는 것이 아니고 무엇이겠는가. 아직 쌓지 않은 여장이 100여첩 이상이고, 덮개 벽돌조차도 여태 굽지 않았군. 이래서야 용마루나 잇겠는가. 주상께서는 내달 열흘이면 역사(役事)가 끝날 것이라고 알고 계시는데."

여선은 등줄기가 축축하게 젖어가는 것이 느껴졌다. 여선은 서남포사로 걸어가는 내내 백 선달의 등에 대고 소리 없는 욕설을 뱉어냈다.

화양루에 이르렀을 때 여선이 용기를 내어 말을 꺼냈다.

"선달님, 오늘은 날도 어두워지고 했으니 이만 곡차라도 한 잔 하시지요."

여선은 간절한 마음으로 백 선달을 바라보았다. 얄밉게도 그의 얼굴에는 땀 한 방울 맺혀 있지 않았다. 마침내 그의 입에서 '그럴까'라는 말이 들리자 월궁항아의 얼굴이라도 본 것처럼 반가웠다.

"기왕이면 김 서리 같은 분들이 많이 찾으시는 곳으로 가세."

"그렇게 하시죠. 제가 잘 아는 곳으로 모시겠습니다."

여선은 한결 가벼워진 발걸음으로 팔달문을 빠져나가 평소에 잘 가던 청루를 찾아들었다. 안면이 있는 하인이 기다리고 있었다는 듯이 허리를 굽히며 그들을 맞이했다.

"어서 오십시오, 김 서리님."

"오늘은 도성에서 아주 귀한 분이 오셨으니 번잡스럽지 않은 곳으로 안내 하거라."

"아이고, 여부가 있겠습니까요, 친구 분들도 먼저 오셨는데 함께 뫼실까요?"

"아니다. 필요하면 내 따로 부르마."

하인은 눈치 빠르게 그들을 조그마한 연못이 있는 정자로 안내하고 자리를 피했다. 잠시 뒤에 산해진미가 차려진 주안상이 들어왔다. 상에는 숭어로 만든 생선저냐(魚煎油花), 닭과 쇠고기로 만든 금중탕(錦中湯), 잣으로 만든 송백자(松柏子), 꿩으로 요리한 생치수(生雉首), 어만두(魚饅頭), 숙합회(熟蛤膾), 각종 편육(片肉)과 절육(截肉)이 차려져 있었다.

하인들이 상을 차리고 나가자 아리따운 기생 둘이 들어와 앉는데, 얹은머리는 가냘픈 목을 강조하고, 강하게 조여 맨 허리끈이 날씬한 허리를 두드러지게 하고 있었다.

"애향아, 도성에서 오신 귀한 분이시니 극진히 뫼시어라."

여선이 너스레를 치자 백 선달의 곁에 앉은 기생이 술병을 들었다. 애향이 입은 옷은 여염집 처자가 입는 풍성한 소매와는 달리 손목에 꽉 낄 정도여서 손을 움직일 때마다 겨드랑이가 살짝살짝 드러나고 있었는데, 그 모습이 난잡하지 않을 정도로 교태를 더하고 있었다.

"맛있구나."

백 선달이 애향이 따라준 술을 한 모금 음미하면서 말했다.

"서거정(徐居正) 대감께서 극찬하셨던 삼해주(三亥酒)이옵니다."

"서리께서 평소에도 자주 오시느냐?"

백 선비가 물었다.

"그럼요. 평소에도 아주 후하신 분으로 유명하신 분이시죠. 제가 끼고 있는 이 은가락지도 서리께서 선물해주신 것이랍니다."

여선의 곁에서 전을 입에 넣어주던 기생이 말했다.

"하지만 서리 녹봉으로는 이런 곳에 오기 힘들지 않은가?"

"아이고, 선달님 왜 이러십니까. 기분 좋게 제가 올리는 술 한 잔 받으시죠."

"내가 알기로는 원래 서리에게는 녹봉이 없었는데 주상의 명으로 최근에서야 받기 시작한 것으로 알고 있다네. 아무리 생각해도 돈이 나오는 다른 방도가 있는 것 아닌가 하는 생각이 드는군."

"무슨 말씀이신지……?"

여선이 굳어진 얼굴로 물었다.

"예를 들자면 말이지, 아까 들른 팔달산 근처 의원에 다친 인부들이 아주 많더군. 화성성역 중에는 주상의 명으로 부상을 입은 인부들에게도 녹봉의 절반을 지급하지 않는가? 그런데 만약 어떤 백성이 놀고먹으면서 녹봉을 챙기려고 관리들에게 뇌물을 줄 수도 있지 않겠는가? 아니면 관리와 결탁해서 일하지도 않는 사람의 호패를 도용해서 녹봉을 타 갈수도 있고 말일세."

"선달님께서는 무슨 증좌(證左)라도 있으십니까?"

여선이 술을 한 모금 마시면서 말했다.

"아까 발견한 시신의 호패는 '김혹불'이었다네. 그런 이름이 붙게 되었다는 것은 신체 중에서 사람들 눈에 잘 드러나는 곳에 혹이 있다는 것일 터인데 아무리 시신의 몸을 살펴보아도 부자연스럽게 튀어나온 곳은 없었지. 그래서 혹시라도 호패와 사람이 다른 것이 아닌가 생각하게 된 것이지. 그것이 내가 의심을 하게 된 첫째 이유라네. 그것은 팔달산에서도 마찬가지였네. '박자근노미'는 아무리 보아도 작은 사람은 아니더구면."

"그것이 첫째라면 두 번째도 있겠군요."

"사실 시신의 입에 백반을 넣고 한지로 봉하기 전에 엽전을 하나 넣어두었다네. 그런데 오작이 꺼내서 닭에게 먹인 백반에는 엽전이 없더란 말일세. 그래서 바꿔치기 된 것을 알았지."

"생긴 것과는 다르게 꼼꼼하시군요."

"평소 그런 소리 가끔 듣는다네. 아마도 돈에 얽힌 이해관계로 독살을 한 다음 사고사로 위장하기 위해 거중기 밑에 놓아 둔 것이 아닌가 하는 생각이 들더란 말일세."

"그런데 그것이 저와 무슨 관련이 있습니까?"

"자네는 오늘 나의 길안내를 맡게 된 것이 우연이라고 생각하는가?"

"그러면……?"

"주상께서는 현장에서 제대로 된 보고가 올라오지 않고 있다는 사실을 통감하시고 나를 보내신 것이라네. 축성 재원이 부족하다는 보고를 들으셨거든. 그래서 나는 이곳에 도착하자 종사관에게 최근에 씀씀이가 커진 관리가 있으면 붙여 달라고 부탁한 것일세. 아마도 그는 내가 노골적으로 뇌물을 받기를 원한다고 생각했겠지만 말일세."

여선이 술상을 걷어차며 벌떡 몸을 일으켰다.

"그렇게 똑똑하신 양반이 자신이 오늘 죽을 줄은 몰랐다니 유감이오."

어느새 몽둥이를 든 사내들이 우르르 정자 안으로 몰려 들어와 있었다. 백 선달은 흉신악살 같은 그들의 모습을 보면서도 태연자약하게 몸을 일으켰다.

"옷차림을 보아하니 모두 관리들이로구나. 내 이미 작당을 한 패거리가 있으리란 것은 짐작하고 있었다."

"그건 또 어떻게 아셨소?"

여선이 살기 가득한 비릿한 웃음을 흘리며 물었다.

"거중기 때문이지."

"거중기?"

"아까 물어보았을 때 자네는 거중기에 매달린 돌의 무게가 천 몇 백 근은 나갈 것이라고 하지 않았는가. 한 사람이 줄을 감으면 400근 정도를 들어 올릴 수 있으니 최소한 네 놈은 넘으리란 계산이었지. 무지한 백성들과 결탁하여 축성 재원을 빼돌리고 나랏돈을 축내며 제 잇속을 차리다니, 모두 군법으로 다스려야 할 놈들이구나."

"흥, 긴말 필요 없다. 매 타작을 받고 나서도 그런 소리가 나는지 보자. 쳐라!"

몽둥이를 든 녀석들이 달려드는데도 백 선달은 흐트러짐이 없었다. 방망이가 그의 얼굴에 떨어지려는 찰나, 오른손이 안으로 감기며 방망이를 날리고 왼손이 올려치니 요란주세(拗鸞肘勢)요, 왼손을 위로 올리고 오른손이 아래를 내리치니 복호세(伏虎勢), 오른쪽으로 돌아가는 몸과 함께 오른손이 감기고 왼팔꿈치로 적의 얼굴을 돌려 치니 정란세(井欄勢)라, 백 선달의 움직임은 바람과 같았고 주먹은 번개와 같았다. 어느새 달려들던 녀석들은 모두 정자 밖에서 나뒹굴고 있었다.

"이, 이놈 ─ !"

여선이 달려들었지만 어느새 멱살이 잡히고 말았다.

"컥, 당신은 누구요?"

"나? 나는 백동수(白東修)라고 하네."

"백동수? 장용영 초관으로 『무예도보통지武藝圖譜通志』를 실연하였다는……."

"그렇다네."

"어쩐지…….

그 말을 끝으로 여선은 차가운 연못으로 굴러 떨어졌다.

한국 추리 스릴러 단편선 **3**

1판 1쇄 펴냄 2010년 10월 25일
1판 2쇄 펴냄 2018년 1월 31일

지은이 | 박하익 외
발행인 | 박근섭
편집인 | 김준혁
펴낸곳 | 황금가지

출판등록 | 2009. 10. 8 (제2009-000273호)
주소 | 06027 서울 강남구 도산대로 1길 62 강남출판문화센터 5층
전화 | 영업부 515-2000 **편집부** 3446-8774 **팩시밀리** 515-2007
홈페이지 | www.goldenbough.co.kr

도서 파본 등의 이유로 반송이 필요할 경우에는 구매처에서 교환하시고
출판사 교환이 필요할 경우에는 아래 주소로 반송 사유를 적어 도서와 함께 보내주세요.
06027 서울 강남구 도산대로 1길 62 강남출판문화센터 6층 민음인 마케팅부

㈜민음인은 민음사 출판 그룹의 자회사입니다.
황금가지는 ㈜민음인의 픽션 전문 출간 브랜드입니다.